« La bibliothèque voltaïque »

Ouvrage accompagné par Christine Luce, mis en page par Mérédith Debaque, relu par Erwan Cherel et André-François Ruaud, sous une couverture et avec des décorations de Melchior Ascaride

Nos parutions sont soutenues par la région Nouvelle Aquitaine

Diffusion-distribution : Media Diffusion / MDS
www.moutons-electriques.fr
ISBN 978-2-36183-690-0

Première partie

DESCENTE

La feuille et la poutre

Au bord du précipice, Loup hésite. À ses pieds se déroule la poutre qui transperce le vide. La vieille bête de ferraille frémit sous le vent, des claques métalliques affamées, comme une langue de fer qui pourlèche les babines de l'abîme. Elle s'impatiente de la décision de son funambule, de son pas tremblant et de son inévitable chute.

Mais Loup hésite toujours. Il songe aux géants obscurs, si loin dans les profondeurs. À jamais assoupis, leurs rêves font chanter les morts et danser leurs silhouettes grises. Parfois, leurs fantasmes se corrompent en cauchemars, alors les titans s'agitent dans leurs berceaux de brume, projetant leurs ombres néfastes vers les hauteurs.

« Tu n'as plus le temps, il faut choisir, Loup. »

La voix de Gaston le dérange, elle est parcourue d'intonations nouvelles et désagréables : de la déception, un soupçon d'indifférence et une goutte de colère. Son plus vieil ami n'accepte pas sa trahison.

Le vent souffle, ses bras de rien l'attirent vers le vide. Loup hésite.

Derrière lui, une galerie de chuchotements et de visages éreintés assiste à son dernier spectacle. Tout son village, les yeux confus, cruels, les paumes écorchées d'avoir lessivé la brume qui l'a corrompu la veille. Car les cauchemars se sont précipités sur Port-Céleste la nuit précédente, et avec eux un cortège funeste de fumée noire comme l'abysse, étouffant l'air et l'âme, des ombres blêmes aux murmures sinistres et de petites mains glaciales qui tambourinent aux portes. Il a fallu purifier l'endroit de la souillure, et jeter au néant l'irrécupérable. *Que la brume s'oublie dans la brume.*

Maintenant, les villageois se massent dans son dos, comme la pointe d'un couteau, le pressant vers la poutre. Ils ont tranché et rendu leur justice, ils ont choisi la Chute pour leur ancien champion de la Descente. Que leur ferrailleur déchu franchisse le seuil, qu'il court sur la tige de fer pour se jeter dans la gueule des géants, ainsi que l'ont risqué tant d'autres avant lui. *Que la brume s'oublie dans la brume.*

Pourtant, Loup hésite toujours.

Puis il pense au printemps, à la feuille et sa branche et un sourire pousse sur son visage éreinté. Alors dans une ultime tentative de ranimer le passé, il enjambe d'un pas joyeux le bord du néant, bondissant, insolent voltigeur, sur la poutre tremblante. Gaston s'étouffe, son amitié l'élance pour le rattraper, tandis que les yeux excités des villageois se tournent vers le fildeferiste.

Mais Loup danse, il avance à cloche-pied, il sautille, à peine s'il n'entame pas une roulade. Et il s'esclaffe, un rire enthousiaste et franc, aux éclats aériens, aux relents graves, à pleine gorge, un hennissement gai comme il n'en a pas retenti dans le village depuis longtemps. La poutre s'énerve sous les secousses, son rivet fragile grince dans son trou, elle penche dangereusement à la limite d'un point de rupture, d'une explosion finale. Et Loup s'amuse, il avance d'un pas, sur la pointe des orteils, puis recule d'un pied, alignant des clins d'œil complices aux spectateurs effarés.

Trois enfants s'approchent, fascinés par le spectacle, leurs visages déjà marqués de rides d'angoisse s'éclairent d'un sourire pour la première fois de leur vie. Le manège du voltigeur dure encore, puis après un dernier regard, plein de défi et de complicité avec l'assemblée, il progresse, déterminé, vers la fin du support. S'il en atteint l'extrémité sans chuter, il peut revenir : il aura prouvé que l'Ombre n'a pas d'emprise sur lui.

Malgré les rafales permanentes du vent froid, on entend presque les respirations cesser tandis que Loup touche du pied le bout de la poutre. Elle gémit cruellement, exaltation du métal ancien à cette mort annoncée. Loup s'en fout, il pense à la feuille, il songe à son crime et il songe au futur. À ce qu'il lui reste à faire.

Alors, quand d'un pas il pourrait gagner sa libération, il se retourne vers Gaston, et dit :

« Je choisis la Descente. »

Loup erre dans le village, ses pensées s'envolent pour s'oublier dans la bouillie grise du ciel. À moins qu'elles s'effondrent. Il ne sait pas encore si sa décision l'allège ou l'alourdit.

Il fait presque nuit, pourtant les cieux éteints n'offrent pas le réconfort d'un crépuscule. Juste une étendue désertique que l'on ne peut regarder que brièvement, la vision bloquée par de sombres montagnes : les décombres. Sculptées et longilignes comme des tours, elles se dressent, assez hautes pour cacher le soleil. Bosselées et brutales comme des massifs, leurs fonds se nouent dans la tourbe brumeuse d'en bas. Leur épiderme rocailleux est semblable au versant d'une montagne, mais sous un lambeau de pierre se révèle une ossature de métal, des coursives anciennes qui courent sous la surface, des fragments d'édifices enfouis sous la roche, des câbles d'acier flottants tel des veines sectionnées. Parfois, c'est le squelette qui a percé la peau, des excroissances rouillées d'échafaudage, déchues, souvent solitaires, des constructions à jamais inachevées. Une forêt d'amalgames du naturel et de l'artificiel. De grosses piles de pierres et de ferrailles qui bouchent l'horizon.

Au point le plus haut d'un de ces amas instables, Loup et ses voisins vivent sur le toit de la terre, à quelques centimètres du ciel voilé. Le ferrailleur se demande par moment si le métal existait avant la montagne, si pendant des millénaires ces tours courbées ont assisté à leur propre pétrification, ensevelies sous une lente marée de roche.

La nuit, cette forêt monumentale lui paraît presque lisse. Il passe près de l'assemblage familier d'échelles brisées et d'anneaux métalliques, qui s'extirpe comme une plante maigre et un peu folle. Le terrain de jeu de son enfance oscille doucement devant Loup. Il lui adresse une salutation, ou un signe d'adieu.

Il parcourt à la hâte les quelques mètres qui le séparent de la demeure de Gaston. L'étrange hutte ressemble toujours autant à son vieil ami : colossale bâtisse, deux bras de fer qui fendent la caillasse du sol pour, finalement, s'arrondir délicatement en une délicate étreinte. Et puis, fragile, un verre opaque surplombe le dôme artificiel ; une vitre qui vibre en écho des turpitudes de l'occupant. Sa paroi est couverte de petites fissures, une cicatrice à chaque bouleversement de Gaston, par la faute de Loup la plupart du temps. Il fait toujours chaud chez le forgeron, car le foyer flambe sans cesse. Il préfère inspirer la braise que la brume.

« Tu comptes rester figé là longtemps, à sourire comme un imbécile ? »

Il jurerait que Gaston peut le sentir, qu'il possède quelque pouvoir troublant l'informant des trajectoires du ferrailleur. Peut-être est-ce normal, songe le futur exilé, après tout Gaston est son veilleur. Depuis toujours, il veille à ce que Loup rentre sain et sauf de ses plongées dans le néant.

Le grondement n'étant pas hostile, Loup pénètre dans la demeure au parfum grillé. La chaleur des braises, qui palpitent par pulsations fatiguées, diffuse une lumière réconfortante.

« Si mon chemin m'a mené vers toi, mon ami, c'est que je dois t'importuner une ultime fois », s'amuse le visiteur.

Le forgeron ne pipe pas un mot, il est assis à une table presque invisible dans la pénombre, sa gigantesque silhouette coule sur son habituel tabouret. Un bol de soupe vide, et une bouteille qu'il caresse d'une main absente. Des bandages couvrent ses bras, des brûlures nouvelles cloquent la peau déjà couturée. Gaston a œuvré après le spectacle de Loup, à s'en crever de fatigue.

« Qu'est-ce que tu as foutu ? » demande Loup en s'asseyant en face de lui, arrachant l'alcool de la paluche massive pour engloutir une gorgée. Le jus est bien plus ancien que le buveur, il s'engouffre dans son estomac en une vague acide, qui pue l'humus et rappelle les ruines ébène d'où il l'a déterré.

Gaston ne répond pas, il reprend la bouteille à sa manière, un geste à la fois délicat et ferme. Il ne boit pas, il la garde, et leur sobriété avec elle, car ils doivent parler avant.

« Je serais ton veilleur.

— Tu es sûr ? Ce n'est pas dans la tradition. La Descente est un voyage sans retour et sans aide. Je ne suis pas sûr que tu possèdes des cordes assez longues pour m'accompagner jusqu'en bas.

— Je n'ai pas le choix, non ?

— Ce sera du boulot, Gaston. Je suis coriace, la brume ne trouvera pas d'interstices dans ma vieille carcasse.

— Tout le monde sombre, Loup. Même les meilleurs ferrailleurs. Même les légendaires. »

Loup n'ignore pas cette fatalité, omniprésente chaque fois qu'il quitte Port-Céleste pour accomplir sa vocation. Quand il part fouiller les plateaux inférieurs dans une quête solitaire pour égayer son village. Déterrer les babioles, les anciennes flasques, et les pierres de lumières des décombres d'antan. Patauger dans la brume stagnante qui gratte le fond de ses bottes, s'infiltre sous ses vêtements, à l'affût d'une faiblesse dans laquelle s'engouffrer pour le corrompre à tout jamais. Alors il deviendrait comme ces statues à peine humaines, qui murmurent au bord des profondeurs. Les oubliés.

Oui, il n'ignore pas que tout le monde s'ombre. Même les meilleurs ferrailleurs, ces pilleurs de tombes indispensables à la survie de l'humanité.

« On boit maintenant ?

— Il n'y a rien en bas. Tu ne la trouveras pas, Auria. Elle n'est plus qu'un mirage, un filet d'encre perdu dans ce foutu brouillard qui bouillonne sous nos fesses.

— Je dois essayer. File-moi cette satanée flasque.

— Dis-moi comment. Explique-moi ton plan, ô légendaire ferrailleur, pour dénicher la feuille dans la forêt, l'ombre dans les décombres. »

L'ordre flotte un moment, comme la main de Loup, tendue vers la bouteille immobile entre les paluches cendreuses de Gaston.

— Je vais demander à Rosemonde.

— J'en étais sûr. Tu as perdu la boule. Tu as dû t'enfiler une liqueur trop forte, ou bouffé un poisson vicié arraché des eaux croupies. Rosemonde ne t'apportera que la ruine, peut-être même la mort, certainement pas des réponses. Tu es maudit Loup. Tu aurais dû sauter. »

L'emportement secoue un instant la silhouette du forgeron, un tremblement puissant, perceptible malgré la pénombre intermittente. Loup craint l'explosion, la colère ridicule et les reproches, mais son plus vieux ami s'apaise, comme si le vent mauvais qui gonflait ses joues s'était évaporé. Et le ferrailleur comprend soudainement pourquoi son compagnon serre la flasque si près de son cœur.

« Je reviendrai, Gaston. Je te le promets, je reviendrai pour toi, pour le village, et vous m'aimerez de nouveau. »

Le géant se délie, sa poigne se dénoue en même temps que son visage se défait, et lors d'un battement de chaleur, Loup aperçoit les rides tristes et les corridors de cendres, vestige de larmes.

« Tu as intérêt, Loup. Je vais m'emmerder en haut, tout seul sans toi. »

Cette nuit-là, la dernière avant que Loup entame son ultime Descente, ils boivent plus que de raison, une fois de plus. Mais une fièvre anime leur biture et hante leurs paroles jusqu'au petit matin. Alors, à regret, le ferrailleur quitte la forge pour regagner sa hutte.

Par miracle, sa cabane a été épargnée par la corruption, et sa pureté brille au milieu des autres demeures comme une dent saine au milieu de caries. Personne n'a osé l'approcher, aucune torche, vestige d'une tentative d'incendie, n'y repose, aucune trace de brutalité ne marque ses murs ou sa porte en tôle, laquelle ne résisterait pas à un bon coup de pied. Elle trône, immobile, insensible aux vents encore violents qui balayent le plateau. Sans lui accorder la moindre attention, Loup se précipite à l'intérieur pour s'effondrer dans son lit, profiter des quelques heures de sommeil restantes. Oublier, effacer de sa mémoire les événements passés, et la lutte future, se réveiller en amnésique, fragile et malléable que les autres jetteront du haut de la montagne, abrégeant ses souffrances.

Mais le sommeil ne lui apporte jamais l'oubli. Comme tous les ferrailleurs, à force d'inspirer l'écume mauvaise de la brume, il rêve, et ses rêves ont le reflet cruel des souvenirs.

Premier rêve

Je n'ai pas une bonne mémoire. Tout ce que je raconte est sujet à douter. Considérez mon rêve comme une fantaisie, une enfance romancée. Il n'y a rien de vrai.

Situons.

Port-Céleste, un nom pompeux pour un rassemblement de baraques sur le dernier plateau avant la pointe. Pas de belles demeures, mais des boules de pierres et de métaux, modelées sans joie et sans art, égrainées au fil du vent. Les habitants y végètent, ballottés par les rafales depuis les massifs qui les bousculent, les poussent perpétuellement vers le précipice. Et pourtant, ils perçoivent une beauté dans ce décor de ruines, dans ce vertige qu'ils nomment vie.

Mes rêves, quand ils fondent sur moi, irritants et épuisants comme les démangeaisons des blessures anciennes, ressemblent au spectacle des décombres. Ils se confondent avec le paysage si familier des grands pics qui s'élancent dans le ciel impénétrable et dont les fondations se noient dans la brume. Ma mémoire fonctionne ainsi, certains souvenirs la fendent, vifs, tranchants, et percent le voile de l'oubli, dans tout l'éclat ou dans l'ignominie d'une multitude de détails, tandis que le reste, le quotidien, se dilue dans une mélasse à peine compréhensible.

Ce jour-là, j'ai dix ans. Gaston m'accompagne à son habitude. Il pisse dans le vide, il fanfaronne, estimant que son jet arrose les géants d'en bas. Moi, je me balade au bord du gouffre. Deux pantins encore mal articulés jouant les équilibristes sur le souffle puissant et indifférent des hauteurs. J'ai la peau blanchie par un soleil trop lointain, et la bouche chargée de jurons, d'idées de jeux et de défis que je partage volontiers avec mon compagnon de fortune.

Je crois que l'on a chapardé de l'alcool et un peu de fumette. N'empêche qu'à nous voir sautiller sur le bord, à narguer la Poutre, nous approchant d'elle sans oser réellement y foutre un pied, nos mères respectives auraient été terrifiées. Et sans doute, nous auraient-elles dispensé une raclée monumentale, bien méritée. Peut-être aurait-il mieux fallu. Peut-être…

Mais, dans ce rêve, nos mères n'existent pas, ou plus. Celle de Gaston a chuté à sa naissance, et son père l'a accompagnée. Boum ! Gaston, à peine son premier braillement retenti se retrouve orphelin. Personne ne pleure sa misère pourtant. Pas le temps. Moi, mes parents sont descendus. Ils ne reviendront plus. Le jeune Loup apprendra à se débrouiller seul.

En attendant, je joue toute la journée au ferrailleur, et Gaston prend le rôle du veilleur. Armé d'un bâton, je frappe les ombres et les bêtes qui tentent d'infiltrer ma cabine de Descente, tandis que mon allié pousse des hurlements factices pour m'avertir et émet de puissants souffles de fatigue, mimant avec un certain talent l'homme qui hisse l'appareil. Nos estomacs grouillent de vide, nos cheveux et nos corps puent la saleté, nos gorges grésillent de sécheresse. Et pourtant, je rêve que nous sommes un peu heureux.

Soudain, je suis triste. Les ailes d'un rapace en vol obscurcissent mes pensées, son cri macabre distord ma joie. Je songe à mes parents. Je me tourne vers mon seul ami, mon éternel suivant, mon fidèle lieutenant, et je lui crache :

« Promets-moi, souillure de fiente, que si j'ombre, tu me tues ! »

L'autre me mate un moment, l'air hésitant. Alors, je m'énerve, chiot alpha contrarié et je lui jette mon bâton, qui rebondit mollement sur son corps déjà colossal.

« Promets-le-moi sur tes parents morts ! »

Il serre les poings, le front levé, défiant, l'onde rousse sur sa tête se dresse en ficelles indignées.

« Si tu sombres, je t'écrase le crâne à coup de massue.

— Crache-le ! »

Il se retourne et d'un glaviot magnifique, décore le vide un fragment de seconde.

« Je tiendrai ma promesse, j'en crache sur la touffe des titans ! » déclara-t-il, solennel.

Je lui promets la pareille. S'il ombre, je le tue.

Ce n'est pas une promesse en l'air à Port-Céleste. Je le sens déjà, les fantômes se massent sous nos pieds, et nous n'avons plus nulle part où s'enfuir. Dans cet éternel chat perché que nous jouons avec les bêtes qui sommeillent aux pieds des montagnes, nous avons atteint l'ultime cachette.

Ces sombres considérations flottent dans nos esprits juvéniles, un vague murmure encore, une inquiétude incertaine. Mon crachat, à son tour, s'oublie dans la mer d'ombrageux nuages qui bouillonne en bas, et je m'apprête à reprendre notre jeu, à redevenir le ferrailleur héroïque dont les bardes évoqueront le nom jusqu'à la mythique Forteresse-Sur-Les-Nuages.

Mais quand je me retourne, Gaston fixe le vide la bouche béante, son attention dévorée par la poutre. C'est que s'y tient une silhouette malingre, éblouissante comme un soleil de chiffon. Elle oscille sur la tige de fer qui tangue rageusement. Comme une feuille accrochée à sa branche au cœur du printemps, elle voltige sur le vent avec un petit rire moqueur.

Un départ

Le lendemain du jugement, au bord du versant, la légère courbe qui se perd dans le mirage d'en bas, Loup se prépare à descendre. Gaston le harnache, des gestes que le forgeron connaît comme une vieille habitude, imprimée à même les callosités de ses mains. La partie la plus délicate, il l'exécute sans même vraiment y songer : enfiler le Fil dans le harnais du Descendeur. Cette fine corde à la pâleur invisible sera son seul lien avec les hauteurs pendant son exil, une aide inestimable contre la solitude et les recoins sombres.

Devant Loup, l'averse enjambe, boiteuse, les pics embués des sommets lointains. Il se demande quel goût a la pluie dans ces ailleurs perdus par-dessus les précipices et les abîmes. La sienne exhale ce parfum curieux de rouille et de pierre, froide et chaude en même temps sur les tempes, acide et sèche au toucher. Fragrance familière, savourée mille fois lorsque les nuages s'ouvrent enfin. Les villageois sont sortis en toute hâte, encombrés de fûts et de pots, de tout ce qui possède un fond afin de recueillir le précieux liquide. Certains tapent dans le dos du ferrailleur, craintifs, mais enthousiastes : ils louent cette pluie soudaine comme un bon augure, un présage de son retour du néant. Finalement, tous ne sont pas prêts à perdre leur héros.

Loup ne croit pas en ces imbécillités mystiques. L'ondée fumante ne rendra que les parois plus glissantes, elle suintera en fils dérapant entre ses doigts, et formera sur les plateaux des flaques félonnes qui engloutiront ses pieds. *Tant pis pour lui*. Il aime cependant le vacarme joyeux des cascades, toute cette flotte qui s'écoule pour arroser la tête des géants.

D'une poigne ferme, mais douce, son veilleur inspecte le travail achevé, tirant fortement sur les jointures de l'appareillage. Si elles craquent, c'est la chute.

« Tu as fini ? » s'impatiente Loup.

— Tu feras attention à la sangle droite, le cuir est vieillot, et surtout l'armature pointe sa gueule à travers l'épaisseur, conseille Gaston. Ça te démangera sans doute sur le chemin, peut-être à te filer une ramure à l'entrejambe. Par contre, si tu te laisses tomber trop vite, tu risques de t'embrocher les parties. »

Il arrête soudainement son manège, et ajoute d'un ton froid :

« Ironique comme façon de crever pour toi… »

Loup se retourne vers son ami, à moitié furieux, à moitié rigolard.

« Bon si tu as fini de me tripoter, il faut que j'aille me jeter du haut de la montagne.

— Que les géants ne t'avalent pas tout de suite », déclare le forgeron avant de lui frapper le dos de sa main énorme, douloureux signe du départ.

« Ou, au moins, d'un seul coup », conclut Loup en riant, puis le plus naturellement du monde, il enjambe le précipice et se glisse adroitement le long de la paroi. L'assemblée qui n'a pipé mot se fend alors, un môme et une fillette accourent sur les bords pour observer les débuts de la Descente. C'est le forgeron qui les empêche de se faire emporter par les bourrasques. Le vent frappe fort aux bords des précipices.

Loup est déjà plusieurs mètres plus bas, à peine visible au bout de sa corde, perdu dans les fumées noires qui habitent le vide. Il tire sur le Fil et Gaston se penche, les deux mômes toujours coincés sous ses coudes. Le veilleur remarque le sourire de son ferrailleur. Le rictus sardonique se meut, Loup parle, mais le gouffre étouffe ses mots. Pourtant, le roux les entend comme au premier jour.

« Promis, j'en crache sur la tête des titans », répond-il dans un murmure.

La première étape de sa Descente lui est trop familière pour révéler un quelconque défi : il connaît les aspérités des corniches intimement, comme une peau que l'on a trop grattée. Il y a les plaques de roches lisses et dangereuses dans lesquelles il enfonce ses piquets avec l'enthousiasme du commencement, ces quelques interstices bienvenus, puis au centre du périple comme installé là volontairement, le repos offert de ce grand tube ocre qui émerge au milieu du chemin, un barreau solitaire pour aider quelques géants à monter d'un pas vers Port-Céleste.

Le ferrailleur apprécie cet interlude, cet étroit réceptacle assez long pour s'y coucher, posé comme une trêve, à l'abri des sarcasmes du vent, et des plis du cœur qui suivent éternellement ses départs de Port-Céleste. *Un exil méritait bien une pause appuyée*, s'est-il justifié en s'y glissant.

Trop étroit pour s'y redresser, il le parcourt la tête baissée, ses cheveux frôlent la surface froide de la coursive. Le trajet est bref, à peine une petite minute de marche courbé et puis voilà l'impasse, où le fer et la roche s'accouplent enfin en une plaque de verre chatouillée par les quelques lueurs grises qui ont persévéré jusqu'au bout du tuyau.

Par quelle magie une matière peut-elle être à la fois transparente et opaque ? L'hésitante lumière pénètre à peine la vitre qu'elle est aussitôt dévorée par l'obscurité prédatrice. Cette noirceur secrète monopolise l'attention de l'observateur : c'est une fenêtre au sein de la roche, remplie d'ombres insaisissables et de formes invisibles. En y collant l'oreille, il jurerait que le néant bourdonne.

Il faut reprendre la Descente, et Loup se détourne du vide obscur pour celui plus aérien de l'extérieur. Devant lui, l'horizon des montagnes de décombres s'offre à lui, cette mer immobile aux immenses vagues figées. L'onde s'étale bien au-delà de sa vision, les sommets se confondent peu à peu en un ressac interminable.

Une heure encore à escalader pour atteindre le plateau inférieur sur une surface presque lisse, impraticable aurait-dit le grimpeur moyen. Mais Loup est un ferrailleur, et il est préparé. Il a jalonné la descente de pics d'argent, translucides dans la brume, quasiment invisibles au regard sauf pour le sien. Et ceux qui échappent à sa vue, il les retrouve de sa mémoire.

C'est un sol brumeux et vague qui accueille ses pieds vacillants sous l'effort, le contraignant à piétiner pour requinquer ses guibolles flageolantes. La première étape horizontale se déroule devant lui, un plateau agréablement plat, étroit comme une passerelle qui ne mène nulle part : son fond se perd dans un rideau de fumée noire. Loup sait ce qui s'y cache : Les Marches, qui s'étalent le long du versant opposé. Un puzzle de tube d'acier, formant, à force d'emboîtements, des escaliers à la taille démesurée, destinés à être foulés par des entités sans nom.

Un murmure lointain se perd dans le brouillard, tirant Loup de sa contemplation. Sentant que l'inaction risque de le pousser à la réflexion, ou pire l'introspection, il se met en mouvement pour chasser le miasme grisâtre qui frotte vicieusement ses chevilles et cherche une faille à creuser.

« Je suis Loup. Je ne suis pas la brume ! » clame-t-il.

Sa main serre le Fil, son dernier lien vers les hauteurs. Ses doigts y appliquent des trémolos subtils. Ils intiment quelques mots secrets à son veilleur grâce à leur alphabet de vibrations. Gaston lui répondra dans quelques minutes… ou quelques heures. Loup reprend sa marche. Dans le lointain, il entend comme une chanson, grave et répétitive. Ce sera sa première destination, sa première mission. Autour de lui, les parois se resserrent, et il aperçoit les premières constructions. C'est le point le plus proche de la montagne de décombres voisine, où les bords se font dangereusement lisses et venteux, promettant une chute à pic à celui qui l'abordera trop vite. L'espace paraît gigantesque pour les humains, mais pour les titans qui empruntaient les Marches, une simple foulée aurait permis de le franchir. Alors, pour prévenir les voyageurs, les hommes d'antan ont installé, comme garde-fou, des colonnes d'obscurantine, ce métal aussi opaque que résistant. Finement décorés, les piliers indiquent le chemin vers les hauteurs dégagées de l'ombre. Malgré leur solidité, la plupart des ornements ont été brisés. Sans doute des oubliés ont fracassé les balises du sentier qu'ils ne peuvent plus emprunter, les souvenirs d'une humanité qu'ils ont perdue.

« Merde aux anciens ! »

Faire sonner sa voix pour troubler la quiétude néfaste de sa descente, un exercice qu'il pratique souvent. Au loin, la chanson, plutôt une complainte, ou un grognement légèrement nuancé, l'appelle. Comme un radotage presque silencieux, contenant à peine assez de sens pour échapper à la condition de simples soupirs.

« Mes amis, c'est vous ? »

Deux ombres s'agitent mollement, si maigres, affalées ainsi derrière le pilier, que Loup les discerne avec effort. Alice et Gallart, ses deux oubliés, patients, toujours à l'attendre à deux pas du précipice. Un couple du village demeuré trop longtemps à admirer un orage, saisi par la brume alors qu'ils se nourrissaient de la beauté déchirée du ciel. Ceux-là aussi ont choisi la Descente, mais leur exil fut sans ampleur : il cessa au pied de Port Céleste. D'en haut, on peut observer leur lente agonie les jours où la brume s'effiloche.

À l'approche du ferrailleur, les murmures s'accroissent, un croassement absurde s'arrache même du gosier d'une des créatures.

« Loup ? »

L'appel torturé provient d'Alice. Deux billes noires plantées sur Loup, une chevelure si fine, à la blancheur millénaire, et un visage aux traits estompés, rendu sec par le sel de l'angoisse. Elle refoule le déclin et la mort. Mais elle se souvient de son nom, et dans sa question, Loup a entendu comme l'écho lointain d'une inquiétude. Il reste donc un peu d'Alice dans cette figure blême.

L'autre est couché contre l'obscurantine. Rigide comme une statue, sa poitrine s'affaisse avec une lenteur douloureuse, des inspirations et des expirations longues comme des éternités. Tourné vers le ciel, ses traits se sont effacés, son regard s'est enfui. Noyé dans un torrent de rides obscures, son être approche de la fin.

Loup grogne, pressuré par le poids de sa responsabilité. Si le couple n'a pas plongé plus loin dans les profondeurs, c'est pour lui. Pour l'attendre, le rencontrer chaque fois qu'il descend, et s'accrocher à sa présence comme une ancre, pour retarder l'inévitable, l'Oubli terminal. Car il existe une loi partagée par tous les perchoirs, aussi distants soient-ils : *le vivant offre à l'Oublié son souvenir ou sa fin*.

Loup espère le premier, mais craint le second.

Le ferrailleur se penche sur la silhouette aux contours vaporeux. Déjà des lambeaux de peau se délitent en filet noir, se confondent dans la brume du sol. Sans hésiter, il pose une main sur l'épaule incertaine. Le corps s'agite, des tentacules fumeux s'enroulent avides sur les doigts écorchés du grimpeur. À peine frôlent-ils la chair qu'ils grésillent et s'écartent et la forme indistincte pousse un feulement fâché.

« Gallart. C'est moi Loup, tu te souviens ? »

Aucune réaction chez le condamné, déjà loin dans l'abysse. Le temps manque, il s'enfuit avec la conscience de son interlocuteur. Mais Loup persiste.

« J'ai dansé avec Alice à la dernière lumineuse, ça t'a mis d'une drôle d'humeur. On a failli en venir aux mains. »

Dans l'absence de visage, deux lueurs, des lumières qui percent difficilement le voile opaque. Ce regard a traversé un océan de solitude, aux vagues profondes comme des précipices, à la marée traîtresse. Arrivé à destination, il ne subsiste de lui que la pâleur moite d'un naufragé.

« Alors pour t'apaiser, et parce que t'es bien trop costaud pour que je risque ma santé à me battre avec toi, je t'ai fait causer. Tu m'as raconté Alice et toi. Tu m'as dit que tu l'as aimée la première fois un soir de pluie. Tu te rappelles ? Les gouttes vous tombaient dessus, par paquet, sur vos corps déshabillés. Ça vous a fait marrer ces gouttes… Elles faisaient comme des… »

Les lueurs vacillent, englouties par le bouillonnement enragé de la brume qui refuse d'abandonner à sa proie le plaisir d'un souvenir heureux. *Elle le dévore*, songe Loup, *elle a bientôt fini son festin*. Gallart lève pourtant une main frêle pour toucher son interlocuteur. Sa poigne a la consistance d'un nuage.

« Je ne sais plus rien. »

Sa voix grince, sèche comme deux pierres qui se frottent.

« Seulement le rempart lépreux, ses corps qui hurlent et qui n'en finissent pas de chuter. Un abîme à l'envers, empli de vides et de mensonges, les avale. Je suis le rempart. Nous…

— Je me souviens », coupe Loup, une boule amère dans la gorge, et il sent Alice frémir à ses côtés, horrifiée par le mot interdit.

« Je me souviens, répète-t-il malgré tout, plus fort. Gaston a débarqué, et j'étais soulagé, parce que les poings deviennent des mains tendues quand il se pointe, un de ses nombreux pouvoirs magiques. Ça n'a pas manqué : tu as souri aussitôt en le voyant avant de lui demander de te forger deux bibelots, deux petites perles brillantes à jamais figées ensemble, comme Alice et toi. »

Son babillage incohérent cesse alors que les ombres se hissent en fauves affamés. Il y a une guerre qui se déroule dans ce corps déchu, une bataille pour se reformer et redevenir. Et c'est à Loup de trouver les mots qui scelleront la victoire de la vie contre l'oubli.

« Je le sais, j'étais là. Tu as toujours été un sacré romantique. Surtout ivre. Et tu lui as répété l'histoire de la pluie, que ses gouttes faisaient comme des…

— Chatouilles du ciel », éructe la pâle incarnation en vomissant un jus ébène presque solide.

Le regard naufragé prend une grande inspiration de lumière qui éclaire un visage où Loup devine les vestiges de Gallart, ancien compagnon d'infortune, amoureux transi, et oublié au bord de la fin.

Alice couine de bonheur, un élan d'enthousiasme puissant si l'on considère sa condition, tandis que son compagnon, qui vivra encore, se redresse mollement. Loup soupire, et songe au futur : ces deux-là n'ont à leur disposition qu'une semaine ou deux, et ils ne pourront plus compter sur le ferrailleur pour jeter un peu de clarté sur leurs ténèbres. C'est ainsi, ils en ont profité tant qu'ils ont pu, se raisonne Loup, sceptique malgré lui.

« Ah, je suis sacrément heureux de te revoir, mon Gallart !

— Content de *me* revoir se réjouit l'ombré, qui balaye d'un bras flasque la brume collée à sa peau. Tu pars en chasse ?

— Pas cette fois, mes amis. Cette fois, je descends. Jusqu'au bout. »

Un hochement imperceptible émeut la tête du presque oublié, et Alice laisse échapper un « oh » à peine audible. Échanger avec des déchus invoque les paroles glissées en secret, des bribes qui brisent le silence sépulcral.

« Qu'as-tu fait ? » demande Gallart, mais la main d'Alice caresse sa chevelure grise, et il ravale ses mots.

« Qu'est-ce que cela peut nous faire ? On aura bientôt jeté tout ça dans cette fosse sans fond qu'est notre mémoire. Sa faute est la sienne, n'est-ce pas ? Puisse-t-il empêcher les géants de dormir quand il ira les déranger ! C'est mon souhait. »

C'est beaucoup de paroles, et la jeune femme s'est prostrée sous l'effort. Pour échapper au triste spectacle, Loup se plonge dans le mur brumeux : il lui semble apercevoir des reflets d'argents, comme des tubes émergeant en un froissement nuageux.

« Rosemonde est partie, Loup », confie Gallart, et sa voix tremble légèrement. De la peur. Toute émotion est bonne.

« J'ai cru comprendre en ne voyant pas cette grande pleurnicharde en train de te secouer, Gallart. Qu'est-ce qui s'est passé ?

— Elle a perdu son pendentif. »

Mais la main d'Alice sur la bouche de son compagnon lui coupe encore la chique :

« Elle ne l'a pas perdu, elle l'a jeté du haut de la corniche où les montagnes se séparent, vers le Moulin. Je le sais, je l'ai vue.

— Elle ne pleurnichait plus ces temps-ci, Loup.

— Elle a dit à Gallart qu'elle l'avait perdu, et elle a prétendu qu'elle partait le chercher, mais je crois que c'est un mensonge.

— Elle ne gémissait plus du tout. Et elle ne me secouait plus, les fois où je m'égarais.

— Mon ami, tu te trompes. Elle pleurait toujours, mais à l'intérieur, parce que l'oubli avait soudé ses paupières. »

La Soufflerie. Voilà un lieu que le ferrailleur aurait souhaité éviter dans sa Descente, un détour dangereux, mortel même. Mais que faire ? Un ferrailleur, ça ferraille, ça déterre les trésors des anciens, mais aussi les souvenirs des contemporains. Et ça n'échappe pas à sa mission. Rosemonde fut une amie, une étincelle vivace emplie à ras bord de joie et de rires, un secours inestimable pour un homme tel que Loup, plus particulièrement ces nuits trop nombreuses où il émergeait bredouille des profondeurs, le sac léger, mais la pensée lourde. Il l'avait trouvée toujours attablée, à picoler avec des solitaires refusant la torpeur, à gueuler son hilarité sans finesse, un beuglement heureux que Loup percevait de tout son corps, qui s'infusait dans son âme pour en déboucher les artères d'angoisse, et en désencrasser les pores colmatés par la brume.

Nombre de fois, il prenait place à ses côtés. Il l'écoutait. Et enfin, il respirait.

On n'abandonne pas une fidèle compagne d'infortune à l'infortune. Alors Loup serre les dents, vérifie d'une main tâtonnante les radieuses que son veilleur a empaqueté, et se prépare à une nouvelle expédition pour sauver un ombré de l'Oubli.

Le Fil se trémousse dans son dos, un signal précédant un message, et il l'attrape vivement. Gaston se questionne sur la survie du trio d'oubliés, et surtout, il souhaite transmettre son amitié particulière à Rosemonde. Solidarité de colosses, songe Loup, avant de quitter Gallart et Alice. Le couple réentonne leurs chants monotones, collés l'un à l'autre, sous cette colonne brisée qui s'enroule autour d'eux tel le seuil d'une maison en ruine.

Loup longe la corniche dont la largeur ne cesse de diminuer, au point où son extrémité rappelle la poutre qu'il a bravée. Derrière lui, les ombres de Gallart et Alice se sont dissipées dans le brouillard ambiant, et il est seul. Il serre son Fil, mais ne dit rien. Trop parler risquerait d'endormir son veilleur, laissant le ferrailleur dépourvu d'aide en cas de coups durs. Et ceux-ci arrivent à grands pas. Ils accélèrent même leur course à mesure que le voyageur solitaire approche de la Soufflerie.

Au bout, Loup ne distingue aucunement la beauté des Marches, masquée vicieusement par le rempart de fumée qui sinue autour des tubes d'acier comme un serpent gris aux anneaux épais. Il aperçoit par contre le cordage fatigué qui pendouille sur le côté, une échelle flottante, rongée par la pluie, plongeant dans l'abysse. Pour atteindre la Soufflerie, le vadrouilleur doit braver les échelons flasques et risquer la rupture d'un barreau humide. Loup atteste d'un orteil le manque de solidité de la structure déliquescente, se demandant s'il ne doit pas plutôt tenter l'escalade de la surface. Un saut périlleux lui paraît un instant préférable, alors que l'ensemble émet un déchirement sinistre. Il pense à Gaston, en haut, pour se rassurer. En cas de catastrophe, son veilleur le rattrapera sans difficulté.

Il réajuste sa mince ficelle d'argent. Le Fil, sa laisse céleste, son lien avec les hauteurs. La méthode de sa confection a été perdue des éons auparavant, les arcanes mystérieux qui l'animent sont désormais un secret réservé aux morts, mais l'artefact demeure bien utile aux vivants. Un simple *fil*, à peine visible si ce n'est pour sa discrète lueur, et pourtant une magie le rend insaisissable par les brumes, capable de se faufiler sans craindre le tranchant de la roche, la courbure capricieuse des tunnels, ou la profondeur interminable des décombres. Jamais il ne trahit son porteur, jamais il ne se brise.

Bien sûr, cette bride miraculeuse ne vaut que par la compétence de son manipulateur. Gaston le veilleur la tient solidement, par un embout de cuir épais noué à une paire de gants fourrés. Il demeure ainsi toute la journée, dormant peu, se nourrissant frugalement, penché sur l'objet, occupé à écouter ses vibrations pour en comprendre le langage. Parfois, le Fil porte les mots qu'impriment Loup sur la cordelette, une discussion lointaine, retardée, qui leur évite à tous deux la solitude. Parfois, le Fil subit un mou brutal ou une contraction soudaine, le signe d'une chute involontaire ou d'un danger des profondeurs. Alors, Gaston insuffle des tensions salvatrices par des gestes incantatoires, des tensions que nulle distance n'absorbe. Elles parcourent le crin sans perdre leur force. Aussi bas que Loup descende, Gaston l'accompagne.

Quand le ferrailleur voyage à l'horizontale, il préfère que le Fil soit attaché au niveau de sa hanche, pour lui offrir la liberté de courir ou de marcher sans craindre que les torsions de la ficelle faussent la nature de ses déambulations à Gaston, que le géant l'arrache sans raison du sol, croyant l'extirper d'une situation mortelle. Mais face à l'exercice périlleux qu'il s'apprête à mener, le Fil regagne la boucle supérieure du harnais, celle qui lui chatouille le cou. Loup supprime le mou d'un geste sûr et, rassuré par la force venue des hauteurs, enjambe l'échelle. S'il tombe, sa chute sera courte avant que le Fil se tende. Courte, mais douloureuse : ses poumons compressés par le choc, ses parties broyées par le harnais, son corps entier débraillé comme un pantin abandonné par son marionnettiste.

« Tu te fais vieux Loup, tu paniques comme un vieillard à l'idée d'emprunter une simple échelle… »

Décidé, il pose un premier pied, et la corde couine. Un simple salut, se rassure-t-il, pour l'accueillir, le prévenir qu'il doit traiter les barreaux fatigués avec douceur. Alors il abaisse le second pied avec une finesse exagérée. Le couinement se tait un instant, puis le silence soudain se transforme en râle sifflant, puis en craquement sec et momentané, et puis Loup sent avec horreur le vide engouffrer ses pieds. Seul un vieux réflexe le sauve de la dégringolade douloureuse : il agrippe la bordure de toute la force paniquée de ses doigts, abandonnant à la pierre quelques morceaux d'ongles ensanglantés. Ses orteils balayent l'abysse à la recherche d'un nouvel appui qui lui échappe. Loup est conscient de la scène qu'il offre à la brume à s'agiter ainsi par-delà le néant, à serrer la montagne avec désespoir, comme un bébé qui étreint sa mère et refuse de quitter son sein.

« Ah, décombres ! Je te présente Loup, le plus grand des ferrailleurs », murmure-t-il tandis qu'un des cordages accepte enfin de s'emmêler autour de son pied paniqué.

« Oui. L'humanité est bonne pour la casse. »

Il reste ainsi un instant, le panard emberlificoté dans la corde, et les bras étreignant furieusement le plateau, cherchant son souffle, et son courage. Il lève les yeux pour prendre une bouffée d'infini, et se heurte au ciel, blanc et lourd. Il peut presque s'y refléter.

Une goutte de sueur coule le long de son dos, froide comme un frisson. Priant pour que son appui se révèle plus solide que le précédent, il pose sa seconde chausse, et détend ses doigts. Un nouveau couinement suspect, puis la sensation d'une flexibilité fiable. Après quelques barreaux, Loup se fige, et considère l'idée de demeurer ainsi sur cette échelle aux nœuds trempés, les yeux collés à la pierre suintante, ses mains rougissant les brins usés à les serrer avec trop d'insistance. Le fantasme le séduit. Demeurer là et fusionner avec la montagne.

C'est la brume, il le sait, qui remonte insidieusement le long de son échine et creuse ses faiblesses. Traîtresse, elle lui susurre de délicieux mensonges d'abandon confortable. Loup y adhérerait presque, si une vision soudaine ne lui réveillait pas le cœur. Un détail, pourtant, un fragment infime, presque invisible. La courbe d'une corne bestiale, à la blancheur éclatante, sans corps. Incongru. Le funambule souhaiterait crier, mais l'ombre logée dans ses poumons l'en empêche, alors il fixe ce spectacle grotesque. Son esprit de ferrailleur déraille et s'enfonce dans les raclements vains.

Gratte. Une odeur de vieille poussière, un cri lointain, et une chute inversée.

Gratte. Une larme, une seule, sacrifiée au vide, et une fille feuille vole sur la poutre, oublie Loup, pars, ne reviens pas. Le Fil est un mensonge ! *Saute !*

« Je suis Loup. Je ne suis pas la brume. »

Il serre les paupières, enfant terrifié par les ombres nocturnes. Il les garde clos longtemps, assez pour vaincre sa peur mille fois. Quand il les ouvre, la corne s'est dissipée, peut-être n'a-t-elle jamais été là ? Loup en est certain, un mauvais rêve, qu'il a déjà presque oublié.

Il se remet en route et quelques longues minutes flageolantes plus tard, il lâche l'échelle. Il approche de Rosemonde, et de la Soufflerie, la dernière demeure des hôtes. Le Fil vibre, c'est Gaston.

« Tu as failli perdre pied. Tu te fais vieux, Loup. Moi aussi. On fait une pause. J'ai la tête lourde de sommeil, et une envie d'uriner à m'en souiller les fripes. »

Loup, d'une main presque aussi tremblante que le Fil, répond à l'affirmative. Les trêves sont courtes, quatre heures de sieste arrachées au périple, pour se ragaillardir sans laisser les nuées sombres engloutir l'esprit du dormeur. Et pour offrir le temps au veilleur de décontracter ses muscles crispés et libérer ses tympans.

« Tu devrais dormir avant de pénétrer dans la Soufflerie. Il te faudra toute ta vigueur pour affronter Rosemonde. »

Quelques instants plus tard, Loup s'est confectionné un lit agréable sur la roche avec le drap et quelques coussins de feuilles tirés de son barda. Impossible de rendre moelleuse la dureté des décombres, mais un ferrailleur ne peut négliger le confort de ses rares siestes. Avant de dormir, il boit, à regret, quelques gorgées de ce qu'il surnomme la Boue, une soupe épaisse, mélange infect de tout ce qu'il a pu trouver dans les hauteurs, noyé dans le sel et la graisse animale. La mixture nourrit, ne pourrit pas, et offre le bénéfice d'étouffer les grondements de l'estomac dans un arrière-goût infâme.

D'un œil, il s'assure de l'absence de tout nuage trop sombre, de fourbes créatures prédatrices guettant son répit pour le dévorer. Rien. Il s'endort. Il connaît déjà la nature de son futur rêve.

Deuxième rêve

« Moi, c'est Auria. Gaston dit que tu veux devenir ferrailleur. Moi aussi. »

Je hoche la tête, cela me semble aller de soi. Après tout, elle dansait déjà au-dessus du vide, je reconnais le talent quand il sautille devant mes yeux. Elle s'était précipitée vers nous dès qu'elle nous avait aperçus, un air sérieux sur son visage rond. Elle se présenta d'abord à Gaston qui s'était instinctivement avancé vers elle. Pas moi, j'avais le regard fixé sur la poutre, sa langue enragée tourbillonnait depuis le départ de la jeune fille, frustrée sans doute d'avoir perdu son dîner. L'affirmation de la nouvelle venue me rappelle à l'ordre, et je me présente à mon tour :

« Loup.

— Où ça ? »

Gaston intervient, interprète de secours face à ma stupeur. Le grand échalas, d'abord estomaqué par la prouesse de la funambule, révèle maintenant un enthousiasme débordant pour la nouvelle venue.

« C'est son prénom. Je crois que tu l'as ensorcelé !

— Comment ça ?

— Il essaie d'aller sur la poutre depuis qu'il a six ans, mais il n'ose pas.

— Si, j'ose. Enfin, j'ose presque. J'ai déjà mis un pied ! »

Ma défense est molle, et elle me paraît assez inutile, car il n'y a pas de mépris dans le visage de mon interlocutrice. Elle me considère gravement un instant, comme si elle jugeait mon étoffe.

« Pourquoi ?

— Brénard me dit que l'équilibre, c'est le courage. Il faut le trouver si l'on veut descendre. Je l'ai presque.

— Oui, enfin ses leçons, c'est pour si on doit fuir le village », précise Gaston, déjà l'éternel inquiet. « Il nous filerait une sacrée rouste s'il nous voyait en train de jouer autour de la poutre.

— Non je veux dire pourquoi tu veux devenir ferrailleur ? » reprend Auria en me scrutant.

Je pressens que de ma réponse dépend la suite de mes relations avec cette incroyable étrangère. Je me justifie donc avec l'assurance débordante d'un gamin de mon âge.

« Pour trouver comment tuer les titans.

— Très bien, acquiesce-t-elle. Moi je me fiche des géants. Je veux savoir ce qui se cache au-dessous d'eux. »

L'idée est extravagante, elle me laisse pantois. Tout le monde sait que les titans sont en bas de la terre, qu'ils portent les décombres sur leurs vastes épaules brumeuses. Elle a déclaré sa folie sur le ton de l'évidence, et un instant, je m'apprête à la reprendre, mais elle saisit mon bas. Je constate avec un peu de fierté qu'elle est légèrement plus petite que moi.

« On fera équipe alors, Loup ? »

Je hoche la tête. Cela me semble aller de soi.

« Et toi tu seras notre veilleur », ajoute-t-elle en tentant de se saisir de l'épaule de Gaston, mais le garçon déjà trop long échappe à sa portée, alors elle lui tapote fermement le poitrail.

Gaston acquiesce, convaincu. Je le sais déjà, j'ai perdu mon poste de commandant, détrôné en quelques instants par une feuille tombée d'un arbre invisible, perdu dans les hauteurs. Il doit être unique, cet arbre, décidai-je en regardant ma nouvelle collègue, qui me déclare :

« Tu n'es pas très sauvage comme Loup. Tu m'as surtout l'air un peu triste.

— Comment tu fais pour la poutre ? »

Elle sourit. Et elle me le dit.

« Eh bien, mon cher Loup… »

J'entends le grattement, la bête qui patiente dans le rocher creux, la boîte à spectres. J'entends mes hurle…

Le soir même, nous sommes quatre devant Brénard. Gaston bien sûr, sa tête trop grosse aplatie contre sa paluche encore trop petite, les yeux plissés de manière comique pour mieux le regarder. Rosemonde, encore plus épaisse que Gaston, vautrée sur un coussin qui dégueule sa laine sous la pression. Auria, qui se tient droite, concentrée, son esprit entier déjà dédié au futur récit. Et enfin moi, courbé, presque écrasé par l'admiration que je lui porte. Je ne pourrai pas ouvrir plus mes oreilles ou écarquiller plus mes yeux. Lui, c'est Brénard, notre grand frère à tous, et le successeur de mes parents, un ferrailleur.

C'est le soir, il fait froid, nous sommes dehors. Le ciel est un voile noir transpercé d'étoiles comateuses, leurs étincelles spatiales nous parviennent étouffées. Auria est arrivée à Port-Céleste depuis quelques jours, mais nos esprits d'enfant l'ont déjà intégrée comme une sœur d'arme et d'âme, une amie de toujours. Un feu de camp nous caresse les jambes de sa chaleur bienvenue, et Brénard se tient derrière. Il s'est improvisé conteur pour la soirée, cachant son visage rustre et son habituel chapeau à grelots sous les flammes vives, les rideaux de sa scène de théâtre nocturne.

« On les appelait les hôtes. Ils invitaient les voyageurs des montagnes de fer dans leurs palais monumentaux pour leur offrir un repos confortable sous la forme d'un repas abondant, d'un âtre généreux, et d'un lit moelleux. Colosses bienveillants, leur rire gigantesque tonnait à travers les décombres comme un doux présage pour l'arpenteur épuisé par la dureté du sol montagnard. »

« Dans leur auberge, les hôtes accueillaient leur invité d'une étreinte solide et d'un sourire à la mesure de leur taille, désarmant les inquiétudes les plus timides. Ces ogres inoffensifs ne se nourrissaient que de la compagnie des humains, de la chaleur d'une soirée arrosée, passée à évoquer des contrées lointaines, des histoires oubliées. Car les hôtes connaissaient le passé ancien, précédant les perchoirs et la fuite vers les hauteurs. Et quand la nuit s'allongeait, ils le racontaient par des pas de danse sismiques, des chants aux trémolos antiques, ou des théâtres dramatiques. »

Il s'interrompt, il boit une lampée d'une flasque qu'il nous tend, accompagné d'un clin d'œil complice. Nous n'avons après tout que dix ans. Rosemonde est plus vieille, quatorze révolutions au comptoir. D'autorité, elle se saisit du réceptacle avant nous pour engloutir bruyamment, et bravement, une goulée sous nos regards appréciateurs. Bien sûr, elle s'étrangle et on se marre. Bientôt, nous l'accompagnerons, un concert étranglé de gorges trop jeunes, brûlées par l'alcool, et nous jetterons la bouteille maudite à Brénard, en l'insultant copieusement.

Et il rira, la saisissant au vol d'un geste incroyablement adroit, mine de rien, captant de nouveau notre admiration éternelle. De son long doigt à la peau usée, il grattera la surface bosselée de la flasque, un grincement désagréable et nous cesserons de piailler. Alors, il jettera un peu d'alcool dans le feu, et des flammes empourpreront la grisaille obscure du ciel, signe qu'il s'apprête à reprendre son récit.

« Les hôtes, aussi têtus que fiers, refusèrent de fuir vers les hauteurs. *Le ciel est trop bas pour nos têtes,* clamèrent-ils, *on risquerait de se cogner le front contre le plafond de cette planète*. Hors de question de nous accompagner, nous les chétifs humains dans nos perchoirs perdus. Ils nous laissèrent donc à notre fuite, et préférèrent bâtir la Soufflerie, leur forteresse troglodyte, aux parois d'acier ornées de pales assez larges pour porter dix hommes. Imaginez un moulin s'accouplant avec un château, des centaines de couloirs sinuant sous la roche pour s'éclater en pièces vastes aux murs colorés, où l'on chantait, où l'on dansait, où les hôtes vivaient leurs derniers jours heureux dans des festins interminables. Une partie d'entre eux quittait pourtant les réjouissances pour souffler la brume, usant leurs ultimes forces pour enclencher les mécanismes de la Soufflerie, les engrenages lourds comme des maisons qui font tournoyer les hélices monstrueuses de leur refuge. »

Il se redresse, théâtral, et une flamme l'accompagne un instant avant de retourner se coucher dans les braises.

« Hé, les mioches, ces hélices tournaient oui, et recrachaient les fumées maudites vers les profondeurs, sous le rire glorieux des hôtes, qui nourrissaient le dessein fantasque d'asphyxier les géants en leur renvoyant leurs propres exhalations. Mais le vent est une créature contrariante, qui s'agace aisément, et la machinerie dut lui déplaire, car le sournois profitait de chacun des lents et lourds mouvements de la Soufflerie pour insuffler insidieusement de la noirceur dans les cabines où les ogres s'épuisaient, un peu de brume propulsée dans le mauvais sens des pales. Et les hôtes qui s'efforçaient de remonter et descendre les énormes manivelles pour assainir leur forteresse, suant de tous leurs muscles, et respirant bruyamment, emplissaient inexorablement leurs poumons et leur esprit de l'obscurité d'en bas. Leur labeur achevé, quand ils s'en retournaient aux festivités éternelles, leur rire sonnait plus triste et leur danse, plus tragique. Leur appétit se troublait, et quand ils levaient leur choppe, leur geste ne tremblait plus d'enthousiasme et d'ivresse, mais d'une mélancolie aussi ancienne que leur existence. Peu à peu, le vacarme joyeux fut remplacé par le silence sinistre d'une dernière veille, les discussions par des marmonnements, et les chants par des élégies. Un jour, la Soufflerie cessa de respirer, ses pales à jamais immobiles. Les hôtes pensaient battre l'ombre, mais l'ombre les a possédés. »

Un instant, notre narrateur mouline dans le vent, il secoue des leviers imaginaires et pousse des soupirs bruyants, qui s'achèvent en grognements, puis en plaintes tragiques. Puis il se rassoit, essuyant son front comme s'il avait juste abattu un labeur monstrueux.

« Alors, les mioches, ces géants idiots ont bien sûr échoué. La Soufflerie n'est plus qu'une tombe silencieuse et triste. C'est aussi, pour un ferrailleur digne de ce nom, un coffre aux trésors, rempli d'un butin poussiéreux qu'il faut déterrer. »

Une lampée interrompt le flot de paroles, une flamme lève la tête pour s'aplatir aussitôt comme un point de suspension.

« Un caveau aux mille vins et liqueurs. Un jour, je vous apprendrai le rituel pour purifier les spiritueux. Exorciser le trouble dans la bouteille. Mais ce soir, j'en ai assez dit. Ah si, j'ai oublié la morale, celle qui termine tout conte valable. Je te la dédie, Rosemonde. »

L'intéressée rougit un peu de l'attention. Elle domine déjà Brénard de sa carrure. La dernière des hôtes nous dépasse tous de plusieurs têtes, et de plusieurs tours de bras, pourtant elle paraît trapue face à Brénard, si élancé, aux yeux clairs et à la chevelure éclatée. Une ourse et un bouc. Malgré tout, il la considère comme une mioche, un membre du troupeau braillard : elle a donc encore le droit à sa leçon.

« Rosemonde, en tant que dernière descendant des hôtes, sois fière de leur gigantesque bêtise, de leur courage démesuré. Mais sache ceci : tout le monde peut inspirer la brume, mais personne ne peut l'expirer. »

Il conclut en fouettant de sa main gantée le feu, une dernière gerbe lumineuse pour éclairer nos faces, et le rideau se ferme sur Brénard le narrateur.

Avant que mon rêve ne touche à sa fin, une dernière résurgence me surprend. Auria et moi sommes perchés en haut de promontoires bancals, deux pics rocheux instables au niveau inférieur de Port-Céleste, sous l'œil vigilant de Brénard, notre nouveau mentor. Le matin même, il nous a offert nos Fils, et nos lumelances. Trop jeunes pour porter l'attirail réglementaire, nous avons noué la cordelette autour de la taille, et flanqué le manche de l'arme entre nos côtes et l'étreinte du Fil.

« Ces outils, ils sont précieux. Tous les perchoirs n'en possèdent pas : on ne les déniche que dans les lieux les plus enfouis des décombres, et sous la garde jalouse de leurs anciens possesseurs. Et il n'y a rien de plus terrible que le fantôme d'un ferrailleur, gamins. Prenez-en soin. Autant que de vous-mêmes. »

Sa déclaration s'est suivie d'une chiquenaude sur nos têtes ébahies. À l'époque, nous ne l'avions pas vraiment écouté, trop occupés à palper ces trésors fantastiques. Mais là, suant et craignant la chute mortelle, nos oreilles sont grandes ouvertes et notre attention dévouée à notre mentor, qui clame d'une voix professorale surjouée : « Mes leçons seront dures, mais jamais cruelles. La descente n'est pas un jeu d'enfants, gamins. C'est un jeu d'adulte, une partie de chats perchés contre la brume. Soyez braves, mais ne soyez pas bêtes. »

Il virevolte, tendant un doigt prophétique vers le ciel, et son chapeau carillonne pour ponctuer l'effet dramatique.

« Je ne serais pas votre seul guide dans ces descentes. Il y a beaucoup à apprendre des êtres qui vivent dans les profondeurs. Alors, tendez l'esgourde et libérez votre cervelle ! Toutes les descentes regorgent de surprises. »

Auria, le brun de ses yeux exprimant une concentration intense hoche gravement de la tête aux inanités de notre mentor, qui manipule nos deux Fils avec bien trop de désinvolture à nos goûts. La Feuille serre le sien avec vigueur, on croirait qu'elle ne le lâchera jamais.

Ce Fil dort maintenant, depuis son départ. Dans un coffre à l'intérieur de ma hutte. Il attend l'héritier d'Auria. Espérons que celui-ci ne connaît pas le même destin que sa prédécesseure.

Le lendemain, Brénard prend son départ. Nos leçons s'arrêtent pour quelque temps. Il se rend à Envol Le Dernier, lieu désert, lieu perdu, corrompu par l'ombre. Les flots de brumes l'ont envahi. Les villageois ont trop inspiré.

C'est de là que vient Auria.

La dernière des hôtes

Du dernier espoir des hôtes, seuls demeurent des vestiges moribonds et un âcre parfum de ruine. Le temps a gangrené ses fondations de fissures cruelles et de creux funestes, pourri de pores son socle incapable de supporter davantage sa lourde carcasse de métal. Elle s'affaisse en elle-même, une charogne qui se dégonfle, écrasée par le poids de sa gloire passée. Ses hélices raclent le sol, des ailes brisées dont la révolution libre a été figée, remplacée par un grincement sinistre sur la roche quand le vent les ébranle… Quant à ses édificateurs et leur fierté mortelle, ils ont offert leur bonne âme de colosse à la brume, s'endormant à jamais dans les couloirs troglodytes qui s'étalent en une multitude de chambres, d'ateliers, de salles de banquets et de salons dépeuplés.

Une porte grotesquement gigantesque pointe la moitié de sa gueule entrouverte, l'autre partie occupée à mâcher les rochers qui l'enfouissent. Une longue passerelle sépare Loup du seuil de la Soufflerie, un pont improbable, assemblage chaotique de plaques d'acier dérobées aux décombres environnants, qui surmonte un gouffre menaçant. Quelques pas seulement et le ferrailleur pénétrera dans le tombeau des hôtes.

Dans ce dédale en déclin, Rosemonde attend la fin, et Loup doit la retrouver. La tâche n'est pas si difficile : son oubliée est une des dernières héritières des hôtes. Elle n'a conservé que peu de la grandeur des anciens colosses, mais tout comme eux, elle ne passe jamais inaperçue.

Loup descend le Fil à sa taille, frôlant au passage les carapaces métalliques pleines de lueurs des lucioles, attachées en rang sur son torse. Il en compte cinq. C'est peu, mais Gaston n'a pas pu lui en préparer davantage : les lumineuses doivent se gorger de soleil, et l'astre trop discret illumine seulement de rares endroits inaccessibles. Loup souhaiterait disposer de cent autres pour ensoleiller l'obscurité. Un éclatement bref et intense, à aveugler les titans des brumes le temps d'un instant glorieux. Mais il n'en possède que cinq, assez pour éclairer un de leurs doigts de pied gigantesques, avant d'être écrasé.

Enfin, dernier geste pour achever d'apaiser son cœur chafouin, il saisit la poignée de sa lumelance, qui s'illumine et ronronne. Une promesse de violence se concentre dans ce mouvement du ferrailleur, mais Loup espère se tromper lui-même, car parfois les oubliés enragent de ne pas pouvoir se rappeler, d'effleurer dans leurs cerveaux obscurcis leur mémoire vacillante, et ses joies fantômes, ses goûts avariés, ses couleurs gâchées… Les spectres de leurs souvenirs jouent une pantomime trouble, et ils sont là, spectateurs aveugles de leur propre passé, incapable d'en saisir le sens. Quand l'ombre n'avait pas tari le rire de Rosemonde, son esprit était un banquet où elle festoyait, croquant à belle bouche les mets de la vie. Maintenant, sa place à table lui est proscrite, et elle demeure seule, exilée à deux pas de son bonheur.

Une part de lui souhaite qu'elle soit déjà morte. Qu'elle ait choisi la Chute. Ce serait plus facile. Il a encore tant à descendre, tant à découvrir avant son retour à Port-Céleste. Il y a un secret en bas, il le sent dans ses veines gonflées de fer, dans son âme de vieux voyageur. Il y a une révélation cachée dans les mains des titans endormis dans le bas de la terre et sauver Rosemonde est un détour… *inutile* ?

Il rejette cette pensée sordide. Il se méprise. Il en cherche la source : lâcheté ou impatience ? Qu'importe. En toute hâte, fuyant ses idées malsaines, Loup longe le corridor étroit, traverse la passerelle en ignorant l'écho grinçant de ses pas, et se glisse dans la Soufflerie par l'interstice de son seuil. Une poussière pénétrant dans une ruine.

Une pénombre rance règne, mais le Fil émet une légère clarté qui lui révèle ce que cache l'obscurité. Une odeur d'antique saisit ses narines. Tout est trop large, trop immense. La voûte du hall pèse sur lui de son relief courbé. Elle n'en finit pas de tomber. Des peintures couvrent les galeries, dont les couleurs vives promettent des scènes joyeuses et bariolées, des silhouettes qui dansent et rient, mais les ténèbres voilent leur visage et seuls pointent des demi-sourires. C'est funeste, Loup pense entrer dans une tombe. Peut-être la sienne. Il lui semble s'ensevelir à chaque pas.

D'ordinaire, le ferrailleur évite l'endroit par peur de la tristesse qui stagne dans ces couloirs silencieux depuis des siècles. Jadis, les hôtes accueillaient les vivants… Mais depuis leur extinction, leur hospitalité n'a pas disparu, elle s'est nécrosée. Des rires éteints résonnent dans les esprits des rares profanateurs, des ricanements qui suintent des ornements muraux, des tables de banquets fracassées dont le bois cendreux garde les cicatrices nostalgiques de puissants coups de fourchettes et de chopines posées avec fracas.

Ce silence oppressant est pourtant brisé par un grognement lointain. Un bruit presque mécanique et entêtant qui s'extirpe d'un des larges couloirs, devenu maintenant un tunnel effondré, à peine praticable. *Rosemonde*.

Le ferrailleur traverse la salle dévastée, cherchant d'un regard absent une relique intacte, une bouteille ancienne encore close dont il connaît les rites pour lui restituer sa fraîcheur, ou des fragments de cuivre dont il pourra tirer un peu de lumière. L'habitude du dénicheur. Mais il n'y a que des décombres sans valeurs. Trop de ses collègues ont farfouillé ses lieux pour y arracher l'objet qui comblera leurs pairs, qui leur offrira une étincelle de joie et ravivera un instant, court et précieux, la flamme de l'espoir.

La galerie grimpe vers les hauteurs, et naturellement, les hôtes l'ont garnie d'un escalier aux marches interminables. Il en reste des traces, des passages trop larges que Loup escalade des deux bras, tel un enfant émerveillé empruntant le chemin d'adulte. Parfois, le tunnel se referme en un équilibre précaire de pierres tremblotantes, et il faut toute la pugnacité du visiteur pour oser s'y glisser.

La piste est bonne. Des obstacles fendus, écrabouillés, jetés au loin. Un passage obstrué éventré avec une rage inhumaine. Rosemonde s'est tracée un sentier vers les hauteurs. La dernière véritable héritière des hôtes court vers les mirages célestes, en quête d'une issue, d'un seuil au-delà du cocon de brume, cette claustrophobie à ciel ouvert. Exercice vain, les géants des profondeurs l'ont déjà englouti, une bouchée de l'être Rosemonde, ses joies, ses pleurs, et son amitié. Il ne reste de son ardeur de vivre que du sang et de la pierre fendue, qu'un sentier de destruction tracé avec rage dans la demeure de ses ancêtres.

Le traqueur s'inquiète, et la lumelance brille et ronronne de nouveau. Le plafond se rapproche, il peut presque le frôler. Le boyau ressemble à un intestin déchiqueté, les caillasses en ruine qui lui font obstacle à des aliments à peine mâchés, des entrailles moribondes qui refoulent la poussière déterrée et l'eau millénaire. Loup chemine presque à quatre pattes dorénavant, écartant les roches en soufflant. Dans l'horizon le hoquet monotone revient, plutôt un crachat, qui se répète, toujours sur le point d'être dégurgité sans jamais y parvenir.

Enfin, il atteint le bout du réduit. Devant lui, une salle vaste et ronde. Une statue se dresse en son centre, un hôte au visage souriant et digne. *Une vision agréable*, juge Loup, en s'extirpant de son trou. La créature de pierre mesure cinq fois le ferrailleur, si haute qu'elle semble empêcher par sa présence l'éboulement de la voûte fissurée. Son faciès jovial trahit la roche : rouge vinasse aux joues, jaune éclatant des incisives, poussières du piocheur qui encrasse les ongles, rides tremblantes sous les trois yeux. Loup se gorge de cette immobilité si vivante, cette chaleur pétrifiée si rarement observée par l'homme des hauteurs, même chez ses voisins faits de chair.

Touché par la vigueur gargantuesque de cette œuvre d'art, le ferrailleur s'approche timidement de l'effigie. Caché derrière le dos de ce dieu hilare, un duo de sentiers grimpe vers l'extérieur. Le néant de l'autre côté de la montagne l'attend au fond de ces chemins. Lorsqu'il le régalait de ses récits de tendres colosses, Brénard a évoqué ces galeries façonnées par les hôtes sur le flanc des pointes. Des orbites inoccupées sculptées dans la roche dont les ogres invitaient leurs visiteurs à en devenir, un instant, les yeux. À se plonger dans l'immensité de l'horizon libre, ce désert à l'envers, au ciel de sable blanc, au sol bouillonnant de grisaille.

L'une des galeries est aveugle, condamnée par un éboulement. L'autre est devenue borgne, avec un creux étroit et dangereux comme seul passage vers l'infini. Plus il s'en approche, plus Loup s'imagine difficilement l'imposante Rosemonde s'y faufiler. Lui-même ne pourrait glisser sa carcasse maigrelette sans s'érafler les jointures, ou pire. Exhalée du puits incertain de sa mémoire, une puanteur funeste remplit ses narines, invoquée par la vision du tunnel exigu : le cadavre coincé, les parois scarifiées, maculées du sang du condamné. Des doigts brisés, noirs, qui grattaient.

Le rocher creux.

Soudain, Loup entend le silence. Le grognement mécanique a cessé. Trop affairé à s'extirper du trou puant dans sa mémoire, il n'a pas reconnu l'accalmie qui s'est abattue, traîtresse, sur le temple. Dans son dos, l'ombre du monument s'allonge et se distord, pour le couvrir, lui, l'intrus et l'empêcher de fuir. En réaction, son instinct lui crie danger et mort.

Rosemonde. Derrière lui.

Elle l'emprisonne. Sa présence l'encage, un félin s'apprête à saisir sa proie sous ses crocs, entre ses griffes qui écorchent, crochues, sa conscience. Son gigantesque être blafard lui brûle l'échine. Il est fait. Il la sent si grande, plus haute que la statue, plus monstrueuse que la montagne. Bientôt elle l'ensevelira.

Elle frappe, avec une colonne épouvantablement longue extraite de la muraille comme masse de fortune. Loup essaie de bondir. Il s'affale, la gueule béante d'un hurlement muet, mangé par la terreur. Dans sa dégringolade, il a croqué la pierre de toute sa mâchoire et, quand il se redresse, son crâne carillonne, sa bouche libérée d'un chicot vermeil.

Les poumons secoués par la chute, le ferrailleur crache des années de particules ingérées, de rouille et de fragments de roches. Ses yeux hagards peinent à percevoir la menace, des larmes boueuses scellent ses paupières. Le boucan du métal malmené blesse ses oreilles écorchées, vrille ses neurones bouleversés. Au-dessus du chaos, comme un rapace repu, plane le hurlement triomphant de Rosemonde. Elle croit en avoir terminé avec Loup.

Elle se trompe.

S'essuyant la souillure brune maculant sa figure, il libère une des sphères luminescentes de son torse. Il cherche sa cible, mais Rosemonde se confond avec l'ombre, si ce n'est le feu froid et cruel qui tourbillonne sur son visage, là où auparavant un regard pétillant et un sourire complice accueillaient Loup lors des soirées d'antan.

Il prend sa mire au jugé et balance la lumineuse de toutes ses forces. Il vise un torse, une jambe, un membre, sans se résoudre à cibler le front de sa vieille amie. La boule roule sur la poitrine dégoulinante d'obscurité et, au contact froid de la brume, sa surface se fendille de craquelures phosphorescentes, avant l'éclatement final. Elle révèle alors une bille radieuse qui bouillonne. L'œuf de phénix crache des filaments qui fouettent de leurs luminescences vindicatives la brume indignée. Déjà, le cri de rapace se transforme en plainte d'oisillons. Mais la lumineuse n'a pas achevé son office. Un soubresaut, puis un soleil souterrain s'extrait du magma, une étoile réduite conquiert la galerie d'un flamboiement vengeur. Une lumière glorieuse révèle Rosemonde.

Cela ne dure qu'un instant.

Loup s'est caché derrière un masque de verre teinté, équipement indispensable pour éviter l'aveuglement. Sa vision protégée, il aperçoit de Rosemonde les contours de sa déchéance. Colosse décharné, chairs qui se dissolvent en fins lambeaux. Silhouette informe qui grésille et se déforme. Un fauve violent se débat dans ses volutes, déchirant de ses griffes la fumeuse couverture, une étincelle de vivacité vite étouffée. Il ne vaincra pas la brume cette fois comme il l'a fait pour Gallart, constate Loup. À deux pas de lui, Rosemonde est si loin qu'il peut à peine la voir.

Elle, elle le toise. Sa haine est étouffante. Il n'est plus qu'une esquisse passée, broyée, méconnaissable. Un écho douloureux, dansant aux frontières de l'oubli. Elle ne peut pas le regarder, car elle ne sait plus le reconnaître. Elle ne le veut plus. Qui est cet inconnu qui se pavane dans sa brume, qui gâche son errance de ses traits familiers ? Il trouble sa fin tant désirée. Elle le juge, raclant fiévreusement son arme grotesque contre le sol mutilé. Finalement, elle le reconnaît, et cela l'enrage davantage. *La descente ou la chut*e gueule son corps ravagé par un cyclone blême. *Ou le massacre*. Elle s'élance. L'avalanche se déferle.

Loup s'enfuit. Il se précipite vers le tunnel borgne, et y enfonce sa carcasse malmenée. C'est à peine assez large, son menton racle les parois. On empoigne sa jambe, mais il se tortille comme le ferait un ver de terre paniqué et parvient miraculeusement à se libérer. Derrière, le fuyard entend les vociférations frustrées de son prédateur qui cherche à perforer son issue de secours à l'aide de sa masse.

« Je pleure ta mort, Loup. Elle se tient si près de toi. »

Il reconnaît le timbre grave de Rosemonde, mais évidé de sa chaleur grésillante par la brume, comme si la mélancolie y avait creusé un nid douillet. Incapable de se retourner, Loup ne peut qu'imaginer sa fantastique carrure penchée sur le réduit si étroit.

« Tu y goûteras bientôt. Le réconfort de l'abîme t'attend dans les soubresauts du rempart grouillant. Le repos et l'oubli. J'espère que les titans te pardonneront ton crime. »

Le refuge claustrophobe du fuyard tremble sous un dernier choc. Puis plus rien. Ou plutôt, un sifflement sourd et sinistre. Rosemonde n'a pas fini de soliloquer.

« Celui d'avoir vécu. »

Loup a cessé ses gesticulations de ver de terre un instant et les divagations de Rosemonde lui frôlent les cuisses, remontent le long de son échine pour finir par lui caresser les oreilles. Elle s'approche, il en est certain. Il ne sait pas comment, mais elle est parvenue à glisser son corps massif dans sa cachette, et sa vapeur enragée se précipite maintenant vers lui, sa proie idiote qui s'est fourvoyée par la faute d'un faux sentiment de sécurité. On n'échappe pas à la brume. Loup reprend sa gymnastique souterraine, et creuse, frénétique, le passage obstrué. Les frissons de terreur le submergent, il lui semble sentir mille piqûres sur ses mollets, des doigts gelés griffer ses chevilles, une bouche froide s'apposer contre sa nuque.

Après une interminable fuite, le tunnel s'affaisse soudainement pour devenir un gouffre. Déséquilibré, le ferrailleur chute. Trois mètres courts et douloureux heureusement atténués par le Fil, et un coussin d'air inattendu sous son dos. Il se retrouve couché sur une surface métallique, la tête tournée vers le trou d'où il est tombé. Un vent frais venu d'un point inconnu le fouette sans ménagement. Mais Loup ne parvient pas à détourner son regard du trou pour observer les alentours. Déjà la brume glisse des tentacules timides, suivi de vagues tremblantes de plus en plus épaisses. Puis le rythme s'accélère, et les volutes surgissent par paquet laiteux. Bientôt le trou bouillonne. Un rideau de fumée qui dégouline autour des frontières du vide, juste au-dessus de Loup, toujours allongé, paralysé par la peur.

Puis, la fumée cesse son chaos naturel, elle se raidit, elle se modélise. Des reliefs coulent, des rides surgissent, des orbites se dessinent, et un visage apparaît, aux traits estompés, aux joues qui s'étalent. Une parodie macabre, qui découvre une bouche béante et beugle :

« Est-ce toi, funambule joyeux, que j'aperçois danser sur la poutre ? »

Ce n'est pas sa voix, c'est le craquement d'une tombe, le grincement d'une stèle lourde que l'on descelle avec violence. Une mélopée de funérailles qui irrite le cerveau et embrouille le ferrailleur. Il voit l'inimaginable : un bras immense s'extrait de la vague figure grimaçante, crevant l'onde de la chair en centaines de rides floues. Il tâte la pierre, gratte les frontières du gouffre et finit par s'enfoncer dans la pierre comme si la roche n'était que du sable. Un autre appendice émerge, et bientôt, un corps gigantesque s'extirpe de l'étroit carcan, se moquant de toute loi physique.

Le gouffre hurle et bouillonne, puis donne naissance à Rosemonde.

« Tu es trop bravache, tu as trop croqué la vie. Jamais ils ne t'accepteront. »

Une terreur pure s'empare de Loup. Il cherche une issue, quelle que soit sa forme, mais son regard s'engouffre dans le vide. Loup a finalement atteint un des balcons où se rencontrent les nuages cendrés et le ciel nu. Une excroissance métallique, un demi-cercle de verre et d'acier ; seule elle défie le néant, bousculé par les rugissements des bourrasques. On dirait une main tendue prête à accueillir, sur sa large paume, les visiteurs du vertige, ou les ferrailleurs en fuite. Une fois encore, la Montagne lui offre la Chute.

« Je suis Loup. Je ne chuterai pas », clame-t-il en se détournant du néant.

Ce qui fut Rosemonde s'est reconstitué une apparence faussement humaine au dos interminable dominant un visage dont les traits chancellent sous la brise, se mêlent et se démêlent. Une cavité sans profondeur se modèle et crachote des mots mouillés de bave. Une puanteur de cadavre les accompagne et conquiert sans mal l'odeur rafraîchissante de l'extérieur.

« Je sais qu'ils ne m'ont pas pardonné. Leurs salives fétides gâtent ma mémoire. »

Pendant un instant, la proie et le chasseur ne font rien. Loup se contente d'imprimer quelques mots à destination de son veilleur sur le Fil. Peut-être son testament, prophétise Loup, qui brise avec peine la tétanie de l'angoisse. Rosemonde fait un pas, et s'arrête, sa gorge souillée remue de nouveau.

« Tu me rejoindras, va. Le vertige des morts infinies te submergera, secouera ton âme déchue, et tu finiras par les fuir dans des déserts gris. »

Un autre pas. Loup déplace le Fil dans son cou et recule sur la paume de métal. Le vent l'embrasse, vorace et impatient, gonflant ses vêtements pour le préparer à l'envol final, la vraie Chute. Celle qu'il a refusée et qui s'obstine.

La prédatrice charge en grondant, un orage enragé qui s'élance sur sa proie pour le foudroyer. Mais il ne trouve rien à réduire en cendre. Loup est au-dessus du tonnerre, il s'est envolé à plusieurs mètres du sol. Dans les hauteurs de Port-Céleste, son veilleur a entendu la supplique du ferrailleur, il a tiré d'un coup sec pour animer les arcanes anciens qui sinuent le long du Fil. La tension a crépité à travers le fin cordage, a traversé en un battement d'ailes l'espace qui sépare les deux compagnons, se glissant à travers les tunnels effondrés et les halls déserts, pour finalement émerger du gouffre, soulevant brutalement Loup vers des cieux plus sûrs. Cela ne dure qu'un instant, un bond gigantesque, puis le voltigeur retombe agresseur, les pieds en avant. Il déséquilibre pour de bon Rosemonde, dont les cuisses vaporeuses trébuchent. La colosse tente vainement de retrouver sa stabilité, mais les moulinets de ses bras fumeux s'évaporent sous les assauts des zéphyrs vengeurs. Finalement, elle atteint l'extrémité de la poigne métallique.

Elle bascule. Mais ne tombe pas.

Instinctivement, Loup s'est précipité et a plongé ses mains dans l'écume du corps de Rosemonde pour saisir un poignet, si maigre sous les volutes qu'il craint le briser. Le vent a dépouillé son amie de sa robe de brume, révélant sa minceur morbide, ses yeux creusés et noyés dans l'ébène. Elle ne se débat plus, la rage s'est envolée, et elle s'est résignée à la chute.

« N'abandonne pas Rosemonde ! » gueule Loup. « Je te remonte !

— Non. Je ne le souhaite pas, Loup. »

Il reconnaît la voix éraillée de Rosemonde, malgré la finesse de ses lèvres, si ténue qu'elle pourrait se briser sous la puissance des mots. L'écho lointain de la gouaille remplie de bosses et d'impasses, qui portaient l'ivresse et la dureté de la vie dans ces détours graves. Elle pose sa ses doigts, frêles, mais assurés sur ceux de Loup pour l'empêcher d'appeler son veilleur.

« Je me suis trompée. Sur la Poutre, c'était Auria, mon petit soleil adoré. Depuis tout ce temps, elle m'a toujours accompagnée, elle a serré mon corps malade sans crainte. J'aurais pu la corrompre, pourtant elle a plongé ses mirettes dans les miennes sans faillir. C'est elle qui m'a offert le pendentif. Mille fois, elle m'a sauvée de la déchéance. Elle en a payé le prix, Loup. Seule, en bas. »

Autour d'eux, la brume hurle sur le métal gris et le froid crépite le long de leurs peaux nues. Loup écoute les derniers mots de Rosemonde, du givre dans les veines.

« Je me rappelle Loup quand vos rires et vos silences se mêlaient, deux forces contraires et complémentaires. Mon petit soleil adoré et ma lune maigrelette. Je vous ai tant aimés. »

Elle sourit, et enfin, il la revoit. La risette connue perce sans peine la décrépitude, et Loup se souvient des soirées qu'on souhaite interminables, à ripailler, à remodeler la terre et le ciel. À imaginer un monde sans brume. D'habitude, le rictus est contagieux, celui à qui il est adressé ne peut prévenir une grimace en réponse, mais pas cette fois. Cette fois, une larme échappe à Loup.

« Maintenant, je te lâche. Je chute. Mais toi, descends, Loup, descends, c'est un ordre. Tu la retrouves, et vous vous sauvez. Elle est seule en bas, et tu es solitaire en haut. Tu la trouveras au pire endroit, et te connaissant, sans doute au pire moment. Cherche le rempart grouillant, mais fais-le sans trop le contempler. »

Elle penche sa tête vers les abysses, et Loup sent l'étreinte se relâcher. Il souhaiterait se rebeller contre l'ordre, la forcer à revenir, mais seul un couinement lui échappe.

« J'espère bien en éborgner un », chuchote Rosemonde.

Il ne tient plus rien, elle disparaît, engloutie par le vide. Loup, la tête emplie de chiffons, se coule le long du balcon et s'adosse contre le fond.

Il fusionne avec la pierre, sa conscience se durcit, se pétrifie. Les pensées ne jaillissent plus, elles cessent.

La lassitude l'envahit. Il s'endort. Accablé. Solitaire. S'il se lève, il lui semble que c'est toute la Soufflerie qui s'effondrera sur lui. Il parvient à modeler sur le Fil un réconfort factice à Gaston, puis il sombre.

Il jurerait qu'une odeur forte l'enveloppe. Près du gouffre, une tête cornue se redresse par-dessus le vide en poussant un grognement de frustration.

Troisième rêve

Mes songes sont têtus. Ils me montrent sans cesse les mêmes moments, les mêmes drames, les mêmes joies aussi. Ils cherchent une révélation, me poussent à l'ascension, à une clarté mentale qui m'échappe. Que je refuse, involontairement, mais avec le même acharnement qu'ils mettent à me faire grandir. Des professeurs obstinés face à un élève particulièrement inepte.

Passons.

Ce n'était pas la première fois que mes yeux se posaient sur Auria ce jour où elle se tenait sur la poutre, avec une indifférence insolente pour la gravité. Non. Ses premiers pas sur mes décombres, je les observai. Ce fut une rencontre… difficile.

Il y a encore le pont qui relie notre montagne à celle des voisins. De notre côté, les cordes anciennes vacillent vaillamment contre un vent capricieux, battant l'air d'un rythme saccadé, une danse endiablée qui secoue le passage et inquiète ceux qui souhaitent le traverser. Heureusement, peu de fous tentent la traversée.

C'est par là qu'Auria arrive, lors des dernières heures d'une matinée fraîche où la brume se délite assez pour laisser poindre un soleil fatigué. Elle ne débarque pas seule bien sûr, c'est tout son village qui fuit à ses côtés.

Au moment décisif, je m'occupe à gratter les roches, cherchant de la mousse et des écailles de métal. Mixé, le mélange allume des feux qui durent, et qui chauffent agréablement. Gaston m'accompagne, le gaillard a prétexté me prêter main-forte dans mon labeur. En réalité, il paresse, allongé sur la roche, nonchalant, observant le jeu de cache-cache céleste. Près de nous, Zéophie chasse. Elle s'est installée sur un drôle de fauteuil et, sur le ventre, son arbalète pointe vers les hauteurs. Le siège est plein de manivelles et de rouages qu'elle manipule pour se diriger vers le ciel à la recherche de l'élusive proie, le volatile bien gras dont la mort nourrira nos corps d'autre chose que du brouet de boue. Elle règle délicatement les leviers, et je l'envie : chacune de ses manipulations fait gronder l'assise qui s'ajuste difficilement par saccades et secousses. J'adorerais jouer avec le poste de chasse, mais c'est strictement interdit : l'équipement est trop précieux, et trop fragile pour que des gosses foutent en l'air les réglages précis de Zéophie. Les grincements nous livrent un concert agréable, me bercent alors que j'exécute ma tâche qui m'ennuie profondément. Quelqu'un, je crois, m'a promis des friandises, cuites sur les flammes, en échange de mon service. Un salaire sucré et appétissant qui m'a séduit aussitôt. Je n'ai pas encore décidé si je les partagerai avec cette feignasse de Gaston (il suffira d'un de ses regards d'enfant perdu pour que je cède à sa supplique, et que je lui offre une de mes sucreries).

L'instant n'est pas silencieux. Non loin, des rafales d'air crient entre les planches métalliques du pont, qui chavire comme d'ordinaire. À moins que… La chasseuse se lève soudainement, son oreille habituée aux lieux a capté une absence d'intensité dans l'attaque du vent, et son œil devine une lourdeur inattendue dans les gesticulations du pont.

« Une traverse. Bordel, une traverse », gémit-elle.

J'entends le terme pour la première fois, mais j'en saisis aussitôt le sens.

« Gaston, arrête de roupiller de suite. Tu cours au village, aussi vite que tes guibolles trop longues puissent te porter. Va chercher la Forge, Brénard, et… brumasse ! Va donc chercher tout le village. Une traverse, non de non ! »

Le village est à une quinzaine de minutes de course. Une dizaine à peine pour les jambes interminables de Gaston qui s'est élancé sans même discuter les consignes de la chasseuse. C'est qu'elle impressionne, avec sa cicatrice blanchâtre qui grignote son crâne rasé pour descendre déformer sa mâchoire et faire jaillir ses dents à travers la fine peau scarifiée. Elle serre ses chicots avec une intensité qui accentue sa difformité. Elle se tient droite, prédatrice aux aguets, ou proie en alerte, à s'en bouffer les joues.

Le temps passe, tendu, silencieux : il ralentit comme le manège du pont, jusqu'à pratiquement atteindre l'immobilité. D'infinies secondes s'étalent. La silhouette désarticulée de Gaston a disparu depuis longtemps quand des formes surgissent, à deux cents mètres de nous, des ombres pleines de vie qui s'avancent lentement. Péniblement en fait, elles trébuchent et glissent, à deux pas de la Chute. Le pont n'est pas un passage sûr, c'est une longue poutre qui feint de mener quelque part. Je perçois une dizaine de corps que le vent tabasse, et sans même un cri, l'un d'eux passe par-dessus bord. Peut-être a-t-il crié, je suis trop abasourdi, je n'entends rien, mon esprit tétanisé. Zéophie, elle, a juré, puis elle a détalé vers le pont.

« Tu restes là ! »

Je remarque qu'elle a baissé son arme, qui brinquebale sur sa hanche. Ce ne sont pas des ennemis, juge mon esprit d'enfant, bien plus prompt que celui d'un adulte. Alors je la suis.

La progression des formes a cessé, sous le choc de la mort soudaine d'un des leurs, peut-être. J'apprendrai plus tard que la moitié du cortège a chuté sur le chemin. Mais pour le moment, je suis persuadé que la Chute les a cloués aux planches de ferrailles. Plus je m'approche, et plus des traits se dessinent sur les ombres, des visages fiévreux et suants, des yeux hagards, des corps maigres à peine couverts de haillons déchirés. Des femmes, des hommes, et une fille.

« Ils sont coincés, Zéophie. Le vent les tient. »

Nous nous sommes arrêtés à l'orée du pont, impuissants.

« Non, Loup. Ils attendent. »

Elles portent ses mains à sa bouche, pour gueuler avec force aux occupants :

« Notre ferrailleur arrive avec son soutien. Tenez bon ! »

Son alerte est malmenée par le vent, mais elle paraît atteindre tout de même le groupe de funambules involontaires.

Parmi eux, une femme se distingue. Elle tient la fille entre ses mains, si fort que je perçois la blancheur de ses jointures. Avec un soubresaut au cœur, je reconnais son attirail. Des harnachements, une gourde, un sac, et surtout, un Fil. Une ferrailleuse. Mais elle n'est attachée à personne, pas de mains puissantes pour la secourir quand la brume l'avale.

« De l'aide ! » gueule Zéophie qui économise ses mots dans l'espoir de percer les hurlements des rafales.

À ce moment-là, l'un d'eux ose quelques pas, pour tendre une oreille et cueillir les mots rassurants de Zéophie. À cette époque, je suis si jeune. C'est l'innocence de celui qui ne connaît pas encore intimement le vertige. Alors j'insulte l'imbécile qui ignore le danger de cette mort sifflante pour un cri perdu dans le vent.

Des années plus tard, je comprendrai la folie si ordinaire animant ceux qui marchent trop près des précipices. Ils ont des comportements hagards, ils prennent des risques absurdes. Le néant ne vide pas ses victimes, il les remplit. De besoins, de finalité, d'urgence. Il les pousse à l'action. Je le sais après tout, j'ai fait du cloche-pied sur la poutre.

Tapie sous la passerelle, une bourrasque s'agite et presse les planches qui séparent l'inconscient de sa fin. Il s'envole, une montée terriblement lente, une grimace idiote sur son visage, réalisant sans doute qu'il s'est involontairement donné la mort. Ses compagnons tendent des mains, sans oser se précipiter, et ce secours timide n'arrache que les lambeaux de ses loques. On dirait un de ces ballons que nous offre parfois Brénard, quand il est parti trop longtemps et que nous feignons de le bouder. Puis un souffle le percute, et la balle se transforme en projectile, dont la trajectoire l'entraîne au loin.

Zéophie tire. Je sursaute quand le claquement sec de l'arbalète annonce un autre projectile, constitué cette fois de métal. C'est le grappin, le bien le plus précieux de la chasseuse, qui n'a pourtant pas hésité à le risquer pour cet inconnu. Il y a quelques magies qui opèrent dans cette relique du passé : il se moque de la gravité, des températures et des caprices du ciel, il file droit pour atteindre son objectif, et perce l'air en un formidable grognement. Derrière, un câble étincelle, une queue de fer qui relie la tireuse à son carreau.

Un choc mou, et l'arme a perforé sa victime. Je n'entends pas bien sûr la rencontre entre l'acier et la chair, mais je la ressens. Pendant un instant, le corps est balayé par des forces contraires. Il semble prêt à se disloquer, tourmenté par l'abîme enragé à qui l'on retire avec si peu de façon son repas. Zéophie n'a pas le temps de nouer le câble au pilier du pont le plus proche : l'entreprise serait trop longue, trop hasardeuse. Alors elle se résigne. Elle entoure le métal autour de son poignet et étreint avec vigueur le support. Aucun risque qu'il se désolidarise, les os de la chasseuse céderont bien avant. Reste à prier que le projectile ait transpercé quelque chose de dur dans ce corps à l'abandon.

Bientôt la gravité reprend ses droits sur les bourrasques, et l'homme ne vole plus, il chute. Zéophie bande ses muscles noueux, une vague sinistre la bouleverse. La peur craque sous sa cicatrice, des molaires qui grincent sans espoir. Mon cœur tremble : peut-être s'est-elle condamnée à son tour. Il va l'entraîner dans sa chute.

L'idée me révolte. Hors de question que le vide mange Zéophie. J'y tiens à la chasseuse, avec sa dureté qui couvre son sens du devoir, cet amour sans borne qu'elle nourrit pour nous ses compagnons de misères, qui la pousse chaque jour à guetter l'oiseau rare, à se ravager les yeux à tenter de percer les mystères du ciel. De toutes mes maigres forces d'enfant rachitique, je l'agrippe, mes mains souillées se referment sur son étreinte. Toutes les insultes du monde, toutes les menaces et les coups de pied ne me détacheront pas d'elle. Et pendant ce court instant, croyez-moi, la chasseuse essaie.

C'est un tremblement de terre qui nous secoue quand la chute finit de dérouler le câble. La chasseuse hurle de douleur. Son poignet a craqué comme du bois sec, et un fragment d'ivoire écarlate perce la peau. Mais, malgré cette violence sismique, malgré la souffrance blanchâtre qui envahit Zéophie, comme si sa cicatrice s'étendait sur tout son visage, malgré les déchirures qui zèbrent les muscles de mes bras, notre étreinte demeure. Et le pilier, secours indifférent, ne tremble pas d'une secousse.

Encore un mensonge, ou peut-être mon rêve me livre une autre réalité, celle de l'enfant. Il me semble que nous attendons ainsi des heures, à serrer la colonne du pont sous le regard muet des spectateurs prostrés. Avec ce corps qui se balance en silence, peut-être mort, transformant cette folie en acte vain. Enfin, le vent s'est calmé, notre acte de bravoure nous a offert son respect temporaire. Alors nous patientons, pendant que le sang de Zéophie goutte de sa manche, un sablier visqueux. Mais les secondes qu'il décompte percutent le sol trop vite, elles se hâtent et distordent le temps. Leur cadence presse ma conscience. Celle-ci s'envole pour s'évaporer dans la grisaille des nuages. Mes bras s'allègent. Je ne dois pas sombrer, je dois aider Zéophie !

Mais mon rêve m'échappe. Quelqu'un le griffe, quelque chose me l'arrache. Quelque chose *gratte.*

Gratte. Une ombre sans attache.

Gratte. Loup, tu vas mourir.

La cage

Il eſt dehors. La nuit eſt tombée, noire, si profonde qu'elle l'enserre dans ses ténèbres. Une de ces nuits sans lune, où l'on se prend à oublier qu'il exiſte un jour. C'eſt si facile dans les hauteurs, où le soleil ne se lève vraiment jamais.

Par bribe de conscience, comme des battements faibles, Loup se remémore à peine le trajet parcouru pour s'extraire de la Soufflerie. Les douleurs sinuant sur son échine surgissent brièvement dans sa mémoire sensorielle, tandis que lui apparaissent effacés les chemins obstrués où il a glissé sa carcasse, la traînant à l'aide de ses dernières forces. Les énormes marches où il s'est écorché davantage la peau en les dévalant, la statue contre laquelle il s'est reposé le temps de retrouver un peu de conscience, et puis enfin ses mains tremblantes qui l'ont tiré le long du Fil pour l'amener vers la sortie. Il lui semble avoir manqué d'énergie mille fois dans son ascension. Pourtant il est dehors, il s'est extirpé de son ensevelissement seul. Mais un autre souvenir, olfactif celui-ci, lui empeste les narines, la fragrance pugnace d'une bête sauvage.

Comment est-il sorti du balcon ? Le trou par lequel il est tombé était si haut, loin des murs grossiers où des aspérités l'auraient aidé à y grimper. Même dans son état normal, le ferrailleur aurait eu à utiliser tous ses talents d'acrobates pour l'atteindre. Se rappeler de cette partie de son escapade s'avère définitivement impossible, à part peut-être, cette odeur animale et la vague sensation d'avoir caressé quelque chose de doux et chaud.

« Il se réveille.

— Je ne vois plus la bête.

— Tu ne l'as jamais vu. Tu l'as imaginé. Un simple jeu de la brume.

— Je sais encore reconnaître une bête d'un nuage.

— Ah, tais-toi donc, il se réveille. »

Deux visages blanchâtres sont penchés vers Loup, leurs traits noyés par la conscience bridée du ferrailleur. Il lui faut quelques instants pour identifier ses deux visiteurs. Gallart et Alice sont là.

« Ça doit lui faire un choc, il ne dit rien », chuchote Gallart de son timbre monotone. « Il n'a pas trop l'air mal en point pourtant.

— C'est parce que l'on n'est plus à notre place. Ça l'égare. »

C'est vrai, réalise Loup, la situation a quelque chose de surréaliste. Il se redresse, satisfait de la vivacité de ses muscles, et repousse gentiment ses compagnons. La mort de Rosemonde l'a épuisé plus que sa débandade face à la créature en laquelle elle s'était métamorphosée. Quand les émotions le submergent, son esprit s'évapore pour les fuir. Parfois même, il oublie, perforant des petits trous salvateurs dans sa mémoire. Pas cette fois, la sérénité de la géante qui chute demeure, gravée à tout jamais dans ses pensées.

Il dévisage ses interlocuteurs, cherchant à élucider la raison de leur présence, la raison pour laquelle ils ont quitté leur seuil en ruine où ils attendaient la fin, pour le rejoindre à deux pas des portes de la Soufflerie. Puis, puisque l'observation ne lui apporte aucune révélation, il finit par leur demander :

« Qu'est-ce que vous faites ici ? »

Sa voix est encore rauque, comme embouchée de gravats et de billes.

« C'est Gaston qui nous a envoyés.

— On s'était un peu rapprochés du village après ta venue. Je voulais que Gallart aille encore mieux.

— C'est vrai.

— À travers la brume, on pouvait voir Gaston travaillait au bord du perchoir. Contre la rambarde, il tissait le Fil avec une douceur, presque par caresse.

— Mais il ne regardait pas, ou alors il s'en fichait.

— Mais non, Gallart. Il était préoccupé par Loup. »

Ou alors il ne vous voyait pas, devine Loup. La brume cache la brume, et nos deux compères oubliés en sont remplis jusqu'au bout des yeux.

« Puis le lendemain, alors qu'on attendait en comptant les grains du sol, il y a eu du boucan, alors j'ai réveillé Alice pour qu'elle fasse quelque chose.

— C'était ton Fil qui gigotait, comme une bête paniquée.

— J'ai vu Gaston en premier. Alice croyait que c'était toi qui faisais des acrobaties. Moi j'ai regardé vers le haut.

— Gaston secouait le Fil. Il semblait si inquiet. Alors je l'ai attrapé.

— Le Fil, hein, pas Gaston. Je ne peux pas le toucher ton Fil, il me brûle comme ces étincelles qui sautent des feux que tu allumes à l'aide de cette poudre bizarre et brillante.

— Alors, Gaston s'est calmé. Il a cessé ses agitations, et s'est allongé au bord du perchoir pour regarder là où on se trouvait.

— Oui, enfin pas exactement. Plutôt là où on aurait pu se trouver. Parce qu'on était dix mètres plus loin.

— Chut, Gallart. Ça n'a pas d'importance. Laisse-moi parler ou je ne pourrais plus. »

Il hoche la tête, docile.

« Il nous a parlé alors, de sa grosse voix qui transperce la brume, ce grondement feutré qui court sur la paroi des décombres et qui surgit presque par le sol. C'est si doux que l'entendre me berce, alors j'ai lutté contre le sommeil pour ne pas rater son message. Il disait : “Loup est en danger, il a besoin de vous. Vous devez aller le sauver”. Impossible de lui répondre bien sûr, il ne nous restait plus qu'à suivre sa consigne. Un peu comme un ferrailleur, on est descendu de notre perchoir pour dénicher quelque chose d'en bas pour quelqu'un d'en haut. Quand on t'a finalement repéré, t'étais tout ficelé dans ton propre attirail, vautré dans la grande salle de la Soufflerie. Il a fallu démêler, ça n'a pas été facile.

— Surtout que je ne pouvais pas l'aider. Avec les étincelles du Fil », ne peut s'empêcher de couper Gallart.

« Chut. Après t'avoir libéré, j'ai prévenu Gaston, et il a répondu en te hissant hors de cet endroit triste. »

Un véritable périple pour les deux amants. Il les imagine peiner à descendre l'échelle branlante où lui-même a failli perdre pied, leurs corps frêles livrés aux rafales. Son rêve précédent s'immisce dans ses pensées. Heureusement, le couple ne pèse plus rien, leurs pas sont aussi légers que des nuages, leurs silhouettes trop fines, leurs loques s'effilent sous le moindre soupir de vent.

Loup ne peut s'empêcher d'étreindre leurs épaules, de peur qu'ils s'envolent et disparaissent. Tout ce cheminement et toutes ces paroles proférées leur coûteront. La corruption tapie dans leurs âmes se régale déjà de toutes les failles ouvertes dans cette traversée éprouvante pour deux oubliés au bord du gouffre. Mais Loup se réjouit quand même de leur présence.

« Ne t'inquiète pas. Que la fin soit proche ou lointaine, cela ne change plus grand-chose à notre quotidien. Tu es vivant, et en état de continuer ta quête. C'est suffisant. »

Gallart est à nouveau prostré. Jamais ils n'auront la force de remonter dans leur corniche, alors il compte maintenant la caillasse infinie d'ici. Déjà, Alice se détourne de Loup pour s'accroupir aux côtés de son époux, et ainsi côte à côte, on dirait que leur peau translucide et leurs cheveux en couleurs se mêlent pour ne former qu'un seul et même être rachitique et tremblotant. Les explications sont données, la rescousse réussie, ils peuvent enfin se reposer loin des misères de la réalité. D'ailleurs, aucun d'eux n'a souhaité des nouvelles de Rosemonde. Non par désintérêt, mais par fatalisme. Depuis son départ de la corniche, ils connaissent le sort de la géante.

Alors qu'il s'apprête à les quitter, l'odeur animale se rappelle à son nez.

« J'ai cru vous entendre parler d'une bête ? »

Il n'y a pas de réponse. Il pourrait les secouer pour leur tirer quelques lumières, mais ses deux sauveurs sont déjà bien trop éprouvés.

« Je vous remercie les amis. N'entrez plus jamais dans la Soufflerie, et attendez-moi ici. Je reviendrai vous chercher. »

Sans attendre, il les quitte.

Loup juge l'heure tardive quand il finit par arriver à la frontière des terres connues. Connues de lui, bien sûr, pense-t-il en observant la cage suspendue au-dessus du vide.

Après son départ, la tâche la plus ardue fut de réconforter Gaston, fou d'inquiétudes et de remords d'avoir envoyé les deux amants le chercher. La descente à l'étage où se trouve la Soufflerie s'était révélée plus facile. Un escalier fin menait à une corniche que Loup escalada avec aise : de grosses pierres s'arrachaient du mur pour accueillir ses pieds, transformant l'entreprise en jeu d'enfant. Le vent subtil, qui caressait son dos en sueur, portait un peu de la puanteur de la brume, mais son souffle tiède se montrait presque agréable. Il y eut même à deux reprises des constructions anciennes jaillissant de la roche, une barre de métal assez large pour qu'il la chevauche pour quelques instants de répit, et ce couloir rutilant qui émergeait sur plusieurs mètres de la montagne, dont l'intérieur ne se scellait qu'à la moitié. Là, il but quelques gorgées de sa boue en grimaçant, et s'autorisa à fermer un peu les yeux, bercé par les sifflements du vent qui pénétrait dans son repère comme dans une gigantesque flûte.

Loup était parvenu finalement à proximité de la cage, après les déambulations incertaines le long du fin plateau où pend l'ascenseur. Il s'était arrêté derrière la sphère d'acier écrasant le sol, un grêlon massif un peu rouillé, coincé là pour l'éternité.

L'étrange structure cache la cage, Loup l'a longuement observée, obsédé par cette rouille qui glisse plutôt qu'elle s'incruste dans les tubes métalliques éternellement neufs de l'appareil. Assez grande pour contenir trois à quatre personnes, la cage est suspendue au-dessus du vide par un crochet, enfoncé jusqu'à la garde dans la chair hybride des décombres. Simples armatures de métal, elle porte bien son nom, avec ses gros barreaux se tenant en rangées si larges qu'un mauvais pas vous coince le pied jusqu'à la cheville, et vous laisse à la merci des menaces de la descente : les assauts venteux, les prédateurs venus du ciel, dont certains charognards qui, trop impatients, n'attendaient pas que vous soyez morts pour commencer leur dîner. Et bien sûr, les fumées néfastes projetées par les ronflements de titans. Et puis la traversée est désagréable, la cage se trémousse comme si l'excitation la dévorait, empêchant ses invités de profiter d'une saine stabilité. Impossible d'y piquer un somme sans valdinguer douloureusement contre l'enveloppe métallique.

Loup a souvent hésité à l'emprunter, mais par prudence (*par peur*), il s'en est toujours détourné. Pourtant, dans les profondeurs, un ferrailleur aguerri peut trouver des trésors, des fortunes. Assez de nourriture en poudre pour tenir plusieurs années, des breloques indispensables à la survie du village, et parfois, quand la chance favorise le farfouilleur, des reliques extraordinaires comme le grappin ou sa lumelance. Mais la brume s'y épaissit : de vicieuse, elle devient maléfique. Finies les corruptions lentes et insidieuses, elle chasse et dévore. Elle adopte des formes bestiales, des gueules pleines de crocs qui crachent des rugissements humides et terrifiants.

C'est en tout cas ce que Brénard racontait, lui qui n'hésitait pas à sauter dans la cage. *Et voilà comment il a fini.*

Comme un acrobate prenant une bouffée d'air avant le grand plongeon, Loup inspire et s'apprête à marcher d'un pas ferme et décidé vers la cage, mais derrière la sphère un bruit le coupe dans son brave élan. Un choc sourd et violent, et une voix plaintive et essoufflée.

Dissimulé derrière, le ferrailleur observe prudemment la source de cette agitation. La situation est critique pour la silhouette chétive qui a poussé le cri d'alarme. Un petit homme, barbe blanche souillée et peau ridée tavelée, est secoué par la présence incertaine d'un oublié, un nuage blême dont s'arrache une poigne massive qui enserre le cou du vieillard. Les yeux anciens de l'étranglé sont ternis d'une noirceur tenace, signe d'une corruption avancée, mais dont l'emprise ne s'est pas encore révélée. Sans doute que lui aussi a choisi la Descente. Et sans doute le regrette-t-il.

« Lâchez-moi ! Je ne sais pas ! » gémit la victime.

Mais son étrangleur s'en moque, un abîme s'ouvre sur son visage par lequel il éructe un babillage incohérent, répétitif, cacophonique, un tintamarre verbal qui déverse la corruption mentale et les failles inconscientes de la créature qui fut humaine. Pour Loup, trop usé à ses entités pour que leur bavardage le déstabilise, l'assaut est aisément repoussé. Pour le malheureux chahuté par la créature, l'effet est dévastateur. Ses yeux se révulsent dans une agonie psychique. Dans quelques instants, il s'écroulera, mort d'un cœur révolté par le déluge dépressif, ou, pire, il ombrera, joindra la poigne blanche de sa propre main devenue brumeuse.

Loup n'a pas le temps d'agir. Une autre forme a bondi. Un volcan de brume et de colère qui éructe en un hurlement interminable. D'un saut maladroit, la tempête humaine roule durement sur le sol, se rattrape sur les coudes, gratte la terre de ses ongles noircis qui débordent de vapeur, avant de se projeter comme un fauve sur le pauvre vieux. En un instant, le destin de l'inconnu est scellé par l'horrible craquement humide qui claque au-dessus du vacarme. Quand l'oublié furieux se retire, une lame rouillée prolonge dorénavant le torse du vieillard, inerte. La seconde créature hésite puis relâche son étreinte violente, son intérêt pour le vieillard évaporé avec le dernier souffle du défunt. Toujours emmitouflée dans son nuage elle recule de quelques pas, comme pour éviter que sa brume touche les vapeurs empoisonnées de l'autre assaillant. Si près du bord, elle achève son chemin dans le gouffre. Elle chute sans même pousser un couinement stupéfait.

Quand Loup passe à l'action, il est déjà bien trop tard. En quelques enjambées, il rejoint l'oublié tueur. La créature se détourne de son œuvre meurtrière en basculant son visage d'ombre. Sa face est noyée dans un tourbillon enragé qui façonne dans ses vibrations une gueule difforme, débordante de dents grotesques.

La bouche carnassière n'a pas le temps de mordre que son possesseur roule déjà dans le gouffre. Loup l'y a balancé sans ménagement, d'un bon coup de pied dans le torse. Stratégie efficace pour éviter tout contact prolongé avec la corruption du spectre.

De nouveau seul, il calme ses nerfs bouleversés par la scène barbare. Il règne dorénavant un calme fragile et sinistre autour de la cage. Un oiseau malingre dépasse Loup de son envol, l'ombre de ses plumes le recouvre puis se dissipe dans le brouillard. Il est temps de continuer.

Loup joue avec son Fil, quelques trémolos, et son message part avertir son veilleur de la traversée imminente. La réponse ne tarde pas, laconique :

« Très bien. Je ferai de mon mieux.

— Pas très rassurant, mon vieux.

— Impossible de te promettre une virée sans remous dans cette cage. Je manque d'expérience. Accroche-toi bien. »

Le ferrailleur grimace. Que dire à part que le forgeron a raison ? Loup défait le Fil attaché à la boucle de sa nuque. Il sent les coutures de sa veste se desserrer alors que le réseau de nœuds et de ressorts se détend. Toutes ces petites mécaniques qui accompagnent les tensions du Fil, meneur d'une danse de cliquetis et de grincements qui n'existe que pour atténuer ses brusques torsions et ne pas briser les reins ou le cou du corps qui les portent.

Loup s'approche du crochet pour constater que celui-ci traverse une espèce de poulie élaborée. D'énormes rouages se serrent les uns aux autres, perlant d'une huile grasse qu'un confrère expérimenté a versée : en leur centre, un orifice étroit semble convenir comme réceptacle pour le Fil. Loup y glisse le mince cordage, enfin il essaie maladroitement et doit s'y reprendre plusieurs fois, le dos tendu au-dessus de l'abysse, douloureusement conscient qu'il n'est plus assuré et que toute chute sera définitive. En bas, les profondeurs sont masquées par la brume endormie, mais le ferrailleur devine la tourmente sous la surface faussement inerte.

Après bien des tentatives infructueuses, il parvient à introduire le Fil dans le réceptacle, rempli d'une admiration renouvelée pour l'habilité de Gaston, qui l'aurait enfilé sans hésitation. Il y a une petite manivelle, un embout encore rutilant et souple qu'il actionne doucement pour faire tourner le Fil autour de la contraption. C'est un signal pour son soutien dans les hauteurs, le câble improvisé se tend dans un grincement huileux alors que la poulie antique réalise sa première rotation depuis sa dernière utilisation.

Depuis Brénard.

Loup a le cœur qui bat, la peur le submerge comme une vague frissonnante. Alors il concentre son courage, le façonne en un barrage solide pour contrer le raz-de-marée émotionnel. Puis de ses deux mains, il pousse sur la poulie pour déloger le crochet qui la maintient à l'arrêt, épaulé par son compagnon perché là-haut, si loin.

Bientôt la cage se libère et pèse sur le vide, tenue par le Fil, si mince et si clair qu'on le perçoit à peine au-dessus de la cabine massive. Elle ne tombe pas. Elle demeure suspendue, vacillant légèrement en silence. Loup n'a plus qu'un pas à faire pour commencer cette nouvelle étape de sa descente, et se rapprocher de son objectif, de Auria et des titans endormis.

Une des drôles d'idées d'Auria lui revient alors qu'il hésite à franchir la béance qui le sépare de l'habitacle. Dès que la peur la frôlait, insinuant ses sales mains froides dans son cœur de gamine, elle la fuyait d'un bond. *C'est ma fuite en avant, Loup. On risque moins de chuter en sautant qu'en reculant.* Une drôle d'idée, peut-être, mais que Loup compte suivre pour couper court à son atermoiement. Il se projette d'un coup sec dans la cabine, qui essuie le choc d'un grincement sourd. Sa tête opère une rencontre sans douceur avec le métal, au prix d'une lèvre blessée. Il goûte le sang qui s'échappe timidement de la fissure indolore, tout en cherchant son équilibre. Finalement, il se décide pour la position qu'il juge la moins inconfortable possible, le séant posé sur un barreau qu'il recouvre de la couverture tirée de son havresac comme piètre coussin.

La cabine vrille, sa Descente mécanique débute. Loup ne peut qu'imaginer la difficulté de la tâche demandée au veilleur. Non seulement l'effort pour manœuvrer la cage s'avère énorme, même si le système de poulie l'allège en grande partie, mais la concentration exigée par l'exercice est monstrueuse et perpétuelle. Il doit se tordre sur le Fil, écouter à en perdre ses oreilles les plus petites vibrations, les infimes secousses, les tremblements ridicules, toutes ses informations ô combien vagues qui lui permettront de suivre les déambulations de la cage, et surtout de surveiller le bien-être de son occupant.

Après s'être assuré de la sûreté des nœuds qui relient son sac à son harnais, Loup subit maintenant les ballottements intermittents de la Descente, en caressant d'une main absente sa lumelance, qui ronronne sur sa hanche.

Les quatre premiers jours se déroulent dans un calme morne, et le ferrailleur s'ennuie. Il n'ose pas déranger Gaston, qui travaille dur, même si plus d'une fois il souhaiterait exiger une cadence accélérée. Il a l'impression de chuter au ralenti. Il a bien tenté de s'occuper en observant la brume, pour y déceler un fond et calculer ainsi la distance restante entre son ascenseur et son point d'arrivée. Mais le brouillard garde jalousement son mystère, n'offrant pas la satisfaction d'une fin proche au calvaire.

Sa première position lui a vite donné mal aux fesses malgré la protection du tissu, et après une vaine résistance, la douleur le force à changer d'assise. Mais toutes les positions suivantes se révèlent aussi désagréables à long terme. Dormir devient même une mission périlleuse où le risque de s'éveiller le pied coincé entre deux barreaux et un bras traînant hors de la cabine est grand. Il somnole entre deux sursauts de conscience déplaisants, incapable de rêver pour s'exorciser de la brume ambiante. Il parle beaucoup seul, commente les décombres et leurs excroissances architecturales. Là, un édifice de verre aux angles improbables, qui cueille la lumière pour la fractionner en reflets pâles, le rend perplexe et admirateur. Ici, une ancre grossière suspendue au bout d'une chaîne aux anneaux rouillés l'intrigue, pendouillant comme pour amarrer sa montagne de décombres au vide. Parfois il chantonne des chansons qu'il croyait avoir oubliées. À un glorieux moment, il parvient à tuer un vautour trop téméraire, pendant que le nécrophage fouillait d'un coup de bec ses loques. Le long cou craque sous ses mains après une courte rixe, intense comme un flamboiement soudain, alors que le volatile glapit de panique. Il débite grossièrement la bête avec sa lumelance, offrant à la brume un dîner sanglant de plumes et de viscères, puis, avec une inventivité qu'Auria aurait appréciée, il allume un feu précaire à l'aide de son briquet et de quelques écailles de métal, une flamme en équilibre sur un barreau, pour y faire griller la viande la moins corrompue par la noirceur.

« Le rapace, c'est dégueulasse », juge-t-il en savourant à pleines dents son souper.

Mis à part ce repas douteux, le temps se déroule sans se presser, et Loup s'ennuie encore, et son séant le tanne de nouveau, exigeant l'abandon de la station assise pour une déambulation acrobatique le long des barreaux de sa cage. Il finit par pleuvoir et il tire la langue comme un enfant pour boire la pluie, inconscient du danger. Puis, trempé et grelottant, il rumine et se rassoit pour se blottir dans un coin de sa prison suspendue.

C'est la nuit de ce quatrième jour qu'il entend pour la première fois le chant des titans.

En ouverture, un tremblement sourd parcourt les tréfonds et fait trépigner les lézardes qui scarifient les parois des décombres. Des caillasses dégringolent de leurs corniches où ils dormaient du sommeil minéral séculaire. Elles percutent le métal de sa chambre aérienne et provoquent des claquements aigus. Sa cage se retrouve soudain carillon, une alarme qui surprend l'esprit de Loup. Il sent le grondement opérer des bouleversements dans son corps, des chuchotements néfastes naissent dans ses tripes, un oracle intestinal qui l'alerte assez pour le forcer à se relever une nouvelle fois. Aussitôt, il se saisit du Fil, une sombre fatalité anime son geste.

« Gaston. Cela se reproduit encore.

— Qu'est-ce que tu me racontes ? lui répond laconiquement son Veilleur.

— Les titans. Ils pleurent.

— Impossible, c'est trop tôt. »

C'est vrai, jamais deux nuits ne se sont succédé ainsi, tant rapprochées. Une situation aussi inédite que terrifiante. Pourtant la suite du chant s'annonce, des bulles éclatent à la surface de la brume en contrebas, et en arrachent des sifflements terriblement graves et puissants, des vibrations projetées comme des flèches sur la cage. La percussion frappe la nacelle qui sautille, une braise légère qui fuit l'ardeur d'une fournaise naissante. Loup valse avec elle, et s'écrase le front contre métal. Les ondes le traversent et empoignent son cœur d'une pression intense. L'assaut est inévitable, et douloureux, mais loin d'être intolérable. Pour l'instant, le ferrailleur pressent qu'il ne s'agit que d'un premier acte. Les titans s'éveillent, ce ne sont que des balbutiements, des lamentations somnambules.

Un premier hurlement jaillit de la brume en un jet bouillonnant, évité de justesse par un balancement de l'habitacle. À aucun moment, il ne s'imagine un phénomène naturel, le grondement porte en lui une irréalité si profonde, une cacophonie de sons absurdes, de bruits lourds et déformés. Bientôt, un second cri perce le miasme, doué de plus de volonté, et il pousse la brume dans son sillage jusqu'à toucher le cul de la cage. La substance bouillonne contre le fer, un crissement affamé. Instinctivement, elle rampe vers l'entité à corrompre, une proie bien grasse d'humanité prise au piège au milieu du néant. Loup fouille fébrilement son sac, et y déniche une fiole qui luit faiblement. Du jus de soleil, une alchimie fabuleuse, de l'eau pure issue des occasionnelles pluies célestes qui ont évité les nuages pour tremper un des rares rochers caressés par les aurores. Il n'en possède que deux, elle représente son dernier bouclier contre la noirceur, des remèdes miraculeux pour ne pas sombrer, pour réinjecter de la lumière dans ses veines embouchées de brumes. Alors, il préfère attendre l'instant fatidique avant d'en gaspiller une.

En bas, plusieurs détonations se succèdent, elles finissent de déchirer la quiétude de la brume. Les geysers fumeux inondent le vide autour de la cage, l'un d'eux recouvre la partie inoccupée d'une mélasse épaisse, une huile où se dessine des figures grimaçantes qui dardent de regards accusateurs l'humain. Loup se recroqueville contre la dernière paroi saine de la cage, et, hagard, commet une erreur de débutant : il plonge son regard vers l'abîme.

Il y a une tempête, pense-t-il, *une tempête qui s'oppose au ciel immobile, qui remonte inexorablement des profondeurs*. Des éclairs aux couleurs troubles zèbrent le brouillard, un déchaînement voltaïque qui s'alimente lui-même. Chaque explosion s'achève en des rugissements furieux, emplis d'une colère si frénétique qu'ils lacèrent l'âme de Loup. Bouleversé par ses agressions mentales, il n'aperçoit le gonflement de la brume que trop tard. Elle est montée comme un lait trop chaud, dévorant l'espace qui les séparait jusqu'à atteindre la cage.

Et l'engloutir.

Les ténèbres l'aplatissent et le sonnent. Une multitude de petites mains du néant le palpent et s'immiscent sous sa peau, triturent ses nerfs, s'emmêlent dans ses neurones. Quelque part, la partie instinctive de son être couine de détresse. Il y a un visage dans la brume, celui d'une créature oubliée qui a profité du tremplin pour le traquer. Deux fentes l'observent, un regard blanc et stérile, et une mâchoire prédominante pourvue de longs crocs faits pour égorger s'entrouvre pour le dévorer. Impuissant, Loup a même oublié comment soulever ses bras pour se défendre contre ce monstre nouveau. Il sombre si vite.

Gratte. Une jambe brisée sous le poids de la lâcheté.

Gratte. Loup, tu ne sauveras plus personne.

Meurs. Maintenant.

Pourtant, dans sa conscience éteinte, une lueur s'allume et diffuse une chaleur familière. Perdu dans l'ombre, Loup se retrouve.

Écoutant son instinct, il porte à sa bouche la fiole et l'ingurgite, sent le soleil irriguer ses artères et chasser l'obscurité. Alors d'autres lampions s'illuminent, des bougies qui brisent la brume. Il tire sa lumelance pour frapper la créature, enfonçant la lame ardente dans une des fentes aveugles, qui s'évapore dans un feulement indigné.

Il perçoit encore les vagissements terribles des titans, mais il ne les *sent* plus. Quelque part dans ses propres tréfonds, un rire sonore retentit. Le sien ou celui de Brénard. Pendant un long moment, il observe le déchaînement qui a désintégré les décombres, dissipé l'ancre métallique et fracassé le couloir de verre. Il profite de ce spectacle soudain inoffensif.

Puis aussi vite qu'elle est née, la tempête se résorbe, et avec elle s'atténuent les plaintes titanesques. Les contours se redessinent, la montagne s'impose dans le vide, et la cage reprend sa pesanteur. Loup y croit à peine. Il a survécu.

Après avoir nettoyé ses affaires de la brume restante à l'aide de sa lumelance, et de beaucoup de patience, il indique à Gaston que le danger est passé. Il est temps de reprendre la descente.

Il faut encore sept jours interminables pour que l'appareil touche la terre ferme. Sept jours d'ennuis, où il déambule autour de lui-même. La fente blanche de la créature maintenant borgne perce parfois le rideau de sa monotonie. Elle l'attend sans doute, tapie dans la brume, ivre de vengeance, accompagnée de sa meute.

UN PERCHÉ

Les décombres se lissent plus le ferrailleur descend, et s'enfoncent dans une brutalité triste. Des piliers d'acier forment des colonnes vertébrales parallèles, leur chair de pierre grattée par l'érosion et les volutes de brumes qui sillonnent leurs os métalliques. Des réseaux de chaînes y pendent, que la rouille verrouille, les laissant indifférents aux efforts du vent. On dirait des cheveux de vieillard qui dégoulinent sur un dos rachitique.

« En bas, notre montagne est bossue et malingre. C'est d'un joyeux », informe Loup.

Il a sauté avec un immense soulagement de la cage pour poser le pied sur un sol plus dur que celui auquel il est habitué. D'un coup de botte, il gratte la terre et révèle le métal. Il manque de profondeur, constate-t-il. L'air ambiant est obstrué par un brouillard permanent, heureusement trop diffus pour être vraiment dangereux pour le ferrailleur soumis à ses assauts sournois. La cage s'est posée sur le début d'un plateau vaste et vide, cernée sur les côtés par des falaises qui forment un gigantesque rempart et l'invite à s'avancer dans cet immense couloir. Quelques instants plus tard, après s'être harnaché, Loup reprend son chemin, prêt à poursuivre son périple sur ses deux jambes, qui demeurent définitivement son moyen de transport favori.

Gaston ne répond pas. Le veilleur doit être épuisé. Tirer une cage métallique sur une dizaine de jours vous bouffe les muscles et l'esprit. Et puis, il y a l'inquiétude concernant les pleurs des profondeurs, l'éprouvante attente de l'ascension de la houle vers Port-Céleste. Celle-ci leur a paru inévitable, et pourtant, quelques jours après l'accident, rien n'était venu déranger le labeur quotidien des villageois perchés.

Loup s'arrêterait normalement, pour offrir un peu de répit à son ami, mais le plateau est plat, sans trous ni précipices dans lesquels le ferrailleur pourrait trébucher, et la vue si dégagée que le voyageur aperçoit l'abysse de l'autre côté, la frontière entre les décombres et les mers en bordure du bout du monde. Les vagues de cet infini lointain frissonnent dans l'horizon, des miroirs liquides qui rafraîchissent ce paysage de nécromant.

Aussi, il flâne d'un pas de touriste à la place de l'habituelle foulée d'arpenteur. D'après ses estimations, l'après-midi est bien entamée, et la nuit s'apprête à surgir, bien que la différence entre le diurne et le nocturne dans ces strates inférieures est presque inexistante : le temps y semble ralenti, presque paralysé. Le moment serait presque propice à la quiétude et la satisfaction si Loup ne sentait pas les vestiges du cauchemar des titans en lui. La fiole de jus solaire n'a pas totalement chassé la brume qui l'a éclaboussé, des traces demeurent, tenaces, et projettent sur sa joie des ombres qu'il peine à ignorer. Juste des rumeurs qui finiront par se dissiper, se rassure-t-il. Il ne sombrera pas pour si peu. *Pas lui.*

Le Fil remue, sec et bref, indiquant que le sommeil gagne Gaston, et que dans peu de temps Loup n'aura plus personne pour le préserver d'une chute imprévue. Le ferrailleur décide de continuer un peu son chemin, trop content de démener ses jambes après les jours passés dans la cage. C'en est presque vital, chaque pas chasse les yeux lisses et blancs de la créature, chaque pas l'éloigne de la prison aérienne et de la déflagration des titans qui a failli l'engloutir, mais aussi de la mort de Rosemonde. En quête d'un oubli mérité, il vagabonde pendant des heures, débouchant la bassine de sa mémoire pour en laisser couler les pensées nocives sur son sillage. Libération par le vide et, peut-être, la brume sera entraînée dans le siphon.

Il continue ainsi jusqu'au moment où les miroirs de l'horizon perdent de leur éclat, que le brillant de leur reflet se ternit. La cage a disparu, un point si minuscule qu'elle paraît dorénavant un petit caillou égaré dans cette montagne de fer. Enfin, ses jambes lui accordent le repos, et l'autorisent à s'asseoir. Il s'exécute, déplie sa couverture, allume un feu enthousiaste à l'aide de sa poussière de métal, et boit, presque avec plaisir, un peu de la soupe immonde. Il n'a pas vraiment sommeil, mais un rêve le démange, un songe pour exorciser la brume.

Alors il accroche le Fil à un bout d'acier qui dépasse du sol comme un doigt enseveli, et s'allonge, sa lumelance coincée sous son torse.

Il n'a pas fermé l'œil une minute que trois présences l'approchent, si silencieusement que leur existence se révèle à lui alors qu'ils sont assez près pour profiter de la chaleur de son feu.

« Brumerde, ce n'est pas un oublié ! »

La voix est rauque, et son exclamation, étouffée, comme si l'intrus parlait avec la main devant la bouche.

« Brumerde » réaffirme une seconde voix, plus aiguë, mais qu'on croirait également mal bâillonnée. « C'est un perché ? »

Loup se redresse, sa paume instinctivement effleure sa lumelance, mais il se contrôle assez pour s'empêcher de serrer la poignée. L'improbable réalité de l'événement le saisit : ce sont bien trois humains qui se tiennent là devant lui, dans les profondeurs des décombres. Ils portent des casques bosselés, patchwork de métal et de verre grossièrement forgés, qui étouffent leur voix, et cachent leurs visages, mais à la façon dont ils remuent leurs épais manteaux de fourrure, des mouvements vifs, pleins d'excitations et de peur, Loup devine qu'ils ne font pas partie des oubliés. Finalement, le troisième, encore muet, se tourne vers lui.

« Qu'est-ce qu'un perché vient fiche par chez nous ? »

L'équipement de son interlocuteur est de meilleure qualité, la facture de son masque presque acceptable, même si certaines soudures ratées attiraient l'ire de Gaston. La voix indique un homme, proche de la vieillesse sans vraiment l'avoir entamée, et sa posture sent l'autorité. De ce petit groupe, c'est elle qui décide.

« J'ai été banni. Alors je descends. Mon nom est Loup. »

Les regards pointent à travers les visières boursouflées des costumes. Deux étincelles colériques brillent dans les yeux de son interlocuteur, et Loup s'inquiète de la suite de la rencontre. Puis l'homme déclare :

« On m'appelle Lourse. Derrière, le maigre c'est Bertrand, et le gros, Pétiot. On vient de la Manufacture, mais je dis ça et tu sais foutrement rien de la Manufacture, de la mine et de notre travail, donc je pourrais bien de dire que je viens de la gueule d'un titan, hein ? »

Pour l'instant Loup ne sait pas qui de ses deux compagnons est Bertrand ou Pétiot, leur costume uniformise totalement leur silhouette, mais les propos du rustre Lourse monopolisent toute son attention. Il s'apprête à poser la question quand l'autre lui coupe la parole.

« Je t'arrête Loup. J'aime pas causer, et encore moins aux perchés. Le mieux c'est que tu nous suives. »

Un signe de tête vers un de ses sbires, et celui-ci lui tend une poigne pour l'aider à se relever.

« Ah, t'as pas le choix t'façon. Si tu veux descendre, tu dois passer par notre domaine. Et que la contremaîtresse te laisse passer. »

Loup saisit le bras de celui qui peut être Pétiot ou Bertrand, sans dire un mot, estomaqué par la rencontre absurde.

« Brumerde, un perché ! » souligne l'assistant, en le tirant avec fermeté.

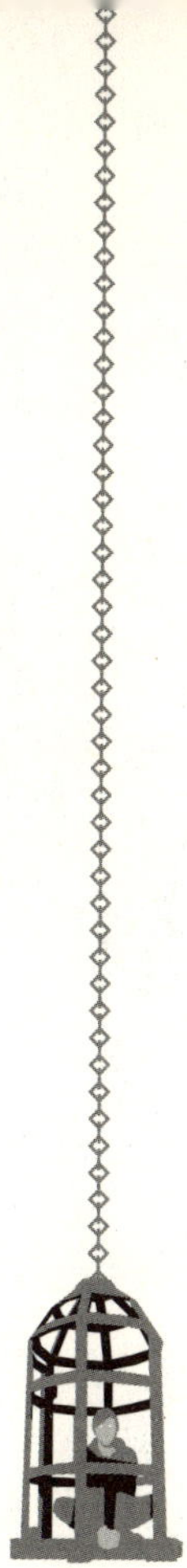

Deuxième partie

La Manufacture

Le regard des lucioles

Au bout d'une demi-heure de marche silencieuse, des fortifications de fortune s'extirpent des vagues de l'horizon, gagnant en consistance à chaque pas. Les nouveaux camarades de Loup progressent lentement, guettant des menaces dont le ferrailleur ignore la nature. La démarche lourde, Lourse traîne sa jambe droite comme un fardeau, sur laquelle repose une longue lame rouillée emmitouflée sans soin dans une loque crasseuse. Ses deux sbires, eux, déambulent maladroitement gênés par des bâtons métalliques de fortune.

Loup affiche tranquillement sa lumelance pour leur en remémorer l'existence. Pas vraiment comme une menace, plus comme un avertissement. Son Fil, il l'a caché cependant, ordonnant à son Soutien parfois un peu trop bavard de ne pas gigoter l'ustensile. Quelques passes de doigts sur l'instrument, et sa trame se fait translucide, presque invisible. Seuls ses yeux de ferrailleur en perçoivent la présence, si fine et claire, déformant à peine le paysage, et silencieuse dans son déroulement. Bien sûr, ainsi camouflé, le Fil ne lui sert plus, mais son recours semble dispensable sur ce long plateau décharné.

L'atmosphère tendue perdure jusqu'à ce que les lointaines murailles informes deviennent de consistants amas de ferrailles, de fourrures découpées, de poutres fracturées, de verres brisés, de roches grossières. Ces barricades s'élèvent tels des échos des montagnes de décombres et forment un rond rudimentaire, une couronne mal ajustée ceignant le plateau d'une noblesse déchue. Derrière l'enceinte, plus grande que ne l'avait imaginé Loup, l'écho d'une agitation humaine effleure ses oreilles.

« Bienvenue à la Manufacture, perché. Ici, le soleil est une rumeur, le travail une religion et la mort une libération », déclare Lourse.

D'un coup de pied un peu trop brutal, il fait carillonner le métal creux de ce qui doit servir de porte au rempart. Une autre tête masquée surgit, salue d'une main raide auquel ne répond pas l'intéressé. Un grincement sonore éructe, et le battant s'ouvre dans une cacophonie de ferraille qui se frotte.

La vision de la « manufacture » perturbe un instant le voyageur. Sa certitude que nulle humanité ne peut survivre dans les profondeurs se retrouve pourfendue face à ce spectacle outrageux. Des édifices rudimentaires s'allongent, leur fondation taillée dans la pierre avec compétence, leurs murs rutilants érigés avec choix, et leur taille respectable qui réduirait les huttes de Port-Céleste au statut de cabanes d'enfant. Insolente construction bravant les brumes d'en bas, avec d'aussi insolents habitants qui s'affairent, mine de rien, oubliant leurs situations, si proches des géants, à la merci des créatures obscures et des fantômes gris. Leurs visages sont découverts, et paraissent sereins, leurs peaux claires, dénuées de cicatrices, leurs yeux fatigués, mais alertes, qui épient avec intérêt ce nouveau venu. Il aperçoit un vieillard à la vigueur visible, des enfants replets qui jouent avec de la caillasse, des dizaines d'hommes et des femmes robustes. Toute cette vie soudaine, et saine, lui fait l'effet d'un coup de poing, d'une chute vertigineuse. *Peut-être ai-je finalement perdu la raison ?*

« Brumasse… C'est impossible, croasse-t-il.

— Pourtant nous sommes là. Foutrepuits, nous sommes là » répond Lourse, et sa voix grésille autant de fierté que d'amertume.

Derrière Lourse, Pétiot ou Bertrand chuchote que ça leur fait toujours ce coup-là aux perchés, et l'autre pose une main rassurante sur l'épaule du ferrailleur

« Tout ça, c'est grâce à la contremaîtresse, au labeur et à la lumière du cristal.

— Ferme-la, Bertrand. La cheffe lui expliquera tout mieux que toi. »

Voilà une notion que Loup a presque failli oublier. Brénard la lui avait expliquée, non sans un mépris éloquent : les vieux systèmes, les rois et les barons d'antan, juchés sur leurs trônes, ces hiérarchies qui guidaient les hommes. Mais dans les hauteurs, ces concepts perdent leur sens, s'ils n'en avaient jamais eu. Dans les hauteurs, on œuvre ensemble, ou l'on meurt seul.

Personne ne lui parle, à lui ou à ses compagnons alors qu'il traverse le bourg, sinuant entre les cahutes métalliques. Son escorte s'est démasquée, et sans surprise, Lourse dévoile une figure usée, rougie par l'alcool et la grogne, de vieilles poches garnissent ses yeux, et accompagnent les trémoussements de ses joues, qui pendent légèrement, rêches. Quant aux deux autres, Pétiot et Bertrand s'acharnent à rester indiscernables : deux jumeaux, des visages poupins, un peu gras, garnis d'une pilosité rousse développée, crevés d'yeux étroits et sans lueurs.

Les bâtisses déglinguées se serrent, des demeures de fortune et ferraille qui évacuent de la fumée par des interstices dans leurs hauteurs. Loup croit un instant assister à l'assemblée de colosses un peu difformes, joignant les coudes pour partager la chaleur de leur corps, et crachant leur buée frigorifiée à l'unisson. Finalement, une ouverture se creuse entre les allées étroites pour déboucher sur une place réduite, où siège le point central du village fortifié. L'édifice rutile, Loup y perçoit même un flamboiement, et il comprend qu'il s'agit du feu autour duquel les autres habitations s'amassent. Ses parois brillent d'un acier légèrement chromé, soutenues par des poutres fines en argent qui font office d'assises, tel un trône délicat, le tout juché sur quatre piloris d'obscurantine. Ces colonnes ébène ne s'élèvent pas suffisamment pour que le petit palais surplombe tout le village, mais il l'arrache de la masse qu'il domine de son éclatante propreté, par la netteté supérieure de sa construction.

Un enfant se glisse près de Lourse, et quelques chuchotements sont échangés, inintelligibles à l'oreille fatiguée par les changements d'altitude du ferrailleur.

« La contremaîtresse t'attend ».

Lourse pointe un escalier en acier à la garde plaquée de sombres motifs. Encore de l'obscurantine, se sidère l'observateur, persuadé que le secret de cet alliage avait été oublié dans la nuit des temps. Ces nuances obscures l'hypnotisent, et comme un tressaillement persistant qui se faufile de son nerf optique jusqu'à son palpitant, l'angoissent. Même dans les galeries les plus profondes des hôtes, il n'en a jamais vu d'aussi finement forgée.

« Grouille-toi un peu, le perché, elle déteste attendre », presse son guide, qui rectifie, après une brève réflexion : « Elle déteste surtout les retardataires. À ta place je me dépêcherais pour pas gâcher ta première impression. Avec elle, c'est la seule que t'auras. »

Pendant quelques instants tendus, les deux hommes se regardent, visage abîmé par le temps et l'aigreur contre faciès couturé de ferrailleur maladroit. Loup hésite entre sa curiosité pour ce village incongru, installé au ras du front des géants, et sa mission première : trouver Auria, et la raison des houles noires. Peut-être devrait-il envoyer se faire croquer par la brume le vieux rustre et ses deux imbéciles, ainsi que cette contremaîtresse, et sa baraque brillante. La sensation de malaise énerve son esprit, et ceci depuis qu'il zigzague dans les rues étroites.

Finalement, il se résigne à rencontrer cette étrange contremaîtresse. Un petit détour, juge-t-il, qui pourrait se révéler riche en réponses. Rien ne l'empêchera de partir une fois cet entretien terminé.

Loup quitte son escorte rapprochée, le regard menaçant de Lourse le poursuit un instant, tandis que ses deux compères se curent le nez et les oreilles en soufflant, et quand il pose un premier pied sur l'élégant escalier, il se garde soigneusement d'effleurer l'obscurantine. Il jurait que ce métal est un puits, un puits d'obscurité dans laquelle dorment de sombres serpents alanguis, aux mouvements si discrets qu'ils sont presque indiscernables.

Deux rideaux de laine blanche et d'une propreté immaculée cachent une robuste porte dont la poignée d'argent luit doucement. Ce luxe rend Loup circonspect : pourquoi gaspiller un métal aussi précieux pour une porte ? L'argent et ses propriétés magiques et stériles, Port-Céleste les réserve plutôt aux outils des siamois dans leurs huttes de soins. Il pousse le battant et entre sans plus de cérémonie.

« Je ne vous ai pas autorisé à entrer. »

La voix siffle, presque un souffle, mais porteuse de mots, soupirée par une présence au fond de la large pièce. La contremaîtresse a relevé la tête de son travail, son visage mince trahit un certain âge, mais les rides de la peau s'estompent, tendues cruellement par un chignon dur comme de la pierre. Deux gros verres tentent de voiler des yeux trop perçants, dont l'intensité déstabilise l'interlocuteur, le bascule dans un océan de doutes. Face à elle, des parchemins couvrent une table massive en bois, ordonnés en paquets à la rectitude irréprochable et d'ustensiles incompréhensibles, triés par ordre de grandeur, ou juchés immobiles sur des perchoirs appropriés. Quand la femme se redresse, impatiente, Loup imagine que le siège sur lequel s'assoit la contremaîtresse est forcément un fauteuil rembourré, le bureau s'écrase presque sous la présence du buste autoritaire. C'est avec un effort que Loup parvient à observer le reste de la vaste pièce, mais le spectacle ressemble au bureau : des meubles alignés, des outils parfaitement rangés, et un sol impeccable, fui par la poussière et le désordre. Creusées dans la paroi du fond, une série de marches s'enfoncent dans les profondeurs, voilées par un rideau de soie.

« Asseyez-vous, voyons. »

L'invitation sonne plutôt comme un ordre, et il est accompagné d'un vague balayage de la main.

Loup s'avance, presque penaud, son pas d'habitude assurée un peu traînant, et il s'écroule maladroitement sur la chaise en métal inconfortable face à la contremaîtresse. Elle s'est rassise sans attendre qu'il ait pris sa place, et semble à moitié absorbée par ses papiers.

« Alors vous venez d'en haut ? Un ferrailleur, c'est ça ? finit-elle par dire.

— Je m'appelle Loup. J'ai été banni, donc je desc… » commence-t-il.

Elle relève les yeux de son parchemin, et il se tait.

« Ferrailleur, c'est un métier prestigieux pour les habitants des hauteurs, n'est-ce pas ? »

Loup ne sait pas trop ce qu'elle entend par prestigieux, alors il hoche la tête.

« Cela fait des années que nous n'avons pas vu l'un des vôtres, à part pour les occasionnels oubliés, dont nous disposons dans le gouffre.

— Le gouffre ? »

— Un endroit en dessous de notre étage, enfin, de notre plateau comme vous dîtes, là-haut. »

Un instant, Loup se demande si elle se moque de lui, mais il n'est pas certain qu'elle sache rire.

« J'ignore donc tout de la raison de votre présence.

— Les houles noires se multiplient. Je dois savoir pourquoi, je dois descendre. »

Il omet Auria, non par timidité. Dans les hauteurs, les émotions n'ont aucune réserve : si on doit parler ou pleurer, on s'exécute sans rechigner. Mais cette femme paraît si sèche, si éloignée de Loup, il a peur de salir son idéal en le partageant avec elle.

« Impossible », balaye-t-elle en tapotant son bureau des doigts, pour exprimer peut-être une fausse gêne.

Loup n'y croit pas une seconde, à cause de son regard : le problème avec des yeux aussi envahissants, c'est qu'ils dissimulent mal. Il hésite cependant. S'ils essaient de l'empêcher de continuer son périple, le conflit sera inévitable, et le « perché » n'a encore jamais combattu des hommes complets. Il pondère un instant, songeant à l'offensive. Décidant l'option guerrière inacceptable, il ose :

« Vous voulez m'en empêcher ? »

Elle pouffe, un sursaut de lunette maîtrisé, un rebond fantoche, et Loup comprend qu'il n'aime définitivement pas la contremaîtresse, il la déteste presque jusqu'au fond des tripes, comme une humeur acide et explosive qui s'éveillerait à la présence autoritaire de la vieille dame.

« Ne soyez pas ridicule. La dernière houle s'est montrée d'une violence peu commune, elle a emporté l'un des nôtres, et brisé un rempart, d'importants dégâts matériels, difficile de vous les faire estimer, mais cela nous a pris plusieurs jours pour réparer ces avanies. Une perte tragique pour le Labeur. Et sous la menace constante d'un autre désastre, car elle n'est pas partie, maître Loup, cette houle, elle stagne dans notre horizon, en attente d'une nouvelle éruption. Et comme elle, il vous faudra attendre, je le crains, ce prochain sursaut pour continuer votre… descente c'est ça ? »

Le ferrailleur demeure un instant bouche bée.

« Brumasse ! croasse-t-il.

— Oui, ce sont des problématiques qui vous sont étrangères. Les brumes balayent vos sols, et vous voilà terrifiés, prêts à sauter du haut de vos perchoirs. Ici, mes travailleurs salissent leurs chausses dans leur tourbe, piétinent les remugles sans hésiter, et parfois, dans la mine ils s'immergent dans leur obscurité, leurs caresses corruptrices. Bien sûr, je leur fournis un attirail : nous demeurons des humains, maître Loup, mais nous ne craignons pas la brume.

Elle se redresse et, d'un œil peu appréciateur, décortique la silhouette de Loup.

« Les ferrailleurs, vous possédez un équipement spécial non ?

— J'en ai perdu la plus grande partie lors de la nuit dernière. Une créature de brume a croqué mon Fil, me laissant seul, sans contact avec mon Veilleur, et mes camarades perchés, aussi lâches vous paraissent-ils. »

Il ment facilement, et sans hésitation. Une présence paranoïaque, sans doute une émanation psychique inspirée par le flot aigre de la femme, lui souffle de ne partager aucun secret avec cette créature aux doigts si agiles, qui miment de taper la table en rythme, mais qui ne font que l'effleurer, cessant leurs chutes avec une précision effroyable, à un grain de poussière de la surface.

« Mais comment vous faites ?

— Je vous demande pardon ? »

Ce n'est pas vrai, elle ne demande rien. Elle est agacée, elle aime les questions précises, les questions qui filent droit au but.

« Comment vous faites pour ne plus craindre la brume ? »

Un temps passe sans réponse, et un cliquètement révèle à Loup une horloge en état de marche, à laquelle il n'avait pas prêté attention, suspendue au-dessus de la porte. Une grosse horloge en fer, un peu rouillée, mais dont les deux aiguilles dansent éternellement le ballet des heures.

« Nous avons nos techniques. Lourse vous montrera. »

Ton sec, catégorique. Elle n'en dira pas plus sur le sujet et reprend :

« Vous pouvez demeurer à la manufacture autant de temps que vous le désirez, mais il vous faudra travailler pour moi, aider au Labeur.

— En quoi consiste ce *labeur* ? »

Son regard s'illumine soudain, un sourire fin comme un rasoir étire ses lèvres :

« Vous vous trouvez dans mon entreprise, maître Loup. Les résidents ont pris le parti de l'appeler la manufacture, mais ce n'est pas par excentricités, contrairement à vos villages perchés, cette dénomination représente la nature concrète du lieu. On s'y emploie, dans la forge souterraine, à fondre l'obscurantine et à la remodeler en divers instruments et accessoires… pertinents, tandis que dans les décombres, des ouvriers s'affairent à extraire l'obscurantine, grâce à des outils de ma création, sous la surveillance et la garde de Lourse et de son… équipe. C'est une machine bien huilée que je dirige, maître Loup. Une mécanique prospère.

— Oui, mais je ne comprends toujours pas. Pourquoi l'obscurantine ?

— L'obscurantine est imperméable à la brume. Elle l'attire, mais elle l'empêche de passer. Elle l'hypnotise, maître ferrailleur. Elle a son utilité, croyez-moi. Vous verrez. En attendant, Lourse vous indiquera vos quartiers et les nécessaires informations de votre séjour. Nous travaillons de sept heures à dix-neuf heures, avec une pause de vingt minutes. Tous les jours, sauf ceux où la houle noire empêche le Labeur bien sûr. Parfois, l'on travaille plus si les conditions s'y prêtent, ou si la nécessité l'oblige. C'est moi qui vous indiquerai les temps d'arrêt, et ceux de travail : je suis la seule capable de lire l'heure. Si vous suivez mes consignes, et celles de Lourse, notre collaboration nous sera mutuellement bénéfique. Vous avez des choses à apprendre parmi nous, Loup, des savoirs qui aideront vos camarades des hauteurs, et je suis assurée que votre présence éclairera certaines… énigmes. »

Elle le congédie d'un mouvement de tête. Leur discussion s'achève à l'instant où elle le désire. Loup se lève, heureux de quitter cette pièce argentée à l'ordre parfait, où tous les accessoires et le mobilier s'orientent comme soumis vers la petite femme sévère. Il n'existait plus, Loup s'imagine devenu aux yeux de la contremaîtresse un simple meuble de plus. Du moins, c'est ce qu'il croit, mais sous les lunettes rectangulaires, l'intérêt de la contremaîtresse s'est enflammé, une braise presque éteinte, enfin ravivée par un vent miraculeux.

Dehors, Lourse l'attend. Ses deux compagnons ont disparu quelque part dans les sentiers étroits qui séparent les structures de fer. Le vétéran hoche la tête, l'air indifférent, en apercevant sa descente piteuse de l'escalier, et se détourne aussitôt pour s'enfoncer dans le fort. Le ferrailleur le suit en silence, un tas de questions étouffées occupent son esprit. Il sait que l'homme n'aime pas ça, les questions, alors il se tait, mais cette répression le fait chalouper un peu.

Ils atteignent une baraque plus imposante que ses voisines, dont les doubles battants grincent, béants. D'épaisses fourrures dissimulent l'intérieur, et l'on entend des murmures, des raclements et des entrechoques métalliques, bruit familier que Loup reconnaît aussitôt : l'on y dîne. C'est que la nuit avance, le *labeur* doit être terminé, et les travailleurs affamés.

« On bouffe là. Marlène viendra te montrer où tu dors. La gamine vit seule, tu lui tiendras compagnie. Un adulte avec elle, ça lui fera du bien. Enfin si tu arrives à placer un foutu mot parmi son bavardage incessant. C'est une cascade qu'a cette fille en guise de bouche. »

Avec sa rudesse habituelle, il bouscule les fourrures et s'enfourne dans le hall, laissant Loup un peu interdit devant le voile touffu qui se rabat mollement. Soudain, il n'y a personne, les alentours sont déserts et une bise fraîche siffle sa solitude le long des parois rouillées et cabossées. Dans le ciel, l'horizon clôt ses paupières, fermant les reflets brillants de l'au-delà. Paradoxalement, l'éclat du festin qui sonne à ses oreilles, les rires épars et les murmures assourdis, tous ces bruits pleins d'humanité qui lui proviennent de la salle si proche, l'isolent. Il lui rappelle ses amis d'en haut, cette famille qui l'a banni.

Loup frôle le Fil, annonce en quelques mots la situation à son veilleur, et sans attendre la réponse, qui ne manquera pas d'être un charabia abasourdi, il l'attache dans un des nombreux renfoncements du bâtiment.

Quand il entre, la chaleur humaine l'étreint vigoureusement, cette température vive et suante si rare que l'on ne trouve que dans les lieux de foule. Le silence s'abat aussitôt, et une centaine de têtes anonymes se tournent vers lui, des silhouettes frustes assises inconfortablement sur des bancs en tôle devant des planches montées avec des tréteaux bancals, tenant des cuillères suspendues au-dessus de bols où gargouille une mixture chaude. Au fond, sur une estrade, Lourse s'est installé devant un plat plus garni, posé sur une véritable table. À ses côtés, ses sbires saluent à grands gestes ridicules le ferrailleur, l'invitant à les rejoindre. Les trois gardes encadrent, à une distance respectueuse, un fauteuil élégant, au dossier d'un cuir noir cousu de fil d'argent et dont les accoudoirs boisés s'achèvent sur des cristaux.

Ignorant les deux gardes, incapable de s'attabler ainsi au-dessus des autres, et souhaitant éviter par-dessus tout la compagnie morose de Lourse, et celle, imbécile des deux jumeaux, Loup part s'installer sur l'extrémité d'un banc, qui tremble doucement pour l'accueillir. Une gaillarde ridée à la bouche maculée de soupe s'écarte en lui souriant pour lui offrir un peu plus de place, et lève haut son bras dans une direction inconnue.

Aussitôt, une ombre maigre et agile se faufile entre les rangées pour se planter à un pas de lui. Un bol bosselé est déposé à son attention, ou plutôt balancé maladroitement par une main trop fine pour le récipient informe et brûlant.

« Salut le ferrailleur, moi c'est Marlène », l'informe la serveuse malhabile.

Il se tourne vers sa future camarade de chambre. La gamine lui rappelle son enfance, le môme qu'il fut, et tous les membres de sa bande de gringalets. Elle aussi, elle est habitée par la poussière, qui garnit ses lèvres, coule le long de ses cheveux sales, tapisse les traits enfantins, et plane le long des mots qu'elle lui adresse.

« T'es bizarre. On n'apprend pas à parler dans les perchoirs ? »

Sa voisine à la bouche souillée réprimande la serveuse, mais Loup n'y prête pas attention.

« Si. Désolé. Mon nom c'est Loup. Je suis un peu paumé.

— C'est vrai que vous êtes des cannibales vous autres les perchés ? Que vous mangez vos morts ? »

Nouvelle réprimande de la vieille femme ridée, que les deux compères ignorent. Au loin, un homme gueule pour un rab.

« Non, c'est des foutaises, gamine. Les seules choses humaines que j'ai jamais bouffées, c'est mes ongles quand j'avais ton âge. »

Elle sourit, un éclat jaune dans ce visage crasseux. L'homme gueule encore plus fort, quelque chose en rapport avec une teigne écervelée et une raclée bien méritée.

« Qu'est ce que ça fait un ferrailleur ?

— Ça descend et ça cherche des objets perdus, pour offrir un peu de bonheur. Parfois pour lui, parfois pour les autres.

— Et t'en as trouvé ?

— Je crois que l'on t'appelle, Marlène.

— Il peut attendre celui-là. Il bouffe toujours trop, son bide met du temps à parler à sa tête, alors il bouffe trop. »

Elle a dit ça en haussant des épaules, un peu énervée, et Loup ricane. Elle se résout à partir quand même, mais une dernière phrase lui échappe :

« La contremaîtresse dit qu'il n'y a rien de perdu, que tout ce que l'on trouve a été abandonné. Et que c'est pour ça qu'on a le droit de les prendre. »

Un hurlement du prétendu affamé la rappelle à l'ordre, et elle se carapate entre les dos massifs de ses pairs, laissant Loup à son dîner. La soupe n'est pas plus mauvaise que sa boue, elle offre au voyageur de nouvelles sensations gustatives, bienvenues. Sa voisine de table lui adresse de grandes grimaces amicales, sans lui décrocher un mot, trop occupé à engloutir ration sur ration du breuvage, que Marlène et quelques autres gamins rachitiques apportent aux multiples tablées, en un ballet frénétique de vaisselle tourbillonnante qui souille le sol du hall de nombreuses taches grasses et humides.

Un instant, alors que les bouches s'emplissent à pleine vitesse du contenu des cuillères, Lourse pousse sa chaise et force sur sa mauvaise jambe pour se positionner à la frontière de l'estrade.

« Silence ! La contremaîtresse arrive. Silence, foutrebrume ! »

La gueulante fait l'effet d'un coup de cravache, le boucan s'adoucit et se dissipe, comme les travailleurs se taisent, posent leurs couverts dans des claquements timides, et tournent leur tête docile vers le stentor. Pétiot s'est précipité sur une porte au fond de la salle qu'il ouvre en faisant mille façons, et par laquelle la contremaîtresse s'avance.

L'atmosphère se tend, crépite d'une révérence nouvelle, alors que l'assemblée suit le pas autoritaire et indifférent de la vieillarde jusqu'à son fauteuil luxueux où, avec une lenteur délibérée, elle sied. Une fois de plus, la situation désarçonne le nouveau venu, la nature du rituel et ses implications le plongent dans une incertitude et une angoisse inédite et étrangère. Sur son trône, la contremaîtresse penche un visage sévère sur la foule, et elle déclare d'une voix mesurée, assez haute pour être entendue de toutes les oreilles, mais sans les excès des braillements de Lourse.

« Aujourd'hui fut un jour de Labeur. Vous avez tous travaillé dur. »

Soudainement, les mangeurs dociles s'animent et vocifèrent un oui enthousiaste à l'unisson.

« Bien. »

L'affirmation de la cheffe plane au-dessus de la salle comme un couvercle d'autorité, étouffant les bavardages et les rêveries, obligeant les convives à une attention constante.

« Avez-vous forgé l'obscurantine et les métaux ? »

Un autre oui provenant d'une partie de la salle secoue les tables, et des couverts frappent des assiettes pour se taire aussitôt.

« Avez-vous élevé des murs entre nous et les dangers de l'extérieur ? »

Une rangée entière lève des bras musclés, où brillent des paillettes de métal, accompagnant le geste d'une ovation supplémentaire.

« Avez-vous préparé les rations qui nous offrent la force d'œuvrer au Labeur ? »

Une salve plus petite d'affirmation suit cette énième harangue, dominée largement par le grondement d'un colosse boursouflé qui surplombe le chaudron où la soupe bouillonne. Quelques rires fusent, mais un geste de la contremaîtresse rabat un couvercle autoritaire sur ses excitations inutiles, et les éteint aussitôt.

« Vous avez donc tous mérité votre place parmi nous. Je vous félicite. »

Ces derniers mots glissent sur les visages des travailleurs. Quelques instants plus tôt, Loup pouvait y lire un mélange déséquilibré d'inquiétude et de dignité, né par peur de décevoir la contremaîtresse. Maintenant, les traits se délient et s'éclairent d'un éclat nouveau.

« Maintenant, félicitons les mineurs pour leurs sacrifices. Sans eux et leur incroyable bravoure, le Labeur ne serait pas possible. Remercions-les du fond de nos âmes de permettre ceci. »

Elle ouvre des bras éloquents sur le réfectoire bondé.

« Remercions-les avec nos voix, notre sueur, notre sang et notre dévouement. Soyons la pioche, soyons la forge, soyons le Labeur. »

Les mots martelés fendent la foule pour pénétrer les esprits. Des têtes se hochent, des paupières se ferment en communion, des poings se serrent avec ferveur et blanchissent.

« Chantons. »

Deux voix s'élèvent, des voix grasses et graves, emplies d'une naïveté qui déborde de la mélodie. Bertrand et Pétiot débutent le concert. Rapidement, une troisième les rejoint, arythmique, fatiguée, celle de Lourse qui s'essouffle sur chaque mot, mais dont les halètements musicaux ont un charme grossier. Ce n'est que l'ouverture, bientôt, la salle de banquet se réinvente en chorale. Une multitude de voix s'assemblent. Ce n'est pas une union parfaite, loin de là, on dirait le spectacle de cent oiseaux de cent espèces différentes qui dialoguent sans discorde. Des piaillements aigus répondent à de lourds roucoulements, piqués par des croassements que la poussière a brisés. Les cris carillonnent sur les parois métalliques de la cantine avec un écho hypnotisant, un chœur qui s'harmonise étrangement et dont les ondes riches de vie vibrent le long de la colonne du ferrailleur. Emporté dans le flot musical, Loup comprend enfin la trame derrière les gazouillements de cette volière humaine : des récits dignes et héroïques, des contes tristes que, toujours ultime, le sacrifice achève. C'est une oraison funèbre, une élégie pré-mortem, qui salue l'abnégation mythique des travailleurs.

Impossible pour Loup de les rejoindre. Il ne chante qu'ivre, un babillage médiocre dénué de mélodie. En dehors de ces considérations, même s'il s'avérait un barde prodigieux, quelque chose lui dit que le chœur ne lui est pas encore ouvert. Il n'a pas gagné sa place au Labeur que les dernières paroles louent.

Il n'est pas le seul à demeurer muet. Au fond, sur son trône rutilant qui plane au-dessus de la salle tel un astre gris, la contremaîtresse l'observe avec une intensité solaire.

« Brumasse. Gaston ne va jamais me croire », soupire Loup, en achevant sa soupe.

Le morceau atteint son final, et chaque oiseau s'envole un à un, diminuant le chœur en un decrescendo chaotique. La volière se vide, le silence revient, et avec lui, les mangeurs se lèvent et quittent la salle, sans doute vont-ils chercher un répit avant le jour suivant où le fameux « labeur » reprend.

Loup s'apprête à les imiter, mais sans savoir où il doit aller, il cherche Marlène. La petite tornade irrévérencieuse a disparu. Et plutôt que son visage étrangement familier, il contemple des faciès fatigués aux rides creusées comme des cicatrices. Maintenant que l'agitation est retombée, les participants de la chorale paraissent plus transparents, presque livides. Une main sèche et lourde s'abat sur son épaule et le tire de sa rêverie.

Lourse lui indique d'un doigt de se lever, et sans un mot, il traverse la foule éparse vers le seuil de la cantine. Son handicap s'est accentué avec le repas, et sa démarche est saccadée. De derrière, il semble à Loup qu'il poursuit une poupée grisonnante qui s'empêtre dans une jambe mal cousue. Dehors, la nuit s'est étirée de l'ailleurs jusqu'à la cage d'où Loup est venu, une éternité auparavant.

« On ne va pas pioncer tout de suite. Il faut que je te montre quelque chose. »

La journée interminable continue, soupire Loup, qui a discrètement rattaché son Fil, se promettant d'informer Gaston des événements nocturnes.

Lourse les emmène à travers le réseau étroit des ruelles de la Manufacture, vers une pente montante, un monticule artificiel élevé pour offrir un promontoire. Lourse gravit l'obstacle en pestant à chaque pas, mais Loup n'ose pas lui proposer son aide. Pour le ferrailleur habitué à des descentes et des montées bien plus rudes, l'épreuve s'avère aisée : il retient sa démarche pour ne pas vexer le vieillard.

En haut, un petit escalier rétractable a été posé pour permettre de descendre sur le plateau. En bas de la structure, la pente dévale les kilomètres, vers un gouffre au loin, bordé d'étincelles immobiles. Ce sont les lueurs d'un campement, comprend Loup, ceux des mineurs.

« T'as les pieds sur la fonderie », explique Lourse, qui a convoqué une flasque dans sa main sans que Loup puisse en devenir l'origine.

Il désigne une cheminée à quelques pas. Large comme un homme, on pourrait la confondre facilement avec un colosse qui fume silencieusement dans le noir une pipe à la vapeur épaisse et âcre.

« Et là-bas, où ça brille comme un tas de lucioles mortes, c'est la mine. »

La curiosité le démange, Loup se penche au-dessus de la rambarde qui protège l'escalier pour mieux scruter cet endroit énigmatique. De loin, on dirait un gros trou encerclé par des luminaires immobiles, des torches portées par des points noirs informes. Ou plutôt des statues vaguement humaines se tenant entre le vide et la montagne de décombres qui s'élève dans sa splendeur de ruine pétrifiée.

« Ils me foutent les jetons », murmure Lourse, et il arrache une goulée à sa flasque avant de la tendre à Loup sans le regarder.

Mais son camarade est fasciné par ces marionnettes lointaines. Quelque chose le dérange dans ces effigies, un léger mouvement anime leurs corps inertes, contraste avec leur nature statufiée. Dans l'étoffe nocturne, leurs lueurs percent la brume stagnante et vacillent comme des respirations lentes et souterraines, un tremblement de l'obscurité à peine perceptible qui agite également la flamme portée à bout de bras. Ce n'est pas une galerie de sculptures grossières. *Ce sont des hommes*.

Pourquoi demeurent-ils ainsi ancrés à un pas du gouffre ? Observent-ils le fruit de leur travail avant de rejoindre le sommeil ? L'idée rassurante se dissipe rapidement : ce n'est pas la mine que ces ombres regardent. Les porteurs de torche ont tourné leurs visages pleins de ténèbres vers le ferrailleur. De loin, il peut le sentir, leurs attentions dévalent la pente pour fondre sur lui, des ombres intenses qui rampent, affamées, dévorant la distance inimaginable qui les sépare.

« Qu'est-ce qu'ils ont ? »

Il balbutie malgré lui, et finit par saisir la flasque tendue par son compagnon. Il engloutit une lampée trop généreuse dans laquelle il s'étrangle, détournant un instant sa conscience de l'attention des créatures.

« La mine change les hommes. La contremaîtresse dit que ça les altère. Moi je dis que ça les noircit, mais pas comme l'ombre. Il n'y a pas de tristesse, pas de colère. Juste du désespoir. Du putain de désespoir, et du vide. »

Lourse lui a désigné une hutte parmi la multitude comme étant sa résidence provisoire. Loup n'a pas vraiment prêté attention à l'itinéraire jusqu'au seuil de sa demeure temporaire. Celle-ci a la même carrure bizarre que ses voisines, des murs couturés de métaux variés, des plaques rafistolées avec art pour former une limite convenable entre l'intérieur et l'extérieur, mais cette peau à multiples couches qui donne un caractère unique à chaque maison les rend paradoxalement difficiles à différencier. Bref, le ferrailleur doit avouer qu'il serait bien incapable de la retrouver sans l'aide de son acariâtre guide.

On y entre par une porte découpée grossièrement, qui grince comme pour annoncer l'arrivée d'un voyageur ou un intrus. Le plafond est assez haut, l'espace étroit et froid, couvert d'un noir parfait, parfois trahi par des rutilements discrets aux rares endroits où la lumière parvient à se refléter. Pour se situer, Loup tire sa lumelance de quelques centimètres, elle répand une clarté lunaire et apaisante. Sur le sol, une couche est occupée par une petite silhouette qui s'agite d'un ronflement silencieux, emmitouflée dans une couverture de fourrure. De l'autre côté de la pièce, un véritable lit surprend le nouveau venu. Loup en touche le matelas, qui s'avère bien réel, sans doute un cadeau des profondeurs tiré par une de ces statues terrifiantes.

Loup frisonne, arrache la couverture du matelas rebondi, et s'allonge à même le sol dur. Il y a longtemps, Brénard lui avait préconisé d'éviter le confort s'il le peut. Quand on descend, seules les choses que l'on connaît vous manquent.

Demain, il offrira le lit à Marlène.

Quatrième rêve

Zéophie se noie dans le drap trop blanc, son corps livide prolonge les coutures du drap dessinant un vague corps. Un organisme douloureux. Je la regarde, inquiet. Elle est alitée depuis une semaine dans la tente de soin, sous la bonne garde du grand idiot. Le grand idiot c'est l'imbécile qu'elle a sauvé du vide, pour lequel elle a perdu son bras. Il est trop grand, trop lourd, sa tête frotte contre l'argent de l'arceau de la tente, ses cheveux gras frottent contre les toiles immaculées.

Je ne me souviens pas de l'amputation. À part un hurlement de douleur, qui a percé le voile de mon inconscience, quand les cousins ont entamé la chair avec une scie. Je me suis réveillé peu de temps après, presque indemne. La jeunesse, c'est miraculeux, un peu de repos et on redevient comme neuf. J'ai observé nos deux docteurs des hauteurs s'affairaient autour de la chasseuse et de son nouveau moignon. J'ai contemplé d'un œil nauséeux leur danse silencieuse, ce ballet exécuté dans le secret de leur tente où, sans un mot, sans un échange, sans même un regard, ils soignent ensemble les blessés. L'un fait bouillir l'eau, tandis que l'autre prépare les ustensiles, l'un nettoie une plaie tandis que l'autre déniche les bandages. Jamais ils ne se concertent, jamais ils ne bousculent, ils butinent autour de leur patiente à une vitesse bien trop effrénée pour mon estomac encore mal au point. Ce lien surnaturel leur a valu le surnom de cousins siamois, des êtres fusionnés par l'esprit plus que par la chair.

Quand j'ai fini par réaliser l'absence horrible chez ma chasseuse préférée, une rage sourde est remontée le long de mon œsophage, une vague rouge débordante de bile et de sang. J'ai piqué une colère. J'ai braillé. Finalement, Hypo, un des soigneurs, a posé un doigt humecté d'alcool pur sur ma bouche.

« L'os était brisé en mille morceaux. Un champ de ruine. »

Sis s'approche, il ajoute.

« De la poussière. De la cendre.

— Des miettes de pain sous la peau déchirée.

— Il fallait couper, avant que les miettes se gâtent.

— C'est ainsi. »

Quelques jours plus tard, je suis remis complètement, à attendre qu'elle s'éveille. Le gros idiot ne parle pas beaucoup, sauf pour s'excuser, et il patiente également. Finalement, les paupières blanchâtres se descellent. Ma chasseuse râle, et le grand idiot se précipite chercher un verre de flotte. Il ne la quittera plus, aussi loin que je m'en souvienne. Il la suivra comme une ombre, pour compléter le moignon manquant.

Les iris troubles de Zéophie plongent vers moi.

« Tu es stupide Loup. Tu aurais pu mourir.

— Ils t'ont coupé le bras. J'ai pas pu les empêcher. »

Elle jette un coup d'œil las sur le moignon. Elle ne gueule pas, ne supplie pas les cieux, ni ne pousse des dénégations bruyantes contre la réalité. Non, juste un soupir.

« Comment je vais chasser ?

— Je peux t'aider. Je peux devenir ton apprenti. »

Je propose, sans vraiment en avoir envie. J'aime bien Zéophie, mais je connais déjà mon destin. La ferraille coule dans mon sang.

Elle me regarde.

« Ne sois pas stupide Loup. Tout le monde sait que tu es l'apprenti de Brénard.

— Je t'aiderai, moi », déclare le grand idiot d'un ton doux, mais ferme. « Je te dois bien ça. Sans doute bien plus.

— Tu es l'imbécile volant ?

— Malheureusement.

— Pas malin, ton petit tour sur le pont. »

Il acquiesce.

« Va chercher les siamois. J'ai pas besoin de boire, en tout cas pas de la flotte. »

Même dans son carcan de drap, avec sa mine défaite, et ses gémissements qui entrecoupent ses phrases comme des inspirations appuyées, l'ordre claque impérieux. L'homme détale, *sans vraiment savoir où aller*, songé-je. Il ne connaît pas le village, il ne connaît personne : il est resté aux côtés de la mourante dès le moment où les cousins l'ont autorisé à sortir de son propre lit. Nous demeurons donc enfin seuls.

« Les nouveaux venus, ils s'intègrent ?

— Je ne sais pas. Ils sont restés entre eux depuis le début de la semaine. Brénard m'a dit qu'ils se "concertent". Ça veut dire qu'ils ne savent pas s'ils restent ou s'ils partent.

— L'imbécile volant va rester.

— Il faudrait le menacer avec ton arbalète pour qu'il s'en aille.

— On les a parqués où ?

— Dans une des cavernes à champignons. Celle de la malchance, qui n'a rien donné que les trucs noirâtres dégueulasses que La Forge nous force à manger. À part leur ferrailleuse, Galija je crois. Elle se balade dans le village, et c'est elle qui fait la discussion pour son peuple. »

Elle hoche la tête, pousse un grognement de douleur, cherche à soulager une démangeaison et se gratte avec le vide de son doigt, pousse un autre grognement, frustré cette fois, en marmonnant un « Faut que je m'habitue ». La chasseuse restera philosophe au sujet de sa blessure, toujours. Avec l'âge, j'ai compris que cette amputation, elle l'a presque vécue comme une libération, une raison satisfaisante pour cesser sa chasse permanente, son sacrifice solitaire. La présence d'Adam, l'imbécile volant (cela deviendra son surnom pour le reste de sa vie), vaut bien la perte d'un bras.

Je lui demande, perplexe :

« Pourquoi est-ce qu'ils hésitent à rester ?

— Il faut qu'on s'entende, qu'on s'accepte. Ce n'est pas toujours facile. Trop de monde, c'est une bénédiction et une malédiction. Parfois, même les endroits les plus accueillants semblent des prisons, quand on y est trop serré. »

C'est du charabia pour le gosse que je suis. Nous sommes des rejetons des hauteurs, perdus sur nos perchoirs, alors pourquoi se séparer ? Je comprends la solitude, je sens déjà son charme dangereux peser sur ma personne, mais l'isolement m'est étranger. Ma perplexité doit se lire sur mon visage. Elle tend la main vers moi, et je m'avance hésitant. Son bras se referme sur moi, et je crains la taloche, mais elle me serre. Choqué par la sentimentalité suspecte de la chasseuse, je finis par l'accepter. C'est bizarre une étreinte à un bras, comme être saisi par une pince brisée.

Elle empeste, la sueur et le sang. Elle sent mes larmes qui coulent sur ses épaules.

« Pleure pas comme un bébé », me chuchote-t-elle d'une voix tremblante.

Tic-tac

Une main douce secoue l'épaule de Loup, et l'espace d'un instant, il confond le rêve et la réalité, cependant Marlène ne ressemble pas exactement à Auria. Le même regard bienveillant dont l'intensité brûle parfois un peu trop, mais les joues rondes d'Auria sont remplacées par des angles durs, et là où la peau de son amie d'enfance se tachetait de rousseur, des cicatrices discrètes serpentent sur le front de la gamine.

« C'est le matin. Si tu paresses, tu vas te faire engueuler. Et si Lourse t'engueule, il m'engueulera. »

Sa main le secoue un peu plus, et sa poigne musclée lui évoque la force maladroite de son Veilleur.

« Il a la faute contagieuse, Lourse : si quelqu'un fait une connerie, tout le monde est responsable. Alors debout, grosse feignasse ! La contremaîtresse a sonné la première cloche.

— Très bien, si la cloche a sonné, je me lève alors », soupire le dormeur en se retirant de son lit de fortune.

« Oui, on a un moment pour se préparer avant qu'elle ne sonne, cette sale babiole, une deuxième fois. Après il faut filer travailler.

— Sinon Lourse engueule tout le monde.

— Fais pas le malin ! » ordonne-t-elle.

Elle se détourne et se dirige vers le deuxième mobilier de leur chambre : une table branlante dont il manque un pied, et que l'on a embrochée au mur à l'aide d'un long clou. Il y a une jarre d'eau, et au grand étonnement de Loup, ce qui ressemble à des tranches de pain. L'une d'elles est attrapée par Marlène, qui jette le précieux comestible en direction d'un Loup médusé. Il se redresse d'un coup et attrape l'objet en vol dans un éclat de miettes.

« C'est le déjeuner. Il y a de l'eau si tu as soif. Tu peux demander à Lourse de te faire livrer de la bière si tu préfères. Moi, il ne veut pas.

— D'où est-ce qu'il vient ?

— Je ne sais pas, il est vieux. Je parie qu'il était là avant que la manufacture existe. Avant les géants des brumes, même ! »

Elle ricane, puis s'étrangle sur une miette de pain qu'elle postillonne sur la table.

« Non, je veux dire le pain. »

Dans les hauteurs, il n'en a mangé qu'une seule fois lors d'une grande fête. Ce jour-là Brénard avait ameuté tout le village pour leur révéler sa trouvaille :

« Mieux que toutes les foutues reliques, de la brioche ! »

Il secouait une petite boîte en argent qu'il ouvrit comme on descelle un coffre aux trésors. Une mélasse gluante reposait dans le conteneur, inerte, encore moins appétissante que la Boue. Quelques insultes plus tard, et Brénard, comme un magicien qui s'apprête à surprendre son public, nous présenta son tour culinaire hors du commun : la mélasse, dorée au four, était devenue une multitude de magnifiques et délicieuses brioches.

« Dans les champs souterrains. Les grands font du blé et de la farine, et puis il grille. Je ne sais pas, on m'empêche de m'approcher des cuisines, je picore trop. Le chef dit que s'il me laisse faire, la manufacture entière mourra de faim, ou étouffera sous mon bide… »

Quelques instants plus tard, ils sont dehors. La gueule ridée éternellement insatisfaite de Lourse les attend, il est seul. Il siffle un coup en direction de Marlène, et le code semble amorcer la gamine qui décampe aussitôt, pour des activités dont Loup ignore la nature. Il se dit qu'il devra lui demander ce qu'elle fabrique toute la journée, et peut-être aux alentours d'une conversation, l'origine de ses fines cicatrices qui bordent son crâne.

« À ce soir Loup ! » clame la gamine.

Le métal zèbre sous la surface, des reflets argentés qui ondulent en vagues parfois scintillantes, parfois brunâtres dans la plaine qui joint la manufacture à la mine. La pierre est maigre, un filet mince couvre la carcasse des décombres et laisse apparaître son squelette rouillé. D'abord,

Loup s'imagine que c'est une étrangeté de la toponymie, une bizarrerie comme il en existe tant dans cette réalité floue, puis il aperçoit les rayures et les griffures qui écorchent le sol et il comprend. Ce sont des humains qui ont exhumé la ferraille de son carcan de pierre. Chaque mètre du plateau a été éventré, ses entrailles fouillées à la recherche d'une porte secrète à desceller devine Loup. Les creuseurs ont travaillé systématiquement, labourant mètre par mètre avec une ténacité si intense qu'elle se confond avec une férocité effrénée.

Lourse est devant, enfermé dans son éternelle bulle de silence contrarié. Sa patte cabossée traîne derrière lui, comme une lourde ancre qui buterait contre les protubérances métalliques. Au loin, en contrebas d'un versant montant des décombres, la mine s'agite, les statues d'hier transformées en automates affairées qui butinent autour du gouffre. Le jour est sombre, une brume suspecte et menaçante se masse à l'horizon : les fumées noires le noient, elles métamorphosent la journée en une altération mouvante mêlant crépuscule et aurore. Cette atmosphère menaçante est trop habituelle pour inquiéter les pensées de Loup, mais elle demeure au fond de son esprit, comme une petite graine d'angoisse prête à germer. Pour le moment, son attention est tournée vers la dévastation du plateau, cette charogne de métal étripée furieusement par les mineurs qu'ils s'apprêtent à rencontrer. Les *altérés*, Lourse les a nommés, et la mauvaise humeur du solide gaillard s'était retournée un instant en un malaise presque palpable.

« Tu ne leur parles pas. Ils ne te répondront pas de toute manière. Quand ils piochent, les mineurs ne causent pas », déclare soudainement Lourse, alors qu'ils n'ont plus qu'une centaine de mètres à traverser pour atteindre le centre d'extraction.

Le gouffre n'en est pas un. De loin, l'endroit ment, il exagère son ampleur par les sombres vapeurs qui pulsent, un brouillard ancien qui a mûri des siècles dans sa prison de métal avant d'être relâché en nuages orageux, et l'obscurantine garnit son bord telle une couronne ébène. Quand on s'approche, l'illusion se dissipe, et le fond se révèle au visiteur. À fleur du trou, un réseau étroit et congestionné de coursives et de couloirs plonge en direction de lieux inconnus dans les profondeurs. Les mineurs ont éclaté leurs parois, façonnant des orifices grossiers comme seuils pour pénétrer à l'intérieur de ces chemins enterrés, et les ouvriers émergent par dizaines, avant de s'y enfoncer de nouveau. Avec leur attirail composite, amalgame de pierre, de verre et de rouille, ils semblent des émanations des décombres, des graviers charriés par un courant invisible.

« Leur combinaison peut-être qui leur bloque la bouche, ou alors la peur d'inspirer la brume. Elle est épaisse là-bas, elle tombe sur les bras et les jambes et vous trempe comme un drap plein de pisses. T'es ferrailleur, tu sais comment t'en débarrasser », reprend Lourse.

Pétiot et Bertrand les attendent, une tente frêle derrière eux dont la toile gonfle et craque sous le vent sournois qui tourbillonne autour de la mine. Jacassant entre eux, ils désignent parfois d'un doigt ganté les mineurs. Empêtrées dans leurs armures isolantes, leurs silhouettes maladroites se confondent. Impossible de les départager, alors Loup les salue d'un signe de tête. À leurs pieds se trouve une petite cantine bosselée que Lourse débloque d'un coup de son mauvais pied, pour en extirper sa propre combinaison.

« Tu vas nous observer. Avec la contremaîtresse, on s'est dit qu'on n'allait pas te mettre à la récolte ou à la construction, un gaspillage de ton talent. Tu foutrais rien, tu dérangerais les compatriotes : ils n'ont pas l'habitude des inconnus. »

Il achève d'enfiler son heaume dépenaillé, cale la visière qui laisse transparaître le bout d'une grimace et des iris troubles. *Ça y est*, songe Loup, *l'homme a disparu, pétrifié dans les décombres.*

« Les altérés s'en foutent. Au mieux, ils ne te voient pas, tu n'es qu'un élément du décor, un point sans importance qui meuble les alentours durant le Labeur. Au pire, t'es un obstacle, un grain de poussière dans leur mécanisme, et tu recevras une bonne tirade d'insultes si tu bloques leurs passages. Et crois-moi, leurs grossièretés ont des images qu'on oublie pas. »

Loup s'apprête à dire quelque chose, mais le vieillard le coupe avant.

« On ne compte pas te faire miner, si ça t'inquiète. Tu n'y survivrais pas. Moi non plus, et certainement pas ces deux idiots. Notre rôle, c'est de les protéger. L'obscurantine attire les oubliés, et surtout… »

Les mots cessent. L'assurance et la frustration habituelle de la conversation de Lourse s'étouffent. Derrière lui, les deux idiots chuchotent, un bavardage préoccupé.

« ... Il y a une bête qui me terrifie, Loup. Un spectre avec des crocs, arraché à la brume pour nous bouffer. On la surnomme la Gueule blême. Vicieuse, la créature est cruelle. Plusieurs altérés ont été déchiquetés, déposés devant leur gouffre comme des cadeaux morbides, leurs armures brisées comme du parchemin.

— Vous n'avez pas réussi à la tuer ?

— Honnêtement, on n'a pas essayé. Il faudrait la traquer, et la débusquer. S'enfoncer dans sa tanière, au milieu de vapeurs si nocives que l'on sombrerait à la première bouffée de peur. En outre, la bestiole est énorme, elle dépasse en carrure mes deux compagnons, même s'ils se tenaient l'un sur l'autre. Ce qui serait une sacrée prouesse. Cependant, elle a dû emmerder la mauvaise personne.

— Comment ça ?

— La dernière fois qu'elle est venue prendre son tribut d'altérés, nous avons réussi à la faire décamper avant le carnage.

— Ouep, une caillasse en plein dans le front ! » fanfaronne Pétiot ou Bertrand, en montrant une impressionnante fronde mécanique.

« Et j'ai remarqué dans la cohue qu'elle était un poil différente. La bête est borgne. On lui a crevé l'œil. »

Loup se tait. Peut-être devra-t-il finir le travail débuté dans les hurlements de la houle. On ne traque pas une bête d'ombre, on l'exorcise : la créature n'a pas de tanière, elle ne dort jamais, elle ignore la faim. Chercher son antre, c'est comme chercher le lit où sommeillent les nuages, ou le refuge du fragment tourmenté de l'esprit à l'origine de la rage et la peur. Elle n'est que le sentiment aiguisé des géants enfouis, le produit acéré de leurs cauchemars.

« Pourquoi elle n'attaque pas la manufacture ? questionne Loup.

— On ne dirait pas, mais notre village est protégé. En plus, je crois qu'elle a pris goût au mineur, ça doit être le fumet d'ombre qui les accompagne », explique Lourse.

Un silence, brisé rapidement par l'un des jumeaux :

« Il ne va pas se promener comme ça, chef ? À poil, à se baigner dans le brouillard ?

— J'ai mon propre équipement. Hors de question que je m'embarrasse de vos carapaces. »

Coincé sous ce barda encombrant, la moindre descente devient périlleuse. Loup s'imagine rater une marche dans un tunnel sombre, manquer un précipice dans le flou de la visière. Toute chute est définitive.

« Bien. Quand il y a une incursion, j'utilise mon sifflet pour avertir les altérés qu'il est temps de décamper. Ils se réfugient s'ils le peuvent dans le baraquement. »

Son bras se lève vers un édifice robuste et longiligne, aux murs gris étirés, dont la porte et les jointures sont incrustées de l'inquiétant matériau noir.

« On l'a isolé. La brume et ses fantômes ne peuvent y mettre un pied. Peut-être la Gueule blême peut forcer la porte, elle est assez vicieuse et têtue pour croquer l'obscurantine qui verrouille le dortoir. Ils y sont en sécurité pendant que l'on s'occupe des intrus.

— J'imagine que vous exterminez les bêtes d'ombre.

— Un bon coup de gourdin et elles se dissipent dans l'air. Sauf l'autre bestiole, bien sûr. Elle a plus de matière, cette saleté.

— C'est une coriace, commente Bertrand ou Pétiot.

— Mais les oubliés ?

— Parfois, quand la situation l'exige, on les tue, mais on essaie surtout de les repousser dans la trappe. C'est mieux pour l'humeur, c'est moins barbare. »

De son doigt ganté, il désigne un creux près du gouffre :

« C'est un trou vers nulle part, je te déconseille de l'emprunter pour accélérer ta descente… tu t'offriras seulement une belle chute et une sale mort. Cette journée pue la charogne et l'oubli, je peux le sentir dans ma guibolle malade », ajoute-t-il en frappant durement le haut de sa cuisse. « Un frémissement agite sa lourdeur, c'est la brume qui me gratte de l'intérieur. Y'a quelque chose de pourri dans l'air, suffit de regarder ce foutu ciel qui ne se décide pas entre le jour et la nuit.

— En plus, les altérés rentrent à la maison ce soir », précise l'un des Bertrand ou Pétiot, en secouant sa tête casquée.

Un soupir bruyant de la part de Lourse répond à l'information, le souffle du gardien préoccupé pour son troupeau.

« Ça va nous les énerver, les pousser à la connerie en cas de coup dur : la promesse d'une bonne biture, d'un lit douillet plutôt que leurs paillasses infestées, ça les excite, ça les rend fiévreux et téméraires. »

Il se détourne, observe un instant en silence les mineurs qui tournoient autour du gouffre, indifférents à la menace constante, possédés par leur mission d'extraction. L'un d'eux décharge son sac d'un tas de babioles, une cascade de pièces de toutes les couleurs, comme un arc-en-ciel métallisé : argent, or, gris, et parfois un éclat noir dévore la lumière. Le mineur laisse rapidement sa place à un camarade, dans une chaîne perpétuelle où chacun déverse le résultat de son pillage à l'intérieur d'un énorme char aux roues cloutées. Un long intervalle est nécessaire pour remplir le véhicule, tant les récoltes sont faibles : des fragments des décombres, de minuscules pièces tordues et informes, arrachées brutalement de leurs socles anciens, qui s'accumulent peu à peu pour former un monticule, puis un mont, et finalement une montagne de ferraille. À côté du chariot, balancés sur une bâche humide, des ustensiles rouillés, des boîtes métalliques, des reliques de mauvaise qualité gisent à part, enlevés de la masse commune pour l'étincelle d'utilité que les mineurs ont perçue en les ramassant.

Ainsi commence la première journée de guetteur de Loup.

Bertrand et Pétiot se sont installés dans le flot même des mineurs, comme des colonnes grossières enfoncées au milieu de la ruche et bousculées par les traversées effrénées des travailleurs, pas Lourse. Juché sur une boursouflure du plateau, à l'opposé de l'observatoire de Loup, il s'appuie sur une poutre de métal qui pointe un doigt crochu et rouillé vers le ciel maussade. Le guetteur en chef jongle avec une habilité étonnante, utilisant son gourdin comme projectile, et le lourd bâton paraît soudainement baguette avec ses tourbillons qui brisent la gravité en toute légèreté, un tournoiement qui l'élève avant de cesser, toujours au même instant, à la même hauteur, en cognant contre la pointe métallique. L'arme chute alors droit dans la poigne cuirassée du gardien qui, après un intervalle constant, projette l'instrument dans une boucle éternelle et parfaitement rythmée. Un mécanisme d'horloge, fantasme Loup, aux tic-tac métalliques et brutaux, à l'aiguille létale, prêt à frapper l'intrus qui dérange son balancement.

Parfois, Lourse, tapote sa cuisse abîmée, le vide de sa visière tourné vers l'apprenti guetteur, pour rappeler que cette torpeur est éphémère, que le danger est là dans le marasme brun qui occupe les creux. Parfois, Bertrand et Pétiot s'agitent, brassant l'espace de leur gros bras, signe d'une conversation muette, un code secret entre les gardes, mais Loup en doute, il parie plutôt sur d'inanes gesticulations, des moulinets pour passer le temps.

Tic-Tac fait le gourdin qui sautille au loin. Bien sûr Loup ne l'entend pas, mais il l'imagine. C'est peut-être pire.

Parfois, un nuage de soufre éclate comme un fruit trop mûr, et surgit de la mine. Le paquet de brume s'élève comme un soufflet, qui crève et abat sa mélasse sur les mineurs indifférents. Des filets sombres s'en extraient, des serpents légèrement fumeux, mais trop consistants pour s'évaporer, qui sinuent agilement entre les pas éléphantesques des ouvriers : ils rampent en quête d'une proie, ignorant la foule fébrile affairée, et se massent finalement près des deux colonnes gardiennes, qui bondissent sur les fumerolles pour les écraser avec l'enthousiasme de l'enfant désœuvré quand il découvre un nouveau jeu. Certaines fuient l'écrabouillage pour rejoindre les volutes immobiles dans leurs refuges.

Tic-Tac continue le gourdin, qui dialogue avec l'arche de fer, des phrases longues et monotones. Il semble à Loup que Lourse maintient volontairement son jonglage ininterrompu pour ralentir le temps. Loup s'ennuie.

Parfois, un mineur s'affaisse, comme une statue qui s'écroule sur elle-même. Le bruit de ferraille retentit quand son costume tinte contre l'acier à peine enseveli du parterre, et la silhouette se replie sur elle-même. Lors de la première circonstance, Loup s'est interdit d'intervenir, préférant observer les réactions de ses trois mentors. Aucun n'y vint. Ils demeurèrent vigilants aux alentours, ignorant le mineur exténué. Quelques instants plus tard, peut être le temps de cinq ou six tic-tac, l'épuisé se redresse de lui-même, avec la lourdeur de l'homme fourbu, basculant sans grâce sur les genoux, risquant une nouvelle cabriole, un nouvel écroulement, mais d'autres mineurs cessent leur boulot et le saisissent, le remettent délicatement à la verticale avant d'appuyer de grosses claques sonnantes sur son dos et ses épaules, des gestes d'encouragement, les seuls permis sous leurs épaisses combinaisons, qui les transforment en silhouettes muettes, incompréhensibles… et un peu inhumaines.

Le *Tic-Tac* s'interrompt, le gourdin demeure suspendu trop longtemps en l'air, rebondi maladroitement contre la perche de fer, rattrapé de justesse par Lourse qui dévale déjà la pente. Les deux colonnes se sont déracinées au même instant, et se précipitent vers une destination encore inconnue. Il faut que Loup tourne le regard pour distinguer l'objectif de leur charge : une créature à trois visages pâles et grimaçants déambule vers le gouffre. La brume grésille dans son sillage, l'entoure avide, gonfle ses veines grises du repas offert. À travers ce linceul, on devine des bras tordus, des pieds mal formés, un assemblage fantasque de deux corps frêles autour d'une troisième créature plus animale, une boule de colère ramassée, qui tire l'amalgame en poussée bestiale, comme un chien sauvage mordant sa laisse. La progression spectrale se déroule silencieusement, la gueule qui aboie ne crache qu'un peu d'ombre et les gémissements des figures défigurés s'étouffent dans leurs gorges pleines de brouillards.

Un spectacle effroyable, en sourdine.

Brénard et Galija n'ont évoqué que rarement ces fusions atroces, quand les oubliés assemblent leurs corps désespérés, leurs poings serrés de haine, quand ils scellent, front contre front, les larmes de leurs paupières, et s'unissent en une seule entité. Peut-être, supposait alors un Brénard sinistre, peut-être cherchent-ils du réconfort, une aide d'ailleurs, mais ils ne trouvent que plus de tristesse et d'animosité.

Les mineurs courent d'un pas égal, loin d'être affolés, vers l'asile fortifié d'obscurantine, dépassant en lignes compactes Lourse qui s'empresse difficilement vers la créature, cabotant autour du gouffre. Ses deux compères sont remarquablement plus véloces, déjà à une dizaine de mètres de l'ennemi, ils brandissent, l'un, un gros bâton tordu, l'autre, un marteau à enclume disproportionné. À force de mordre et d'étirer le lien qui les unit, la bête d'ombre se dissocie de l'amalgame, une libération effrénée qui la précipite vers les deux assaillants. Loup n'est pas inquiet, l'émanation brumeuse se délite à peine séparée de ses créateurs, sa course la décompose, sa vague forme de fauve affamée s'estompe, comme une étoffe dont la trame, accrochée aux oubliés, se dénoue au fur et à mesure de sa progression.

Malgré tout, quand elle se jette au visage d'un des Bertrand/Pétiot, son assaut renverse le grassouillet soldat. Heureusement, son frère parvient à la balayer d'un coup de sa masse mal foutue, et la créature valdingue en cabriole, secouant une gueule imaginaire pour reprendre ses esprits. L'attaque au marteau a déséquilibré le Bertrand/Pétiot debout qui bascule sur son jumeau : les deux gaillards se retrouvent soudainement siamois par le bide, écroulés l'un par-dessus l'autre. La pitrerie n'amuse pas le spectateur, Lourse les enjambe, et le ferrailleur ressent plus qu'il n'entend le couplet d'injures crachées sous son casque par le vétéran, tandis que les oubliés, leur dos bossu courbé trottent vers les humains qui osent s'opposer à leur errance.

Loup s'approche instinctivement. S'il sprinte, il peut atteindre le vieillard en une minute, considère-t-il, mais celui-ci est plus agile qu'il ne paraît : il distribue les coups de gourdins avec une aisance terrifiante, des coups secs et durs, où le bras contrôle le balancement violent et non l'arme massive. La bastonnade s'avère courte, les oubliés gisent rapidement au sol, les brumes indignées désertent les corps inertes. La bête d'ombre, qui préparait une nouvelle offensive, un bond traître dans le dos du vétéran, perd sa consistance, sa trame achève de se dissoudre totalement pour rejoindre les nuages stagnants qui entourent la Mine.

Loup finit par s'approcher d'un pas lent et, sans un mot, il aide Lourse à démêler les deux compères qui retrouvent leur indépendance, à défaut d'une identité claire ou d'une quelconque dignité.

« Je le savais. Une journée de merde.

— Je m'y attendais pas à ça, que la bête se lâche toute seule.

— C'est la première fois que ça arrive, Bert, dit le jumeau au marteau

— Pour ça oui, Pet', répond le jumeau sans marteau.

— Vos gueules. »

L'adjuration a été crachée si vite des lèvres de Lourse que ses syllabes semblent à moitié bouffées. Le ferrailleur y reconnaît un peu du ton sinistre de Brénard évoquant les Désespoirs. Sa main agrippe sa lumelance, et la promesse de violence luit en ronronnant au creux de sa paume.

« Elle est là », chuchote-t-il, et sa visière opaque tourbillonne dans une recherche paniquée.

« Foutrebrume, répondent en écho Bertrand et Pétiot.

— Je ne vois rien », constate Loup.

Et c'est vrai, le gouffre est vide, les mineurs planqués dans leurs forteresses miniatures, enfin la plupart, certains sont encore dans les boyaux du creux, à attendre que la tempête cesse.

« On la voit qu'au dernier moment. Quand c'est trop tard et qu'elle traîne sa victime entre ses crocs. Mais ma guibolle ne ment pas. Elle se fiche mal dès que la bête se pointe, et me refile de la douleur à l'amputer avec les dents. »

Une secousse sous le sol soulève les talons de Loup, un tremblement d'angoisse tiré des tréfonds.

L'amalgame inerte qui gît à ses pieds, frissonne, et des rubans de brumes accélèrent leur festin : ils achèvent de lisser les figures ravagées des oubliés. Lentement, les visages se métamorphosent, leurs traits s'étirent et s'évaporent, leurs yeux se noient dans un bouillonnement bruyant. D'humains difformes, ils deviennent statues de cire, molle, bientôt liquides qui s'enfonce dans le sol.

« Elle s'annonce », grommelle Lourse, et à travers sa visière, Loup perçoit ses iris flamboyants, un feu nourri autant par la peur que la haine.

Les trois gardes ont resserré les rangs, chacun épiant les alentours vides d'un côté et de l'autre de la mine. Ils attendent, proies innocentes guettant la gueule qui les croquera, sans recours à part l'instinct et une réaction assez vive pour échapper au trépas. Déchus, les trois gardiens, de bergers, ils ne sont plus que brebis égarées et isolées loin du troupeau, harcelées par un prédateur invisible. Pas Loup. Son nom, il l'a gagné lors des descentes et des affrontements. Il a chassé avec Zéophie, terrassé l'arme des spectres qui avait surgi des décombres voisins, et subit l'entraînement mortel de Brénard. Oui, Gueule blême est une prédatrice, mais elle n'est pas la seule.

Le ferrailleur dégaine la lumelance, qui se déploie avec une lueur enthousiaste et le boucan du vent que l'on percute avec violence. Elle vrombit déjà, impatiente chasseresse, on jurerait qu'elle renifle l'ombre qui les entoure comme un limier se régale d'une bête à pister, à traquer et à embrocher.

Un miasme se fend soudainement, il crève en une exhalation sifflante, arrachant un gémissement d'angoisse à l'un des jumeaux, le cri terrifié de l'agneau orphelin. Loup se retourne aussitôt, sa main libre caresse le Fil à l'attention de Gaston. Un instant de silence, et un grognement étouffé, l'écho lointain d'un râle bestial chatouille les oreilles du ferrailleur. À l'opposé du miasme. Un leurre.

Elle est derrière lui. Il virevolte.

Une forme massive et indéfinissable surgit, découpée du néant. L'esquisse d'une gueule gigantesque s'en extrait et claque à un croc de distance du torse de Loup, qui n'a évité l'étripage qu'en trébuchant de quelques pas en arrière.

Pelage raclé, cuir séché et craquelé, suintant d'un jus ébène comme la cendre, museau qui s'allonge, frémissant d'un grognement permanent dont les aigus sonnent comme des plaintes humaines, et cet œil unique, large comme une lune, blanc comme un suaire, et contenant une cruauté ancienne remontant à l'origine de la terre, une rage primitive et bestiale. Et concentré seulement sur le ferrailleur.

Hormis ses dimensions exagérées, elle ressemble à une louve, songe Loup, qui tend sa lumelance, ridicule cure-dent contre la colossale abomination des brumes. Elle ouvre sa bouche, et il s'imagine qu'elle pourrait le gober, tout cru, si elle le désirait. Son corps s'anime d'un battement que Loup croit d'abord furieux avant de comprendre qu'il s'agit d'un rire, un ricanement nocif, qui pénètre par les oreilles et les tripes, et se déchire un chemin à travers les entrailles à l'aide de ses vicieuses intonations, telles des griffes affûtées, jusqu'aux cœurs de ses auditeurs.

L'un des jumeaux, submergé par le sarcasme, pousse un hurlement à fendre l'âme avant de se précipiter vers la dévoreuse. Il a brandi son marteau au-dessus de sa tête, mais malgré sa bonne stature, malgré toute la furie de sa panique, il ne parvient qu'à effleurer le flanc de la bête. Alors il demeure un instant, hébété, incapable de comprendre pourquoi son assaut n'a porté comme fruit que le bruit d'un choc mou, et le tremblement de ses propres paluches. Puis Gueule blême tourne en direction du pitoyable assaillant son visage blessé, son œil unique se pose sur la minuscule silhouette, le recouvre de ses ténèbres blancs. Terrassé, Bertrand s'écroule en convulsion, une danse morbide pour s'exorciser de la prison de ce regard borgne.

« Elle n'a jamais été si énorme… » balbutie Lourse, les flammèches de ses prunelles soufflées.

« Vos armes sont inutiles, vous ne pouvez plus gagner ce combat. La créature s'est gorgée de brume, elle s'est baignée dans la houle noire et elle s'est repue de sa corruption. Ce n'est plus une simple bête, mais une louve, l'appétit vorace des titans qui hante maintenant votre plateau. Reculez-vous, j'en fais mon affaire.

— Louve contre loup. J'ai grandi en taille, mais aussi en cruauté, petit ferrailleur, et tu me dois un œil », susurre la créature.

Elle parle d'une voix distordue, un chant cacophonique, qui débute par un grognement dont les raclements graves s'exhument des profondeurs, auquel s'ajoute brusquement un sifflement aigu, trop humain, évoquant le sadisme d'un enfant cruel.

« Ou peut-être que tu m'en dois un autre », riposte le ferrailleur.

Bravade idiote. D'un seul coup de patte, elle pourrait le renverser et l'éventrer, et tous les harnais, toute la ferraille, toutes les reliques des décombres ne le protégeraient pas. Loup le sait, mais s'il ne répond pas, les piques de la louve le terrasseront à son tour.

La gueule énorme claque, les dents monumentales s'unissent en une montagne d'obscurité, et Loup recule encore d'un pas. Le ricanement reprend, la bête s'amuse, elle joue avec son dîner. Elle plonge son orbite solitaire et il ressent la noirceur qui se déverse en lui, qui creuse les interstices de son âme à la recherche d'une faille mentale, une fente à étirer jusqu'à la transformer en large béance où la bête se précipitera pour consumer mentalement et physiquement sa proie.

« Tu m'ouvres l'appétit, petit ferrailleur. Ah, je grimperai dans tes hauteurs, j'userai mes griffes et mes crocs sur ces pentes bossues, je bondirai de brume en brume, je guiderai ses effluves néfastes jusqu'à ton perchoir. J'y vomirai ma bile, mes humeurs sombres qui rongeront la pierre de vos maisons, les canaux de vos cœurs. Je me répandrai sur ton village, comme une marée acide, et je le dissoudrai tout entier. Il n'en restera rien, plus de petites cachettes où m'échapper, plus d'interstices où te lover, plus de rocher creux, de lumière céleste, de Fil et de veilleur. Plus de feuilles d'automne. Tes barrières, je les déchirerai, comme tu as crevé mon œil, petit ferrailleur. »

Geule blême minaude, se désintéresse un instant de la scène, se détourne, faisant mine d'observer les alentours. Loup devine ses tours, pourtant, il est prêt pour la suite, et il espère que Gaston également.

Elle bondit, et quand elle retombe, on croirait l'éboulement d'une montagne, la chute d'un météore. Mais Loup n'est plus là, il est sous elle, sa lance pointée vers son visage, poussé par son veilleur un soupir avant l'attaque de la bête. Sa lumelance grésille de plaisir lorsqu'elle embroche la carcasse en quête d'un cœur ébène à percer. Malheureusement, la chimère s'est écartée, et la lumelance n'a pénétré que des organes morts depuis longtemps. Elle couine pourtant, elle râle, elle roule sur le sol, et il faut toute la force de Loup pour que le monstre n'emporte pas sa lumelance.

« Retourne vers les géants, que leurs cauchemars t'engloutissent de nouveau !

— Jamais je n'y retournerai. Je me suis extraite du rempart gesticulant par la force, j'ai mordu mes frères, massacré mes sœurs. Mes pattes, je les ai tranchées quand elles m'encombraient pour mieux me glisser entre les corps couinants qui m'étouffaient. Les hurlements de ma naissance résonnent encore dans les tréfonds. Je ne veux plus les entendre. Jamais je n'y retournerai. »

L'attaque est plus rapide, plus désespérée, cette fois, mais le veilleur a tiré Loup en arrière. La patte ne déchire que le vide et un peu de tissu de la loque sale du ferrailleur. Celui-ci frappe à son tour, il vise l'œil indemne, il rate, mais plonge la lumelance dans le front interminable. Le cri de souffrance de la créature est presque plus terrifiant que son rire. Elle se recule, et Loup agrippe la lumelance de toutes ses forces pour la desceller du fourreau brumeux dans lequel il l'a plantée. Pendant quelques instants, les deux ennemis luttent, un combat pesant et poisseux, force contre force, douleur contre douleur, peine contre peine. L'enjeu est de taille, car celui qui conserve la lumelance vaincra.

« Tu te crois libre, Loup », crache la bestiole alors que lentement, dans un gargouillement infect, la lumelance glisse de la plaie. « Tu t'es convaincu de ta victoire sur la poutre, la vide et la brume. Mais tu te trompes, la noirceur consume toujours ton corps et ton âme. Tu es toujours sur ta poutre, petit ferrailleur, prisonnier de son vertige. Il suffirait d'une poussée, d'un murmure pour que tu bascules. Et à ce moment fatidique, je te le jure, tu me trouveras, à t'attendre dans les profondeurs, pour te saisir au bout de ta chute, pour éparpiller de mes crocs et de mes griffes ta dépouille blafarde. Je te dévorerai. »

La lumelance se déloge, Loup s'apprête à porter le coup de grâce, mais la bête se délite, le vide même dépèce son pelage et le craquelle, elle s'effondre en lambeaux de brouillard et s'estompe peu à peu. Elle lui échappe.

« Quel délicieux souper tu m'offriras alors ! »

Son sarcasme n'est plus qu'une rumeur, un vent malsain qui caresse la joue glacée de Loup.

« Elle est partie, mais elle reviendra. Cela vous laisse quelques mois de répit. »

Les heures passent, le souvenir de l'affrontement se noie peu à peu dans l'ennui de la journée, une flaque de boue mentale qui avale l'esprit du ferrailleur. Aussitôt le dernier croc de la bête évaporé et la menace ainsi écartée, les mineurs ont déboulé de leurs antres pour se jeter telles des fourmis impatientes dans le labyrinthe de tunnels brisés qui gît au fond du gouffre. L'on ne vit qu'à peine Bertrand se frayer un chemin honteux jusqu'à la bâtisse pour se défroquer de ses habits souillés. Lourse, après avoir serré le bras de Loup, signe ultime indiquant au ferrailleur un respect enfin mérité, s'en est retourné à son poste d'observation, et à son jonglage entêtant. L'événement a ébranlé ses nerfs, cependant, son gourdin tape des demi-mesures trop brèves et des secondes raccourcies.

Les cadavres encore fumants des deux premiers envahisseurs ont été traînés par Pétiot jusqu'à la trappe située à quelques pas du gouffre, où il a balancé, sans cérémonie, l'amalgame anciennement humain. Loup l'a suivi pour y jeter un œil, et il a contemplé un moment l'abysse, un tunnel étroit et vertical dont le fond se noie dans une obscurité épaisse.

Le corps difforme a rebondi mollement dans sa chute, avant de se dissiper dans la nuit du couloir.

Ensuite, Loup s'est écarté une fois de plus de la masse grouillante d'hommes de fer qui l'angoissent presque plus que Gueule blême, avec leur visière vide de tout visage, leur labeur éreintant, leurs pas lourds et leur démarche fébrile, et surtout leur silence essoufflé, rempli de halètements rauques et de toux grasses et grises. Oui, il a fui leur compagnie, concède-t-il à cette part narquoise de son esprit qui se moque du si courageux Loup, capable d'affronter Gueule blême sans frémir (c'est faux ! il fut terrifié face à cette abomination, exécrée, il l'imagine, d'un rôt terrible par un géant de brume à l'appétit éveillé. Il a toujours peur), mais déstabilisé par la multitude affairée dans leurs scaphandres anonymes.

Il n'y aura pas d'autres incursions : l'odeur à la fois fauve et sépulcrale de Gueule blême et du sang noir qu'elle a versé se révèle un talisman contre les oubliés. Leurs silhouettes instables et incertaines pointent parfois dans les horizons dévorés par ce ciel toujours terriblement sombre, mais ceux qui furent humains fuient la zone, déambulant jusqu'à la lisière de la vision, engloutis par les décombres pour ne jamais revenir.

Il n'y aura que des heures d'attente, des instants interminables à compter les aller-retour des mineurs comme seule occupation. Bien des fois, Loup hésite à envoyer un message à son veilleur, mais quelque chose le retient, l'impression de retarder son départ. Mais que peut-il faire ? Sa route est barrée. Alors, il patiente, et le temps s'allonge, les secondes s'étirent en minutes d'ennui. Et ce n'est pas la voûte obscure qui recouvre les environs qui offre une quelconque idée de l'écoulement des heures et des jours.

Le boucan des fouilles s'accentue également, la cacophonie a enfin trouvé le chemin menant aux tympans de Loup. Des éclats féroces de pioches retentissent par-delà le gouffre, des couinements et des grincements du métal que l'on plie jusqu'à son agonie, jusqu'à l'amputation définitive de la masse principale des décombres. Parfois, un mineur pousse un juron, inattendu, presque trop humain pour ce vacarme industriel, qui résonne longuement. L'insulte, exhalée par la faute d'un effort trop intense, rassérène Loup, lui qui commençait à douter de la nature du contenu de ces angoissantes armures ambulantes.

Finalement, en provenance de la lointaine Manufacture, la cloche sonne l'arrêt du Labeur. Un tintement salvateur qui déchire le temps suspendu. Le bâton de Lourse cogne une ultime fois l'arche de fer, et retombe avec ce qui semble être de la précipitation dans la grosse poigne de Lourse. Peu à peu, les mineurs émergent, se rapprochent du dortoir pour accrocher leurs outils usés, leurs pioches au pic fendu, leurs pinces énormes un peu tordues, sur des râteliers qui se penchent sous le poids des instruments. Un par un, ils se dévêtent en geste ample et las : les casques sphériques laissent place à des têtes sales surmontées de touffes échevelées et humides. Loup s'étonne à moitié de découvrir sous la carapace métallique des corps et faciès humains, peu expressifs, mais bien vivants, garnis de barbes grises en désordre, de cernes profonds qui allongent leurs yeux intenses, de bras solides et couturés de plaies nouvelles et de cicatrices anciennes, puis de jambes tremblantes, épuisées, comme ivres d'avoir trop travaillé.

Ces silhouettes, à la fois frêles et massives, se déplacent maintenant vers Loup, en réalité vers la manufacture, entourées par Lourse, Pétiot et Bertrand de chaque côté. Les trois gardes ont repris leur rôle de bergers, conduisant le troupeau à leur demeure pour la nuit. Au passage, Lourse le rattrape.

« Tu as bien gagné ton dîner.

— Surtout que j'ai rien bouffé de la journée.

— Pas de pause à la mine. Une fois que leurs rouages sont enclenchés, rien ne les freine.

— Sauf cette cloche.

— Cette cloche, c'est la contremaîtresse, Loup. Et tu n'as pas fait attention, mais elle a sonné deux fois. Cela veut dire qu'ils peuvent revenir, que le Labeur est suspendu le temps d'une nuit.

— Ils travaillent si dur. Une seule nuit, c'est peu.

— Crois-moi, Loup, avec eux, la nuit est interminable. Car quand ils se délassent, ils ne pensent jamais au lendemain. »

Quand il pénètre dans sa demeure provisoire, il rencontre Marlène embarrassée par une énorme jarre cuivrée. Le réceptacle, humide d'une vapeur encore bouillonnante, la surplombe presque en taille.

« Il faut vraiment que je t'apprécie, Loup, pour me coltiner à préparer ton bain. Descends les quelques marches, et tu trouveras un fond d'eau chaude. »

Un rideau sépare en deux l'étroite pièce, une étoffe miteuse qui voile le bout d'un escalier irrégulier. Loup suit sagement les directives de la gamine, et découvre derrière le voile un bassin rempli de flotte, presque à rincer les souillures de sa journée mouvementée. Son dernier bain remonte à plus d'un mois, et les médiocres toilettes à l'aide d'un gant à peine humide n'ont fait qu'étaler sa crasse.

« Tu es une bénédiction, gamine ».

Derrière le rideau, un boucan infernal lui répond, le bruit d'une chute de métal, et les vociférations puériles de Marlène. La râlerie s'apaise, et Marlène finit par rétorquer d'une voix douceâtre, bien qu'un peu étranglée :

« Tu es généreux Loup, tu m'as laissé le lit, et tu partages avec moi le bienheureux vacarme de tes ronflements. Je ne voudrais pas abuser de ta gentillesse et profiter en plus de ta puanteur. »

Loup ricane en desserrant le harnais avec difficulté. Certains nœuds sont trop coriaces, d'autres, trop lâches, son incompétence pour traiter son équipement avec la finesse nécessaire l'inquiète. Il blâmerait bien la lutte contre la louve pour les faiblesses de l'armure, mais il sait que la faute est sienne : les leçons de Gaston concernant les mécanismes mystérieux du harnais ont atterri dans une oreille inattentive, sourde, et même somnolente.

« Récure-toi ! » lui ordonne Marlène dans un souffle d'effort.

Elle s'occupe sans doute de remettre droit l'équipement.

« À vos ordres ! »

Il plonge dans le bain, et l'eau, tiède, est délicieuse. Un instant, sa clarté l'hypnotise, mais elle se teinte aussitôt de la crasse épaisse qui dévale du corps crade de Loup pour se répandre dans le liquide et troubler sa limpidité.

« Fais pas le malin !

— Merci pour le bain, Marlène. La prochaine fois, laisse-moi m'occuper de la cruche. Je m'en voudrais si tu te casses le dos pour mon bien-être.

— Comment s'est passée ta journée avec Lourse ? Il ne t'a pas dévoré ?

— Non. Mais une créature a bien essayé. Elle m'a préféré au froc souillé de Bertrand, ou Pétiot… »

Un bleu énorme couvre en partie son torse, là où la gueule a claqué si près. À un croc de lui déchirer le bide.

« C'est la taille.

— Pardon ?

— La différence entre les deux, Bertrand dépasse Pétiot d'un demi-doigt. Pas grand-chose, c'est subtil. Mais je le vois, et Lourse aussi. Ou alors ce vieux râleur les appelle au hasard, en se disant que l'un ou l'autre, c'est pareil.

— Peut-être qu'ils ne savent pas eux-mêmes.

— Quoi donc ?

— S'ils sont Bertrand ou Pétiot. Ils ne sont pas particulièrement malins. »

Il entend un raclement un peu éraillé, la gamine s'esclaffe à la grande satisfaction de Loup. Parfois, quand il dormait là-haut, seul dans sa hutte, dans ce lit dépourvu de compagnie, il songeait à Auria, aux autres chemins que la vie peut prendre, les alternatives disparues. Par exemple, celle d'un mouflet qui braille, la main d'un rejeton qui se referme sur la sienne, et la flamme qu'apporte un rire d'enfant. Un fragment d'éternité pour un ferrailleur.

« Les altérés, ils sont… différents.

— Ah oui, ils me foutent la frousse, avec leurs yeux secs. On dirait qu'ils ont oublié l'utilité de leurs paupières. Tu verras pendant la grosse bouffe, ils bâfrent comme quatre, et picolent assez pour remplir l'estomac d'un géant d'en bas. Tiens, ils pourraient s'enfiler la jarre entière, et m'en demander quatre autres. Je ne te raconte pas le lavage le lendemain : avec tous les copains, la marmaille comme nous surnomme Lourse, il nous faut la journée pour récurer le hall. Une fois, on a dû en soulever un qui dormait dans sa souillure. Son visage tout bouffi et vert, et ses yeux rougis par des larmes noires, pas comme la brume hein, plus comme de la suie… »

Elle s'arrête un instant, la chaise glisse maladroitement sur le sol, les pieds cabossés visibles de derrière le rideau.

« On s'y est mis à cinq, il pesait son poids l'ensommeillé. Pas moyen de le réveiller, on a bien tenté de la secouer, mais il nous a répondu en marmonnant. Cali a cru à des insultes, mais elle n'est pas bien maligne, Cali, elle croit que tout le monde l'insulte tout le temps, alors que c'est plus la moitié du temps… allez, les trois quarts du temps. Non, il pleurnichait le corniaud, à moitié saoul alors qu'on le balançait à travers la pièce. Un peu comme un gros bébé qu'on berce. »

Le corps de Loup a atteint un seuil de propreté que l'intéressé juge acceptable. Il s'est lavé distraitement, trop occupé à écouter les souvenirs de Marlène. Un filet d'angoisse traverse son échine quand elle conclut.

« En fait non, je crois pas qu'ils me foutent vraiment la frousse. Plutôt, ils me rendent triste. »

Ses ablutions achevées, Loup enfile de nouveau son équipement, maudissant encore son inexpérience pour l'entreprise. Après son court récit, Marlène a filé, prétextant devoir s'occuper de préparer le hall pour le *grand soir*, un frisson anxieux dans le fond de sa voix, où Loup a cru tout de même détecter un soupçon d'impatience et d'excitation.

La cloche sonne une nouvelle fois. Un nouvel appel, une nouvelle convocation sonore. Loup commence à détester ce tintement impérieux, cet ordre bruyant. Au pied, couchez, mangez, dormez. *Cela ne fait qu'un jour*, pense-t-il, amer. La descente le démange, une pression fantôme dans sa colonne. Auria l'attend, les réponses à ses questions peut-être, une solution à cette tourmente qu'il appelle l'existence dans les hauteurs, et la source de la houle noire. C'est en bas, à des lieux sous ses pieds, dans les profondeurs, qu'un dénouement patient guette son arrivée.

Il devra encore attendre un peu. Ce soir, c'est la fête. Tant que la brume s'amasse dans l'étage inférieur, ce serait un suicide de s'y aventurer, lui a juré la contremaîtresse, avant de lui offrir du bout des lèvres le gîte durant ce malheureux interlude. Soit, autant profiter des avantages de ce court répit. Il compose un message rapide qui parcourt le Fil jusqu'à son Veilleur, pour l'informer que la nuit est sienne et sienne seulement : son ami ferrailleur ne commettra nulle acrobatie dans les temps prochains. Puis Loup noue le Fil au siège déglingué avant de passer le pas de la porte métallique qui adresse à son invité un grincement en guise d'au revoir.

Quand Loup pénètre dans le hall, la chaleur humaine le surprend encore, davantage même que la veille, un nuage plein de sueurs et d'épuisement où gronde un tonnerre de bavardage et de rire. Il constate sans surprise que les tables sont déjà bondées de visages éreintés, bien que joyeux. Déjà également, la marmaille court et virevolte dans les travées des festoyeurs, jonglant avec des cruches lourdes et des plateaux encombrés. La viande s'y fait abondante, pleine de chairs encore fumantes, les outres y débordent de jus ocre et vermeil, dont les vapeurs capiteuses parfument le banquet.

Contrairement à ce que Loup s'était imaginé, les altérés ne se sont pas rassemblés sur la table vide de la nuit précédente, un îlot de solitude où on les aurait contraints à s'exiler. Au contraire, ils se sont mélangés, noyant leurs silhouettes hirsutes et massives dans la foule de leurs proches. On les reconnaît cependant avec aisance parmi leurs pairs : quand ces derniers mangent et boivent, les altérés bâfrent et engloutissent. Quand les autres appellent le rab, éternellement contrarié de la lenteur des galopins, les mineurs lèvent simplement un bras fébrile, et sans devoir beugler, sans même émettre un seul son, un gamin accourt aussitôt. Ils ne sont pas silencieux pour autant, ils grognent et s'esclaffent bruyamment, ils rotent et postillonnent, et leurs gros poings ponctuent régulièrement les bavardages en frappant le métal des meubles, des chocs de tablée en tablée, qui se répètent et se répondent. Leurs voisins se taisent souvent, acquiescent avec des hochements de tête excessifs, et les plus braves osent même des tapotements affectueux sur les épaules bouillonnantes de ces entités exubérantes aux regards fiévreux et à l'appétit incommensurable.

Sur l'estrade, Petiot le petit et Bertrand d'un poil plus grand encadrent Lourse, qui affiche son éternel air taciturne, tout en sirotant sa chope à lentes gorgées délibérées. Ses deux compères discutent, leurs lèvres miment une conversation que Loup préfère ne pas imaginer. Le trône de la contremaîtresse est désert, le ferrailleur n'est donc pas le dernier convive à s'introduire à la fête. Près du siège orné de la patronne, le fauteuil supplémentaire de la veille l'attend toujours. Après un tour d'horizon, et puisqu'il ne connaît personne d'autre, il se décide à prendre, cette fois, place avec eux.

Après une traversée pleine de chocs et de rebondissements contre des séants débordant des bancs maltraités, il atteint l'estrade. Lourse le salue d'un signe discret de la tête, et Bertrand et Pétiot l'accueillent d'un bonsoir tonitruant auquel Loup ne répond qu'à moitié en s'assoyant. Un gosse se précipite déjà, emplissant son assiette un peu au hasard, mais en quantité. On dirait qu'il déverse du foin à une bête affamée. Bientôt le récipient s'efface sous une montagne informe et incompréhensible de purée, de boulettes de viande tachetées d'herbes, et de sauces grasses et visqueuses. Le gobelet est immergé sans cérémonie dans une outre tenue par un autre gamin, et posé sans plus de délicatesse à côté du plat peu ragoûtant. Loup plonge une cuillère timide, et goûte la mixture improbable, inquiet. Tout cela un goût, concède-t-il, mais il n'est pas bien sûr de pouvoir la qualifier d'agréable.

« Elle ne vient pas ?

— Elle vient toujours plus tard. Elle soigne son entrée.

— Pourquoi on ne mange pas comme les autres ? »

D'un regard, Loup constate que deux gamins se sont désolidarisés de la marmaille pour faire le pied de grue au bas de l'estrade. Les gosses jettent des œillades régulières et concentrées vers les quatre dîneurs, prêts à bondir pour les resservir à tout moment.

« Le privilège de notre fonction ! » dit Bertrand, répétant sans doute les propos de quelqu'un de plus intelligent que lui, dont Loup devine sans peine l'identité.

« Notre travail est dur », complète Pétiot, effectivement un peu plus petit que son frère. Un quart de doigt peut-être, juge le ferrailleur, habitué à jauger les distances plus que les tailles humaines.

« Organiser et coordonner le Labeur. C'est un travail mental fatiguant, et indispensable », affirme Lourse, mais sa déclaration manque de conviction. « La contremaîtresse pense qu'il nous faut ce prestige, cette différence pour que les travailleurs sachent qui suivre, qui écouter. »

Une moue incertaine accompagne ces dernières paroles, à laquelle Loup répond par une grimace également dubitative. Ce fonctionnement l'intrigue, une chose curieuse, un peu gênante, comme un caillou dans la chausse de sa conscience, qui le dérange alors qu'il saisit sa coupe trop pleine pour la porter à ses lèvres, son regard s'abaissant sur la foule fêtarde en contrebas. Le liquide mord sa langue puis sa gorge, où il s'invite trop longtemps. Trop goûteux, trop fort, il chauffe le corps en feu vif et éphémère, qui demande à être ranimé encore et encore, à être nourri constamment, sans trêve, sous peine que les flammes se transforment en cendres froides et tristes.

La débauche bat maintenant son plein, les plateaux ont été abandonnés, leurs cadavres argentés gisent, souillés et maculés, sur les bords de table, parfois renversés sur le sol. À la place, la marmaille entraîne dans sa ronde une multitude de cruches qui glougloutent, avant d'être vidées en torrents éthyliques dans les chopes toujours avides des mineurs. Le ferrailleur remarque que certains bancs ont perdu leurs occupants, ils ont fui le banquet presque aussitôt le repas terminé. Ceux qui restent, outre les altérés dont les gesticulations s'accentuent plus la soirée progresse, affichent des grimaces qui rappellent l'étrange mélange d'angoisse et d'excitation témoigné par Marlène avant son départ.

Sifflant une deuxième chope, Loup la cherche un instant, et il la trouve, filant avec agilité entre les carrures des altérés de plus en plus ivres, qui peu à peu s'affaissent et s'écroulent sur leurs plats partiellement consommés. Elle pose une petite outre qu'un mineur agrippe comme une bouée de sauvetage dans laquelle il plonge sa barbe sale, enlève une assiette de sous le coude d'un deuxième qui s'assoupit à moitié, redresse d'un pied un banc qui bascule, et tapote d'une main un gamin pour lui indiquer un convive occupé à retourner dans tous les sens sa chope, à la recherche d'une ultime goutte qui n'existe pas. Son compagnon se presse pour substituer au récipient décevant un autre contenant toutes les gouttes désirées par le buveur.

À un moment, un altéré chancelant attrape Marlène par l'épaule, un geste un peu brusque, un peu douloureux, et Loup s'apprête à bondir de sa chaise, mais le responsable chante à tue-tête en approchant sa grosse tête de la jeune fille qui glousse et reprend le chant à son tour puis repousse d'un pincement sur la joue, d'une brutalité équivalente, le mineur rougeaud qui frotte alors de sa paume pataude le visage anguleux de sa serveuse De loin, Loup devine presque l'esquisse d'un regard paternel affiché sur les traits bouffis avant que l'homme e détourne de Marlène pour gueuler plus fort en direction d'un camarade qui s'étouffe d'une esclaffe colossale.

Il s'arrache de sa table en bousculant son siège qui rebondit sur le sol avec un éclat bruyant, aussitôt étouffé par les braillements des altérés. Car ce ne sont plus des rires qui s'échappent de leur gorge, mais bien des glapissements remplis à ras bord de vin acide et de tristesse, des grognements qui s'éternisent dans les tympans de Loup, y grouillent comme des insectes. Sa table a été désertée de la présence de ses trois camarades, sans un mot. Ou peut-être que ceux-là l'ont averti de leur départ, mais il n'y a pas prêté attention.

Les pas qui l'entraînent vers l'issue sont maladroits, des pieds de banc en sont victimes, balayés sans ménagement pendant sa marche, sa fuite de la grande pièce bourrée de boucan sinistre qui martèle son crâne. Quand il atteint la porte velue, il s'y écroule alors qu'il souhaiterait s'y agripper. Incapable d'utiliser ses bras, qui pèsent sur le battant de toute sa carcasse ivre. Il s'affale, immergeant un peu plus le nez dans la fourrure malodorante.

Quel spectacle offre-t-il à la contremaîtresse dont il sent le sévère jugement piquer son échine, comme le pic barbelé d'une lance. Comme un boulet qui l'empêche de progresser, enchaîné au fond de la salle par cette femme à peine humaine.

Il doit sortir. Maintenant ou jamais. Si ce foutu rideau ne s'écarte pas, il s'effondrera au milieu des immondices, il s'y intégrera même, une ordure de plus dans ce banquet démesuré. Et la noirceur qui s'est insufflée sournoisement en lui dans la cage procédera à son propre festin, elle le croquera comme a voulu le croquer la Gueule blême.

Il titube un instant, un vague désespoir naissant dans l'abîme flou de son ivresse, puis la cloison se fluidifie sous son étreinte. D'un coup sans prévenir, elle bée, balançant brutalement l'ivrogne rejoindre cette boue hybride, faite de terres humides et de fragments métalliques, cette terre à la fois terne et brillante.

La chute est douloureuse et humiliante, la mâchoire desserrée gobe de la mélasse, le visage est maculé, et la dignité effacée, mais, quand Loup prend enfin une inspiration, remplissant ses poumons de l'air agréable où stagne à peine un reliquat de la brume, l'angoisse se dissipe miraculeusement. Le vacarme du hall s'éloigne, aspiré dans la construction, et avec lui, l'inquisition de la contremaîtresse.

Il titube un peu, époussette vainement sa tenue d'une main aussi sale que ses fripes, puis la tête plus gaie bien qu'encore alourdie par les excès nocturnes, il s'enfonce dans les ruelles sombres. Il ne souhaite pas rentrer : ses gestes incontrôlés risquent d'éveiller sa jeune colocataire, qui après cette nuit éprouvante, a mérité son repos.

Hasard de sa déambulation, ou simplement en raison de son incapacité à se situer dans le dédale des rues en miroir du village, il découvre la fonderie, avec ses cheminées étranges qui crachotent une fumée fainéante, le résidu d'une journée de travail dans ses forges souterraines.

Sur la muraille, Lourse surplombe la vallée de la mine, à croire qu'il n'a pas bougé depuis la veille. Sa grimace habituelle se prolonge d'une longue tige qui mime les expirations des âtres voisins et éjecte des volutes embrouillées avec l'obscurité. Quand Loup le rejoint, l'instrument suçoté par le vieillard se précise : une pipe allongée, au bec métallique, à la tête de bois cendreux. Une rareté.

« C'est un cadeau. Du prédécesseur de la contremaîtresse pour mon service. »

Il a toussé ses mots, avant de se régaler d'une autre bouffée, un rictus extatique au visage. Le nuage recraché est âcre et désagréable, sa puanteur rappelle celle des poussières incandescentes que les ferrailleurs usent pour enflammer des bûches récalcitrantes.

« Un mélange de mon cru. Pour apaiser ma vieille guibolle, et assommer les chuchotements de mon esprit.

— Ça pue.

— On s'y habitue. On y prend même goût, comme à beaucoup de choses. »

Un râle s'est installé dans sa voix. Le remugle artificiel réveille la nausée endormie dans les tripes de Loup.

« Elle te fait peur. Elle fait peur à tout le monde, la contremaîtresse. Sauf à moi. Elle se croit immortelle, mais son passage parmi nous sera temporaire. Tu peux compter là-dessus.

— Il y en a d'autres comme elle ? »

Une nouvelle bouffée, une autre toux pleine, et enfin la réponse.

« Peut-être une armée, j'en sais rien. Quand l'un part, un candidat au poste arrive, comme convoqué du néant. Le bureau ne reste jamais vide. Je t'arrête. Je n'ai aucune foutue idée d'où ils débarquent. Peut-être des membres de votre engeance, exilé d'un perchoir pour des raisons tribales idiotes... Ou peut-être qu'ils ont voyagé de la cité en haut, celle de vos contes de perchés. La forteresse flottante près du soleil ou je ne sais quoi. C'est ton propre prédécesseur qu'il me l'a raconté. »

Un sourire métamorphose les lèvres de Lourse à la vue des yeux écarquillés de son interlocuteur, pendant qu'il suçote une fois encore sa pipe.

« Tu as connu Brénard ?

— Je l'ai même bien connu, soupire le vieil homme. Il venait me rendre visite dès qu'il se sentait un peu trop seul dans vos hauteurs. Chercher la chaleur de la fonderie auprès de ce vieux Lourse. Nous étions plus jeunes à l'époque. Avec ma jambe fraîche et intacte, puissante comme un ressort. Je pouvais bondir alors. Comme je pouvais bondir !

— Et ?

— Rien. Brénard n'a jamais aimé le contremaître, et encore moins la contremaîtresse. C'est un comble pour un perché, mais ça le dégoûtait qu'elle vive au-dessus de nous. J'ai bien essayé de lui expliquer la situation, le Labeur... mais Brénard avait cette flamme dans les yeux, indomptable. Un brasier qu'aucun fourneau ne peut retenir. Un jour, il m'a quitté et n'est jamais revenu. »

Loup reconnaît son mentor sans difficulté, il le voit presque se dessiner dans les fumerolles toxiques, sa silhouette élancée coincée dans une éternelle posture théâtrale, tantôt comique, tantôt tragique. Son mentor, son héros, son frère.

« Il est mort depuis une vingtaine d'années. Je suis désolé, Lourse.

— Oh, j'avais deviné, mon gars. La solitude l'aurait poussé vers moi une fois de plus : dans ces décombres, l'amour est un miracle impossible à ignorer. »

Un peu hébété, un état un peu trop fréquent à son goût depuis son entrée dans la fonderie, Loup s'assoit. Une migraine, discrète, gratte par intermittence ses tempes de ses ongles glacées, et il sent le sommeil bouillir en lui et estomper ses sens. Bientôt, il faudra qu'il se lève et regagne sa résidence temporaire, le sol froid et dur et les ronflements de Marlène, furtives vibrations qui émanent chichement de la jeune fille endormie.

« Tu es certain que tu ne veux pas goûter ? Un bon médicament contre la noirceur de la brume. »

Il tend la pipe malodorante en haussant un menton enthousiaste, un hochement qui ressemble presque à une prière.

« Certain. J'ai mes propres remèdes. »

L'ivresse malmène l'élocution du ferrailleur, enlève la gentillesse que souhaitait exprimer le refus : la grimace grincheuse de Lourse se reforme, et ses lèvres se referment aussitôt sur l'instrument offert. Loup songe à ses drogues, elles ont le goût de soleil, pas de métal. Au bout d'un moment, le vieillard toussote, comme pour ranimer sa mémoire, puis il reprend la parole.

« Je me souviens de ses derniers mots, à mon Brénard. Avant son départ, il m'a confié son secret, une idée saugrenue qu'il a longtemps gardé enfermée dans son esprit, dans un coin hermétique et inaccessible de son cerveau. Si tu l'as connu, tu sais qu'il peut être fantasque à en devenir énervant. Enfin, peut-être pas pour les gosses, mais pour les adultes, ces idéaux transparaissent… transparaissaient dans ses tirades, et pesaient sur les interlocuteurs comme des jugements silencieux. Involontaires bien sûr, mais ça vous écrasait parfois, à vous enfoncer la gueule dans une mare boueuse d'embarras et de honte. »

Quand Brénard enseignait la tâche de ferrailleur à ses élèves, il y a des siècles, semble-t-il, à Loup, encore éméché, il ne distribuait que rarement de franches leçons. L'apprentissage empruntait des sentiers détournés, de simples phrases, des mots perdus qui induisaient, des affirmations tranquilles qu'il fallait absorber. « Ne bois pas cette eau, jeune Loup, regarde cet homme, sa gorge est plus sèche que la tienne. » C'était une évidence irréfutable, impossible pour un gamin d'y désobéir sans réaliser l'injustice de son acte.

« Il m'a dit : "et si le haut était le bas. Et si ce n'était pas nous qui étions perchés, mais vous qui étiez enfouis ?" Le fou m'a raconté ses géants à lui, tel qu'il les fantasmait. "Avant la brume, ils dormaient", m'a-t-il déclamé, "sous nos pieds, notre terre comme couverture, pour leur tenir chaud dans leurs sommeils perpétuels. Puis un jour, quelque chose a abîmé leur couette de boue et de pierre. Peut-être les humains et leurs entreprises ont troué l'étoffe rocailleuse, ou peut-être le temps a rongé la trame et dénoué ses coutures. Les titans, ces grands frileux, ont chopé froid. Là", il m'a ajouté, en me tendant un doigt fiévreux devant le pif, ses orbites écarquillées, "là, leur repos a tremblé, et le monde s'est inversé", il m'a crié cet énergumène. "Enragés par cet éveil glacé, affamés après leur presque éternelle hibernation, ils nous ont dévorés. Ils ont brisé les fondations des continents, retourné les pays et les villes, enseveli les demeures pour précipiter ce dîner apocalyptique dans leur bouche béante et vorace. Alors les humains, de leurs mains d'êtres déchus, durent se résigner à gravir les profondeurs, les décombres pétrifiés de leurs cités détruites, pour remonter vers leurs sanctuaires perdus." »

Une nouvelle bouffée, un coin de paupière qui luit tristement.

« Ah, Brénard, je l'aimais ce con, mais les hauteurs lui ont rongé le cerveau. Le vertige s'y est infiltré pour y répandre un souffle mystique, des tissus d'imbécillités. »

Il s'arrête, un filet se faufile dans les interstices de sa mâchoire serrée, qui se relâche :

« Après tout, qui sait ? Je ne serais pas étonné que l'humanité ait creusé sa propre ruine. »

L'ironie ne surprendrait pas non plus Loup, elle provoque même son hilarité alors qu'il déambule dans les ruelles étroites vers son domicile provisoire. À la moitié du chemin, il lui semble déjà dormir tant la fatigue le submerge, et les derniers pas le menant à son lit de métal s'évanouissent dans la torpeur.

Cinquième rêve

Dans le rocher, il y a un vide. Un creux. Une sphère de néant où le dormeur dort. Peut-être que le dormeur, c'est moi. Mes ronflements, mes cauchemars, ma colère. Et une pluie d'épines.

« Tu te penches trop. »

L'angoisse d'Auria résonne dans l'abîme, un écho qui s'amenuise jusqu'au silence. J'observe les filets gris qui languissent sous mes pieds, qui caressent la roche, lascivement, et je ne l'écoute pas vraiment. Pour la première fois, j'y suis parvenu. J'ai bravé et vaincu la poutre.

Cela fait huit ans qu'Auria est mon amie, que nous subissons les leçons incertaines de Brénard, à tenter d'y démêler les mensonges, les rodomontades et les fables de la vérité, et à y survivre. « Ferrailler en duo, ça se fait. C'est même un bon remède contre les viles attentions de la brume », nous a-t-il assuré et j'ai aussitôt songé à Galija, la ferrailleuse déchue du village d'Auria, qui a préféré l'exil à notre compagnie.

« Si tu combats le vent, tu perdras », ajoute Auria.

Maintenant, je suis adolescent et j'ai défié la poutre. Sur son extrémité grinçante, je domine les décombres, et la fierté gronde en moi comme une clameur trop longtemps retenue. J'ai trouvé mon courage.

« Tu forces la poutre, Loup. Brénard te l'a dit, on ne surmonte pas le vertige en sautant dans le vide », me supplie ma camarade.

Ou alors uniquement temporairement, avait commenté notre professeur facétieux, un clin d'œil agitant ses paupières.

Finalement sa plainte pénètre mes oreilles, je décide d'obtempérer, et me détourne de l'immense scène d'absences livrée par le gouffre pour affronter la mine contrariée d'Auria, un sourire éclatant planté sur mon visage cendreux. Malheureusement pour ma bravade, une bourrasque se venge de mon audace, et me bouscule. Horrifié, je glisse, ô funambule de pacotille, je m'étale sur la poutre qui frémit de joie. Elle ne m'offre aucune prise, elle tangue et remue comme une bête sauvage furieuse, cherchant à déloger l'importun qui tente désespérément de la chevaucher.

Auria se précipite, mais je refuse d'un cri son bras secoureur. Hors de question qu'elle me sauve, qu'elle transforme cette réussite en échec ! Ce n'est pas par jalousie ou poussé par une arrogance mal placée que je repousse son aide, je l'admire trop pour cela. Non, je désire lui prouver mon utilité : quand nous ferraillerons ensemble, je ne serai pas un poids mort, un maladroit qu'il faudra extirper des précipices, extraire des gouffres, et défendre contre les spectres. Je serai un partenaire.

Quelques instants plus tard, malgré toutes les ruades de la poutre, je parviens à force de rage et de panique à me hisser sur le plateau, rampant comme un serpent terrifié sur la tige étroite. Aussitôt deux énormes paluches me redressent et des doigts s'abattent avec trop de vigueur sur mes habits malmenés. Gaston lisse hâtivement mes loques, un air inquiet et fier à la fois sur son visage qu'une barbe rousse envahit, déjà drue.

« T'as réussi, mais t'as failli mourir. Je ne suis pas sûr que ça compte, dit Gaston.

— Si ça compte », rétorque Auria, catégorique.

Contrariée, la future ferrailleuse me toise. La soufflante gonfle, mais se fait attendre. Je vois les mécaniques de la colère activer ses méninges, former une boule massive qui s'expulsera bientôt en un flot de reproches, déballé sur un ton froid, comme de petits pics de glaces qu'elle projetterait sur mon esprit un à un.

« Tu ne me laisses jamais t'aider, Loup. Un jour, sombre idiot, tu chuteras à deux pas de moi en déclinant ma main. Ou alors, je te refuserai mon soutien, et je te regarderai pendouiller au bout de ton Fil, ça t'apprendra. Peut-être même que je jetterai de la caillasse pour ajouter l'humiliation à la leçon. »

Je demeure muet. Inutile d'essayer d'argumenter avec Auria, il faut subir le blizzard de son humeur. Ces colères à mon égard sont récentes, trahissant son naturel apaisé d'antan, sa tranquillité de feuille sur la bise, qui virevolte le long de la vie sans violence, sans tourmente, sans précipitation. Enfants, les seules irritations dont nous furent témoins surgirent lors de nos jeux, la fillette haïssant perdre viscéralement. Quels que soient les règles, elle se devait de remporter les défis, à s'écorcher les jambes en tentant, si vainement, de battre Gaston à la course, qui trichait, en sautant plutôt qu'en progressant par foulée, déclarait-elle avec assurance, à se filer des bourdonnements néfastes d'estomac à rivaliser en boustifaille avec Rosemonde pour départager qui, de leurs deux mâchoires, pouvaient engloutir le plus de sucreries d'une unique bouchée. Bien sûr, les capacités d'enfournement de l'héritière des hôtes, ces bons vivants antiques, dépassaient largement celles d'Auria, mais la gosse d'alors rejetait la réalité, déblatérant des rhétoriques incompréhensibles pour justifier son éternelle victoire sur nous tous, bandes de fraudeurs infâmes. Cela ne durait qu'un instant, avant qu'un sourire narquois écarte la noire humeur déformant ses traits.

Cette angoisse de la défaite s'est estompée depuis : on la perçoit toujours quand elle échoue à quelques épreuves que je parviens à réussir, mais ce n'est qu'un petit rictus, subtil, que seuls Gaston et moi remarquons. Mais, depuis quelque temps, je l'irrite. Ou plutôt, mes silences et mon apathie. Elle m'accuse : « Je ne peux pas ferrailler avec toi, tu es parfois si solitaire que tu fuirais même ton ombre. » Sans savoir que lui rétorquer, je lui offre une bouche perpétuellement close, et des froncements de sourcils interrogateurs, et, je l'avoue, un peu exaspérés.

À m'écouter, on croirait que la fille me harcèle nuit et jour. C'est faux. La plupart du temps, nous nous entendons parfaitement, elle comprend mon mutisme, elle le traduit. Quand, lors d'un exercice, je trifouille vainement le nœud du Fil sans donner de justifications à mon mentor, elle explique à Brénard agacé ce que j'essaie de réaliser. Même Gaston se tourne vers elle pour me faire parler. Pendant ma jeunesse, à une époque inconnue et pour des raisons que j'ignore, ma langue s'est asséchée. Elle s'est recroquevillée dans ma gorge, elle s'en extirpe uniquement pour prononcer des banalités, des questions faciles, transmettre des informations indispensables. Peut-être est-ce arrivé après la chute d'un des cousins docteurs, inconsolable depuis son échec à soigner les infections mortelles du vieux Rougeaud. Peut-être après l'exil de Montaigu, un gamin à peine plus âgé que moi ? Ou peut-être tout simplement, l'adolescence a éteint les flammes de mon enfance, comme elle a bridé les énervements ludiques de mon amie. Je me suis renfermé dans une carapace isolée et glaciale, une coquille insonorisée, où l'on peut crier sans que personne ne vous entende.

Sauf Auria, qui s'est calmé, et qui pose sur moi toute l'intensité de ses préoccupations à mon sujet.

« Et bah parle ! Tu m'inquiètes Loup. Jamais tu ne recommenceras, promets-le-moi.

— Très bien, concédé-je.

— Jamais plus !

— Sur la tête des géants. »

Je crache, mais dans ma déveine, je rate ma cible, aussi titanesque soit-elle. Mon glaviot n'humidifie que la poutre, et non l'abysse.

« Maintenant, le prochain qui choisira la chute va glisser sur ta bave. Je te félicite », se marre Auria, rejointe rapidement par le rire fort et honnête de Gaston, qui abat sa paume sur le dos du piètre postillonneur.

Quelques heures plus tard, le ventre plein, nous profitons du spectacle offert par une Rosemonde affairée, tous trois installés, confortables et satisfaits, sur un tas de couvertures fraîchement lessivées au centre du village. Les draps dégagent une odeur têtue et agréable, le parfum des cavernes où on les a rincés dans de l'eau trouble, et qui s'est incrusté dans l'étoffe : senteurs de fleurs souterraines, de champignons cachés et de vents pétrifiés.

La géante est adulte, elle dépasse de plusieurs têtes et de plusieurs torses tous les autres perchés. De ses enjambées colossales, elle transporte des plaques métalliques qui semblent des lambeaux fragiles et légers entre ses biceps disproportionnés. Elle souffle à peine sous l'effort, avant de les jeter sans ménagement à La Forge, le mentor de Gaston, qui les attrape en poussant des plaintes éreintées. Des gouttes de sueur bouillonnent sur le crâne du robuste veilleur, professeur de Gaston, il se concentre sur les réparations d'une hutte malmenée par les tourments de houle noire. La tempête nous a visités la vieille, et sa brume stagne le long des gouttières cabossées, installées la saison précédente par La Forge grâce à des plans presque illisibles, que Brénard a déterrés lors de ses pérégrinations profondes. La journée a éclairci le miasme qui subsiste, inversant son obscurité en une lueur blême malade, des larmes blanches qui perlent des sourcils de nos demeures.

« Ah, j'ai oublié, s'exclame Gaston.

— Quoi donc ? rigole Auria

— Le rocher creux, c'est ça que j'ai oublié.

— Qu'est-ce que tu racontes ?

— C'est la houle qui l'a éventré comme on ouvre une boîte de conserve », s'énerve-t-il.

Il faut le traduire le Gaston :

« Tu as déniché un nouvel endroit à explorer, c'est ça ?

— Oui, le rocher creux. C'était juste un rocher il y a quelques jours, avec une sorte de pince métallique, comme un crabe de fer qui se serait fait aspirer par la pierre. Bah, la houle a arraché le bras du crabe, et il y a un gros trou, et le rocher, eh bien, il est creux en fait.

— Tu as vu quelque chose ?

— Non c'est tout noir, on n'y voit rien. J'en ai parlé à Brénard, mais il m'a interdit de vous en toucher un mot. Ah, j'avais oublié ça aussi.

— Pourquoi ?

— Ça doit être la nuit dernière. La houle, ça me rappelle toujours quand Papa est parti. Du coup, j'm'emmêle les pensées, je perds le fil, j'oublie quoi. »

Je lui effleure l'épaule en un piètre réconfort. Je me souviens de cette nuit-là, le brouillard avait englouti le village, et je m'étais réfugié dans la grotte où Gaston et son père vivaient. Au milieu du vacarme des assauts enragés de la brume, l'endroit semblait une forteresse avec sa porte en acier renforcée de deux barreaux massifs. Le père de mon ami restait terriblement silencieux, ses mains griffaient ses cheveux avec des gestes brusques. On se taisait aussi. On a continué à se taire quand il s'est soudainement levé, quand il a délogé les barres de leur socle, quand il a ouvert grand le bastion sur la tourmente rugissante, et quand, enfin, il s'y est précipité pour disparaître à jamais. Et toujours sans un mot. Sans un au revoir pour Gaston.

« Non il veut dire, pourquoi il t'a demandé de nous garder dans l'ignorance », corrige Auria.

Par moment, il faut également traduire pour Gaston.

C'est à son tour de nous regarder comme si on était deux imbéciles.

« Il est pas fou Brénard, il sait que vous allez forcément y fourrer vos foutues carcasses. »

Je m'éveille.

La laine de la nuit

Un chapelet d'insultes cueille Loup lorsqu'il émerge de son rêve. Des injures prononcées sans violence dont il n'eſt pas vraiment le réceptacle. Marlène le secoue de ses petits bras, à bout de souffle. Plongé dans un sommeil de plomb, les maigres forces de la gringalette ont eu fort à faire pour l'extraire de sa lourde torpeur. À travers la fenêtre unique, la nuit envahit la pièce de sa pénombre éternellement crépusculaire, comme une chandelle presque éteinte et voilée sous un drap. *Le jour eſt loin*, conſtate lentement Loup, ses mécanismes mentaux encore englués d'alcool, et Marlène a brisé sa juſte sieſte réparatrice.

« Qu'est-ce qui te prend ?

— Il faut que je te montre quelque chose, dans la fonderie.

— C'est l'heure de ronfler, Marlène, pas d'explorer, ronchonne Loup en se redressant.

— Parle pour toi, tu ronfles si fort que les ombres en tremblent, et que le sommeil de Marlène s'enfuit en se bouchant les oreilles. »

Il la regarde et tente de discerner des traits dans l'obscurité pas tout à fait totale, mais seul un visage d'enfant lisse perce le noir, et un rictus inquiet.

« Désolé », gémit Loup qui masse sa nuque raidie. « S'il y a une prochaine fois, j'irai cuver ma débauche dehors.

— Fantastique », répond Marlène, avec un enthousiasme approximatif pour la promesse. « Mais maintenant, lève-toi et prends de quoi te défendre, il y a une bête dans la fonderie. »

Les langues se suspendent un instant. Le temps pour Loup de comprendre les propos de sa camarade que celle-ci, habituée à la lenteur des adultes, lui accorde patiemment.

« Une bête… Qu'est-ce que tu es allée faire là-bas à cette heure interdite ?

— Je chassais mon sommeil, monsieur le ronfleur. Je me suis persuadée qu'après une bonne marche, je pourrais tomber sur lui. Et puis j'ai entendu des grognements bizarres en m'approchant de la fonderie. Des fracas, et des chocs, puis un silence, et un long cri inhumain.

— Foutrebrume ! »

L'exclamation est sincère, bien qu'un peu pâteuse, et la main masseuse de Loup abandonne sa nuque pour frictionner sa mâchoire endormie.

« Tu l'as dit. Quant à mon sommeil, il a filé pour de bon. »

Loup souffle, ramasse sa lumelance, encore recroquevillée dans sa gaine, et se lève.

Le village n'est habité que de murmures, ceux du vent, des dormeurs ivres qui s'agitent dans leurs torpeurs, du métal qui grince vaguement, et ceux d'origine inconnue que l'on souhaite ne pas s'expliquer lorsque l'on se balade au beau milieu de la nuit. Seule la fonderie rompt ce pacte semi-silencieux : elle émet des reniflements et des braillements étouffés par l'épaisseur des murs, et l'isolation qui empêche les travailleurs d'y cuire.

« Brumasse, tu ne l'as pas rêvée ta créature, maugrée Loup.

— J'ai voulu y jeter un coup d'œil, mais je me suis dit que ça serait un coup à me faire bouffer. Je préfère que tu te fasses bouffer d'abord », chuchote Marlène, mais la frivolité de son ton est trahie par un tremblement.

Loup enclenche la lumelance, qui se déploie lentement. On croirait qu'elle émerge elle aussi des profondeurs oniriques, sa lueur même jaillit avec une mollesse dépourvue d'excitation. Le ferrailleur s'approche par trébuchements incertains vers les grondements assourdis, dont l'intensité s'accroît, menaçante, au fur et à mesure de sa progression. La créature qui le guette brayant d'impatience.

Quand il tire les lourdes portes de la fonderie, qui sépare le bâtiment de l'extérieur comme un sas, sa main frôle l'obscurantine qui sert de gond et son contact glacial le brûle.

Un escalier généreux plonge dans l'obscurité sur plusieurs mètres, la salle est plus haute et plus large qu'il ne l'imaginait. Des braises encore rougeoyantes crachotent des étincelles qui dispersent brièvement les ténèbres, offrant au spectateur aux aguets une vision fragmentée des alentours. Il ne perçoit que des rails usés sur lesquelles attendent des chariots débordants de bric-à-brac prêt à être déversé dans des cuves rondes et énormes qui occupent de leurs ombres massives les bords de l'édifice, et paraissent de gros chaudrons où l'on ferait bouillir un repas de ferrailles. Ces réceptacles obèses sont timidement éclairés par les rayons de la nuit blanche, qui se glissent à travers des cheminées étroites et élancées.

Et au centre de ce déballage industriel, une silhouette quadrupède frotte une corne gigantesque contre un wagonnet renversé. Le grincement qui en résulte vrille les oreilles de Loup pour y rappeler la migraine de la veille.

« Qu'est-ce que tu es ? » chuchote Loup en descendant les marches, tout en rengainant instinctivement sa lumelance déçue par le manque d'action.

Ce n'est pas un spectre, sa présence est trop réelle, pleine d'une consistance que seules les entités saines diffusent. Ses râles sont bien inhumains, mais pour une raison qui n'inquiète plus le ferrailleur : la créature est un animal, un bouc qui braie furieux dans la fonderie.

D'un sabot, il projette une gerbe d'étincelle qui l'éclaire brièvement, assez pour révéler sa laine blanche souillée de cendre, et sa face fine comme une lame. Ainsi que sa corne solitaire, pic unique brandi par son front comme une lance dont le métal sombre qui engloutit la lumière ne peut être que de l'obscurantine.

L'intrus trottine jusqu'au ferrailleur qui ne peut s'empêcher de lire dans les iris ronds comme des lacs du visiteur des vagues d'impatience. Il l'attendait, depuis trop longtemps à son goût. Une fragrance bestiale lui envahit les narines, un parfum familier qui lui rappelle son voyage dans les tunnels de la Soufflerie, et le même sentiment d'irréalité qui l'avait étreint dans son inconscience, alors qu'il pensait se traîner seul à travers les boyaux étroits de la dernière demeure des hôtes le saisit.

« C'est donc toi qui m'as tiré loin de l'endroit où Rosemonde a chuté. »

Il tapote le sol d'un geste entendu. Outre son ornement frontal extraordinaire, le bestiau est colossal pour sa race, il dominerait Loup en taille s'il se redressait à la manière des hommes. Des muscles saillent le long des cuisses laineuses, actionnant des jambes qui doivent descendre et remonter les décombres avec une aisance instinctive que le grimpeur lui envie. Mais ces mêmes muscles pourraient propulser la pointe d'obscurantine directement dans le cœur du ferrailleur, et l'embrocher comme un malpropre.

La créature l'observe pourtant, les iris flottant dans ses yeux étonnamment sagaces s'animent, et Loup reste immobile et silencieux. Une torpeur oubliée recouvre son esprit alors qu'il baigne dans ce regard fluide, dans lequel l'impatience s'adoucit en une tendresse primitive. Les braiments se métamorphosent en ronronnements, chaleureux et agréables. Une pression s'applique à son torse, une légère sensation de piqûre et il réalise que la chimère l'a touché de sa corne, un geste calculé et indolore. Loup lit l'assaut inoffensif comme un avertissement, dont il cherche vainement le sujet.

Le ferrailleur demeure paralysé alors que son étrange visiteur grimpe agilement une des cheminées étroites, et s'évapore telle la fumée chaude des braises. Il pourrait la chasser, tenter d'attraper un sabot énorme pour retenir la bête, mais, incertain, il ne remue pas d'un sourcil, coi, comme dans un rêve.

« Bon alors, Loup, tu t'es fait bouffer ou non ? »

Qui sombrera ?

Le lendemain, une fois accomplie l'escorte des mineurs de la manufacture à la carrière, Loup scrute le manège vertigineux des altérés, ramolli de corps, mais l'esprit clair réservé à ceux que l'ivresse a fraîchement désertés. Les guêpes cuirassées ont repris, assidues, leurs travaux d'extraction. Lentement, les minutes s'écoulent, le sablier du temps irrémédiablement obstrué lors de ces interminables journées à attendre. Attendre que la cloche sonne, attendre que Lourse réunisse les altérés pour les parquer dans leur dortoir fortifié, attendre que son trio de collègues le rejoigne pour emprunter le chemin de la manufacture, attendre, attendre et attendre. Avec comme seul spectacle, l'excitation fiévreuse des mineurs, et le va-et-vient hypnotique du gourdin de Lourse.

« Tu commences à t'y faire. C'est l'esprit qui compte », l'encourage Lourse d'une tape amicale dans le dos. « C'est l'occasion de penser. »

Loup n'est pas d'accord. Son esprit ralentit, se délite avec le gel des secondes qui s'éternisent. Quand il pose finalement son séant dans le hall bruyant pour goûter la pitance du soir, il lève sa fourchette par gestes de vieillards, épuisé par l'attente.

Ce n'est que le début d'une longue garde, de jours qui se confondent. Les spectres et les oubliés sont rares, et ne nécessitent exceptionnellement son intervention : la menace de la Gueule blême lui manque presque, elle offrait à sa veille un objectif, un sens. L'impatience gronde, et plus d'une fois elle le mène à l'extrémité du plateau, à sonder les brumes denses, en quête d'un chemin à emprunter pour reprendre son voyage vers Auria, vers la source de la houle noire. Les jours passent. Puis les jours deviennent des semaines qui semblent des mois, avec en toile de fond un ciel abyssal, où la grisaille éternelle affronte avec violence une noirceur violacée qui gonfle chaque jour par petits traits de pinceaux.

Les trajets se transforment rapidement en supplice pour la volonté de Loup, ses pensées s'éteignent, et les discussions avec Lourse, au tempérament inconstant, allumé et enfumé successivement par les braises narcotiques, ne lui ouvrent pas d'échappatoires. Et certainement pas les échanges avec le couple d'idiots, des communications insipides dans lesquelles les mots perdent leurs sens pour se réduire à de simples sons, des bruitages pour meubler le silence.

Quant à Gaston, il en obtient seulement des réponses rachitiques, des fragments de phrases bredouillées hâtivement le long du Fil. Le veilleur, sans doute lassé par ce délai indéfini, s'en est retourné à ses tâches quotidiennes. Après tout, l'aide du forgeron n'est pas réservée au ferrailleur exilé, elle se révèle même indispensable à tout Port-Celeste. Faux et serpes se fendillent à force de mordre les cavernes où les champignons effectuent leurs croissances silencieuses et fragiles. Puis, il y a ces toits qui se trouent et ces portes qui s'éventrent sous la pression des intempéries violentes qui balayent la cime des décombres. Des travaux de raccommodage qui accaparent l'attention de son dernier ami des hauteurs, et qui oblige celui-ci à abandonner le banni dans ses profondeurs.

La solitude écrase Loup.

Le sentiment d'isolation n'est brisé que trop rarement par la jeune Marlène. Quand celle-ci n'est pas occupée, elle se réfugie auprès du nouveau venu et le couvre de questions à propos de sa vie de perché et de ses devoirs de ferrailleur. Loup s'est improvisé mentor, tentant d'initier son apprenti aux subtilités de sa tâche. À sa grande surprise, il ne s'avère pas un piètre professeur, et Marlène, malgré sa langue acérée et son irrévérence instinctive, boit ses leçons. Dans l'intensité de l'intention qui émane de l'adolescente, il lui semble apercevoir un jeune Loup admiratif devant un Brénard éloquent.

Bien souvent, la gringalette disparaît et ne resurgit qu'au moment du coucher, éreintée par une journée à officier à travers la manufacture. La plupart du temps, elle s'en retourne d'une humeur enjouée, puisant une énergie d'un de ces fonds insondables réservés aux enfants, mais par instant, son sourire s'inverse et devient une grimace que Loup redoute.

Parfois la contremaîtresse sollicite son service, les jours de poisse comme elle les surnomme.

« Elle me fait trier des parchemins par leurs couleurs, pendant des heures, arranger les outils selon leurs taches de rouille, et dénombrer les sacs de patates encore présentables. Et c'est toujours ma trogne qui est en charge de cette sale besogne, parce que je suis la seule à savoir compter parmi la marmaille. En plus, je dois la fermer, c'est le plus dur. Si je cause trop, elle tourne ses grosses lunettes vers moi, et j'ai peur qu'un truc en surgisse pour me battre. Bien qu'elle n'aurait pas besoin d'aide pour ça, je l'ai déjà vu en décoller un à Parmie après que celle-ci a déblatéré une de ses blagues dégueulasses. Du coup, Parmie garde cousue sa bouche devant la patronne, et ça c'est plutôt une bonne chose. »

Si l'envie d'exprimer son opinion à la contremaîtresse concernant l'exploitation subie par Marlène le démange, il ne s'y résout pas. Peut-être par peur d'un second exil, ou par crainte d'empirer le fardeau de sa colocataire. De toute manière, il croise peu l'acariâtre meneuse, à part pour ses brèves apparitions lors des dîners du soir. Trop souvent, durant de ces repas nocturnes, son regard pesant s'attarde sur le ferrailleur, et celui-ci a pris l'habitude de s'enfuir aussitôt pour éviter la désagréable inquisition.

Ses rares moments d'oisivetés, il les gaspille en balades vaines vers les frontières de l'étage, à la recherche d'une alternative, une autre sortie, une échappatoire à ce Labeur dont il ne comprend pas la nature, mais la brume est un rideau fermé, un rempart hermétique défiant ses projets d'escapade. Et parfois, il erre dans le dédale des demeures métalliques de la manufacture, s'enfonce dans les réseaux souterrains où les villageois cultivent à la lumière de bizarres cristaux d'argent un éventail varié de légumes et de céréales dont la découverte a produit chez lui un enthousiasme franc, vite transformé en indifférence après de trop nombreuses visites. Quand il a demandé à Lourse l'origine de ces étranges minéraux luminescents, le vétéran est resté muet, à part un soir où, rendu jouasse par sa fumette chronique, il lâcha d'un ton amusé : « Ce sont les cristaux du matin, notre secret contre la houle. Pas comme vos lumineuses, le soleil est trop timide ici-bas pour fabriquer vos jus et vos bombes. Mais, dans les ténèbres, il y a des rayons qui jaillissent. Ceux des cavernes n'en représentent qu'un faible éclat. Crois-moi. »

Le fondement de cette énigmatique déclaration lui est révélé après plusieurs nouveaux cycles de veilles sans fin. Ils se trouvent à mi-chemin du gouffre, Pétiot évoque ses douleurs stomacales passionnantes à son jumeau, en prenant parfois à témoin Loup. Enfin peut-être Pétiot, le ferrailleur ne sait plus, l'astuce de Marlène a échoué depuis longtemps, car il a oublié qui était le grand du petit, par paresse. Alors chaque jour, il décide arbitrairement que l'un est l'autre, et vice versa. Aujourd'hui, Pétiot est le grand, et la discussion du gros barbu l'irrite, elle l'atteint irrégulièrement, des babillages qui rongent sa quiétude et le gênent dans sa quête d'abandon, et dégagent la même nuisance qu'un enfant secouant jambes et bras d'un adulte désintéressé.

Un pinceau gris orage a balayé le plateau, peignant la mine d'une teinte cataclysmique plus prononcée que les jours antérieurs. Les effluves industriels exhalés par le gouffre assombrissent le paysage d'une nuance subtile, elles qui la veille toussaient des nuages chargés et malades visibles à des lieux. Un malaise a bien traversé le perché quand il s'est arraché à son lit ce matin-là, mais dans le cocon étouffant de ses certitudes quotidiennes, Loup a ignoré les picotements qui lui malmenaient l'échine.

Pourtant, à mi-chemin, Lourse et lui-même font halte comme un seul homme, suivi avec un cran de retard et un air ahuri par leurs deux compagnons. Les regards du ferrailleur et du vétéran sont voilés d'une inquiétude primitive, leur attention aspirée par un point lointain, au-delà des mines et des altérés.

Au loin, l'horizon s'approche.

Des serpents colossaux se trémoussent en éphémères danses joyeuses, des créatures fumeuses enfin libérées de leurs entraves invisibles. Des langues de brume qui se propulsent, affamées, à travers l'étage, accompagnées du tremblement sourd des pleurs des géants, riches d'octaves graves et de terreurs anciennes. La houle noire renaît de son berceau des profondeurs.

Les quatre camarades insultent les alentours d'une même voix puis Lourse dégaine d'un geste fébrile un sifflet métallique dont il fait retentir le cri strident avec vigueur. On doit l'entendre à des kilomètres à la ronde, et c'est tant mieux juge un Loup aux oreilles bourdonnantes, car il faut se mettre aux abris.

Émergeant de la mine par groupes compacts, les mineurs se précipitent vers Lourse en une foule de fourmis effrayées. Ils connaissent la nature de l'alerte. Leur état étrangement apathique ne les empêche pas de craindre la marée de la brume, le cortège spectral qui l'escorte, et ses conséquences funestes. Une dizaine de longues minutes s'écoulent tandis que les veilleurs contrôlent la fuite de leurs protégés, Loup jetant des œillades anxieuses vers le tsunami fumeux qui compresse l'horizon. Finalement, les altérés les atteignent et les dépassent sans halte, à peine gueulent-ils quelques exclamations inquiètes et quelques insultes paniquées.

Ils parviennent à l'escalier surplombant la fonderie en un temps record, malgré la claudication de Lourse qui entraîne des jurons tonitruants à chaque foulée bancale du vétéran, et qui a obligé Loup à agripper son bras sur les derniers mètres, provoquant davantage de jurons et d'insultes indignées de la part du vieillard. La manufacture est vide de son peuple, mais pulse d'un sentiment d'urgence, que la charge des mineurs intensifie. Ils s'engouffrent dans le village fortifié d'un pas solidaire, et disparaissent bientôt dans ses ruelles rutilantes. Lourse guide Loup sur leurs traces, le menant jusqu'à la trappe des cavernes agricoles.

« Mime ma trajectoire. Et ne me perds pas de vue dans les couloirs, je t'emmène dans l'antre du matin.

— Dans quoi ? »

Mais Lourse ne lui répond pas, il s'est déjà engouffré dans le passage, clopinant de marche en marche à une vitesse surprenante. Le ferrailleur peine à le suivre, les couloirs souterrains sont étroits et surtout bas, il faut se pencher pour les emprunter, les épaules frottent les parois métalliques. Puis il y a du vacarme, l'écho assourdissant des fuites précipitées vers ce refuge inconnu. On beugle, on crie, on larmoie, et on s'engueule, on se rentre dedans. Au détour d'une coursive, Loup aperçoit des cavernes aux plafonds bossus où les cristaux de lumière clignotent, affolées par la houle noire. Il résiste à la distraction, conscient que Lourse peut lui échapper à tout moment. Son guide se fraie un chemin brutal à travers la foule dont la densité grossit à chaque instant.

Finalement, une lueur envahit le réduit où Loup progresse, courbé au point d'en être presque à quatre pattes, une douce radiance chaleureuse qui palpite, provenant d'une source proche. À quelques pas, derrière les larges carrures des altérés qui ne parviennent pas à cacher cette illumination inattendue. Le bouchon humain s'amenuise devant Loup au fur et à mesure, et bientôt, il se faufile dans une rotonde troglodyte, surpeuplée de tous les habitants de la manufacture. Côte à côte, ils se tiennent tête basses, murmurant avec excitation. Un éclat chaud baigne leurs faces inquiètes pour y gommer toutes traces de terreur et d'épuisement, il radie du centre de la pièce où, sur un piédestal élégant et orné d'argent, trône un cristal monumental qui diffuse par vague une clarté généreuse.

Un soleil pétrifié. L'antre du matin.

Proche du rocher précieux, car Loup ne peut dignement considérer autrement le diamant, la contremaîtresse, juchée confortablement sur une chaise en bois couverte d'un drap en laine moelleuse, jauge ses travailleurs debout devant elle, sa sévérité habituelle brillante sous la surface des verres de ses binocles.

Il y a encore un peu de remue-ménage, Pétiot et Bertrand bousculent sans ménagement les altérés pour se glisser auprès de leur cheffe tandis que Lourse se place fermement devant l'entrée. Plus personne ne rentrera. Une main se referme sur celle de Loup, et rassuré, le ferrailleur constate la présence de Marlène, qui lui adresse une grimace de bienvenue. Elle a le front noir de boue, où se dessinent des rigoles de sueurs, et une plaie barrant sa paume, à peine bandée.

« Ce n'est rien, j'ai été maladroite en maniant une cisaille », confie-t-elle tout bas.

Une fièvre traverse la foule, des bouches frissonnantes d'une même question, dont le sens, étouffé par le vacarme, échappe à Loup. Une femme la lui chuchote finalement à l'oreille :

« Qui sombrera ? »

L'interrogation énigmatique se répand comme une eau sauvage parmi la cohorte. Elle porte en elle une excitation morbide, un plaisir néfaste que Loup met un instant à qualifier de cruauté.

Soudain, Lourse tonne de sa voix qui grésille, un impérieux « Chut ! » qui souffle les bavardages comme un vent colérique. Loup en comprend vite la raison : la contremaîtresse s'apprête à parler.

« La houle noire est sur nous. Elle déchire nos toits, attaque nos instruments, souille nos plantations. Elle s'infiltre dans nos grottes, câliner de ses bras gris nos récoltes, ordonnant leur pourriture ou leur empoisonnement. Ce n'est pas un bon jour pour le Labeur. »

On acquiesce en échangeant des hochements de tête entendue, on agrée en se tournant vers le voisin pour partager le drame.

« Si rien n'est fait, nous perdrons tous. Nos lits et nos repas, nos objets précieux et nos ustensiles. Et pire, nous perdrons le fruit de nos travaux, gâté par la brume des géants d'en bas. »

Sa voix tonne et se réverbère sur les parois de la rotonde souterraine, l'écho multiplie le débit de l'oratrice, on dirait que cent contremaîtres proclament, et ce tourbillonnement porte la clameur dans toute sa puissance à chaque individu présent. Il lui semble un instant que la contremaîtresse est penchée sur lui, déversant son prêche directement dans le creux de son oreille, comme un secret chuchoté seulement à lui, Loup, son homme de confiance. Quand il la scrute, figure frêle qui pourtant plie la lumière du soleil pétrifié, il se persuade être le sujet central de son attention. Mais un coup d'œil sur la face inquiète de Marlène et sur les visages extatiques ou concentrés de ses voisins, et il devine que tous partagent son sentiment.

« Alors, je vous le demande, mes chers camarades, qui sombrera pour nous tous ? Qui sombrera pour nous préserver de la catastrophe, de la chaîne brisée du Labeur, du délai irrécupérable ? Qui en possède le courage ? »

La dernière interrogation demeure suspendue dans l'atmosphère tendue de l'antre du matin, immortalisée par la verve magique de la contremaîtresse. À l'écho naturel, succède un autre, le jacassement fébrile du public. Tous rabâchent la formule, et remplissent la caverne d'un vacarme de chuchotements. Ils adressent des attentions tantôt craintives, tantôt encourageantes vers leurs proches, des invitations silencieuses à répondre « C'est moi, c'est moi qui sombrerai », poussent des coudes, frictionnent des épaules pour obtenir une affirmation. L'effervescence enfle comme une vague nourrie par la houle noire dont on entend le sombre sifflement à travers la rotonde, et les gesticulations s'accentuent, et l'on se bouscule bientôt, et l'on s'empoigne en gueulant presque la question. Un rustre pose une paluche brutale sur Marlène, ses lèvres écumantes, et Loup lui arrache les doigts avec une rage qui lui était inconnue, celle d'une bête sauvage tapie dans son inconscient.

Finalement, Pétiot, le grand jumeau du jour, frappe le cristal solaire à l'aide d'une piochette qu'il garde constamment à sa ceinture et dont Loup s'est longtemps interrogé sur son utilité. Un fragment conséquent en tombe en un spectacle de lumières outrées, une pièce qui rivalise en taille avec la grosse caboche du fracasseur. Celui-ci se baisse rapidement pour emmitoufler le morceau dans un bout d'étoffe, avant de le tendre à sa cheffe.

Elle brandit un sceptre d'obscurantine, délicatement forgé et orné de symboles raffinés. Deux griffes fines surmontent le manche. Acérées, elles semblent prêtes à piéger une proie, et bientôt, la contremaîtresse y enchâsse le grossier diamant, à la lueur encore voilée par un chiffon.

« Qui sombrera ? » répète-t-elle en levant haut l'artefact, mais cette fois la demande est impérieuse, elle requiert une confirmation immédiate.

Un altéré s'avance, écartant la foule fermement et avec la facilité d'un homme traversant un rideau de soie. Loup le reconnaît : des mineurs, il fut le seul à avoir témoigné de l'affection pour Marlène. Il a le visage hagard maintenant, les cheveux hirsutes et suants, le front gluant. Sans hésiter, il empoigne le bâton lumineux tendu avec insistance par la dirigeante.

« Je sombrerai, murmure-t-il.

— Parfait. Le Labeur pourra continuer grâce à vous. »

Puis, sans plus de cérémonie, l'élu se tourne, et se précipite à toute jambe à travers la rotonde, passe près du ferrailleur et s'engouffre dans les couloirs. Loup se rappelle le père de Gaston, son départ muet vers la mort devant leurs yeux, et poussant une injonction alarmée à Lourse, il amorce une intervention, mais on l'agrippe. C'est Bertrand, planqué dans la masse compacte.

Le poing de Loup déloge le malotru, qui valdingue maladroitement pour s'écraser dans les corps statiques, puis, propulsé par l'urgence vitale d'aller sauver le suicidé, Loup bondit à travers les spectateurs interdits, qui réagissent en s'éloignant comme on fuit une bête sauvage. Sa poursuite désentravée par la foule, il s'y enfonce lentement en rugissant de colère et de peur, et finalement atteindre Lourse, de retour à sa garde, qui grommelle une injure inquiète. Il sait qu'il ne retiendra pas le ferrailleur, le coriace est athlétique, sa carrure élancée n'est qu'une façade : la grimpette a fondu la graisse pour ne laisser que des muscles tendus et nerveux. Pourtant le courroux de Loup cesse brusquement. Quelqu'un tire son Fil, et ce n'est pas Gaston.

« Cessez donc votre spectacle ridicule, Maître ferrailleur. »

La contremaîtresse, qui s'est glissée à quelques pas de Lourse, tient le fin cordon invisible. Elle l'accole entre le pouce et l'index, dédaigneusement, à un nouvel instrument, une lame ébène qui grésille au contact du Fil.

« Abîmer vos outils serait regrettable, pour vous, comme pour nous. Mais si vous perdurez dans vos agissements hystériques, je n'hésiterai pas à trancher le dernier lien qui vous relie à votre lieu d'origine.

— Vous le saviez ?

— Vous n'êtes pas un menteur très compétent. J'ai rencontré bien des individus de votre profession, maître ferrailleur. J'ai appris à repérer leur petit secret. Nous sommes toujours parvenus à un accord. Nos méthodes diffèrent, mais nos objectifs sont les mêmes : la survie. Si vous vous calmez, je vous promets une entrevue qui éclaircira les événements de ce soir. Mais laissez donc notre élu s'acquitter de son louable sacrifice sans intervenir non nécessairement. Et cessez de violenter mes employés. »

Le ton s'est adouci sur ces dernières consignes, elle tente de concilier la violence de Loup comme on amadoue un enfant. La honte traverse celui-ci, puis la peur face à sa lame appuyée contre son Fil, son fidèle instrument et compagnon de toutes les descentes.

« Je déteste me répéter », conclut la contremaîtresse, et cette fois-ci ses mots tranchent comme une dague.

« Très bien », abandonne Loup.

Dans les boyaux de la caverne souterraine, les assauts de la houle apportent leurs sombres cacophonies, les soupirs des fantômes, les pleurnicheries des géants qui cauchemardent, et les balbutiements absurdes des oubliés. Les rafales claquent contre les parois, en quête d'un chemin vers la foule compacte d'âmes saines et appétissantes à corrompre. Loup peut s'imaginer la marée noire fumante et écumante, qui se frustre à gratter les murs, à pénétrer le cœur des fruits et des légumes souillés, à percer l'acier des portes, et à se ratatiner contre l'obscurantine de certaines bâtisses. Il pense à cet altéré courant dans cette tourmente, brandissant ce sceptre étrange, sa chair harcelée par les spectres inférieurs qui s'immiscent tels des vers charognards sous sa peau, pour grignoter son esprit, dévorant tout, noircissant la matière et l'immatière de son être. *Il n'en restera rien*, s'afflige Loup. *Non, il ne restera rien de ce travailleur acharné, qui a œuvré sans compter pour le Labeur, pour aider ses compagnons, pour offrir à la manufacture les ressources vitales à son existence. Abandonné par les siens, qui l'ont laissé se carapater vers sa mort, sans avoir l'excuse de l'enfance, comme Loup et Gaston. Et pourquoi ?*

« C'est fait. Que ce mineur, officiant depuis vingt-deux ans, soit célébré pour son sacrifice. Le Labeur est sauvé. »

La louange est suivie, de sonores proclamations s'élèvent pour fêter cet honorable sacrifice humain, mais Loup, à l'écart, prostré dans une bulle solitaire et furieuse, est tiraillé par une interrogation. Par une question essentielle pour les ferrailleurs lorsqu'ils croisent un oublié perdu dans les tréfonds, proche de chuter à tout jamais dans l'abîme que les brumes ont creusé en lui-même. Par une interrogation ordinaire, capable d'inverser son supplice, et du brouillard glacial qui obscurcit son esprit, pour l'arracher de la torture, ne serait-ce qu'un instant, mais un instant de clarté et de répit. Oui, une simple objection à la damnation et que la foule, sidérée, oublie : son nom.

Quel était son nom ?

C'est dans une attente habitée de mouvements furtifs et de bavardages étouffés que les villageois anticipent l'ultime rugissement de la houle noire. Quelques heures, où Marlène se presse contre Loup, ses traits affaissés, comme si la déplorable situation pesait de tout son poids aux corniches de ses paupières, se balançant pour y figer un air triste. Elle ne pleure pas cependant, pas de reflet humide captant la clarté de la pierre solaire fracturée. Auria, elle, avait la larme facile, presque éternelle, au bord de l'œil. Parfois, elle accompagnait leur hilarité, expulsée de son refuge d'un rire tonitruant, et parfois, elle suivait des mélancolies soudaines, comme le filament brillant qui sinue derrière les étoiles filantes.

Finalement, l'orage s'éloigne plus qu'il ne dissipe. La houle quitte le niveau pour s'élever à l'étage supérieur et continuer ses ravages aveugles. Dans la grotte, on n'entend plus que les clapotis lourds, qui choquent le sol non pas en ploc mouillé, mais en gémissements spectraux et en murmures de damnés. On attend encore un peu, et les dernières plaintes s'effacent à leur tour. Alors, la foule se lève, se salue et sans cérémonial part de la rotonde, désordonnée, mais sans panique ni bousculade.

La contremaîtresse demeure, rejointe par Lourse qui toussote et soupire, tripotant la pipe qui dort dans sa poche. Pétiot et Bertrand jacassent dans leur coin, communiquant à l'aide de meuglements fâchés et de hochements de têtes concernés vers le ferrailleur. Le plus haut malaxe sa mâchoire cabossée, dont jaillit une rigole de sang, une timide cascade rougie. Il s'est bouffé la lèvre sous la pression du poing de Loup. Celuici ne s'inquiète pas, les deux jumeaux ne sont pas du genre à garder rancune. En outre, l'agresseur a répondu au comportement cavalier de Pétiot, le grand du jour, il ne l'a pas provoqué. Sa brutalité, regrettable, lui paraît justifiée, même si elle le trouble : pour la première fois, il a frappé un homme sain, un individu encore libre de la corruption de la brume, de l'oubli enragé qu'elle injecte dans ses victimes.

Les pensées préoccupées par cette constatation qui le désole, Loup marche vers la contremaîtresse d'un pas incertain, abandonnant Marlène pour le temps d'une discussion difficile.

« Nous parlerons demain, Maître ferrailleur. La houle noire souffle sur notre travail des centaines de problèmes, des tracas que je dois identifier, traquer et éliminer. Et en toute hâte. Vous viendrez à mon bureau à la première heure. Maître Lourse se passera de vos services, au moins pour quelques instants. En attendant, je vous invite à regagner votre domicile et à vous occuper jusqu'au dîner. Aujourd'hui est un jour inutile et catastrophique. Il n'y aura pas de Labeur. »

La convocation sied à Loup, trop bouleversé pour affronter l'autorité des verres éblouissants derrière lesquelles le visage austère de la dirigeante se cache. Il s'écarte de la sortie en signe de paix, et le duo s'avance. Lourse s'approche en claudiquant, et lui confie en un grognement brisé, une main agrippant son épaule.

« Je sais que c'est dur Loup. Mais ce n'est pas tes hauteurs ici. Le ciel a filé trop loin de nos toits pour nous garder de la houle. On est condamné à la combattre de face. »

Il grommelle, indécis, sur le point d'ajouter quelques mots, une formule qui expliquerait tout, puis se ravise, et disparaît à son tour dans les coursives dont l'obscurité engloutit sa silhouette qui clopine.

Loup marche près du cristal énorme, et l'effleure de la paume, ses articulations endolories par l'assaut précédent se desserrent avec peine. La lumière s'avère froide, mais quand celle-ci frise sa peau, il éprouve un chatouillis agréable et non un frisson glacé. Comme un baiser offert en plein hiver, comme le chatoiement d'une lune têtue perçant de sa blancheur éclatante le rideau de la brume, ou comme la fraîcheur d'une main aimée caressant tendrement l'échine. Une légère chaleur s'y glisse, oscille par petites pointes timides, et ravive par ses altérations la sensation nostalgique. Elle évoque ces braises qui craquent en flammèches des soirées hivernales, et qui dansent paresseusement dans l'ébène de la nuit.

Loup accueille cette mélancolie, il s'y loge même, s'allonge près de la roche, et laisse ses souvenirs le submerger comme un manteau protecteur, une carapace où il pourra crier en paix.

Marlène s'approche à son tour, à pas courts et prudents, épiant le ferrailleur aux yeux déjà clos, et se love près de lui, son front sur son torse. Sans s'assoupir, elle écoute son cœur, ses soubresauts discrets.

Sixième rêve

Il n'est pas revenu. Le temps s'écoule, et Brénard ne pointe pas sa tête blanchie par l'âge. Une demi-année entière depuis qu'il est parti explorer les autres décombres, celui d'où vient Auria. Celui dont il ne revient pas.

Ce jour-là, j'ai seize ans, je suis révolté. Mes nerfs sont des fils tranchants qui me torturent et m'excitent. Je rêve de liberté, de grandeur, et j'attends, inquiet, le retour de Brénard pour l'engueuler. Il m'a laissé seul dans les hauteurs. Je regarde avec animosité mes voisins, qui semblent s'en moquer, qui s'affairent à leurs occupations quotidiennes, et jettent parfois leurs attentions soucieuses sur Gaston, Auria et moi, espérant sans doute que l'on se substitue à Brénard, qu'on endosse sa tâche, à fouiner dans les plateaux inférieurs en quête de conserves, de poussières d'étincelles et de bric-à-brac clinquants dont ils dépendent pour survivre, et surtout pour sourire.

Les premières récoltes de champignons et de patates ont été extraites de leurs socles terreux, dépoussiérées des pailles métalliques et stockées dans des barils hermétiques. Nous avons aidé. Surtout Auria et moi. La Forge monopolise Gaston, il a besoin de muscles supplémentaires pour soutenir Brénard et il se fait vieux, le forgeron, rachitique, sa peau a des couleurs suspectes et sa bouche des crachats purulents. Le médecin qui subsiste du binôme amputé n'est pas très optimiste.

Chaque jour, je demande à Gaston : « Alors, Brénard ? » et il me répond invariablement : « Il a parlé, c'est bon ». Sans m'en dire plus, faute d'en savoir davantage. La Forge garde secret l'avancement de Brénard, pour ménager nos espoirs, et nos craintes.

Mais les tressaillements de mon cœur ne mentent pas. Je le sens, l'idiot m'a abandonné, il s'est carapaté pour sombrer dans un creux des autres décombres. Il m'a suffi de le contempler peu avant son départ, les rides disgracieuses, les plis cruels sous ses sourires factices, les cernes gris, et surtout, l'absence de cette lueur dansante et fanfaronne, cette flamme de bonimenteur qui emplissait ses pupilles. Il s'en allait pour ne pas revenir, incapable de supporter un instant supplémentaire la vie d'en haut, cette survie vaine, et d'attendre que La Forge, son meilleur ami, agonise sous ses yeux. Vide le Brénard, plus de blague pour meubler son angoisse.

Je me tiens proche du pont par lequel Auria est arrivée. On l'a coupé après leur passage, ne gardant qu'une seule liane comme lien entre les deux tours de détritus. Je ne vois pas le versant opposé, mais je l'imagine. Je fantasme son ossature de poutres épaisses, ses plateaux de cendres rutilantes, ses orifices secrets menant à des domaines interdits, où dorment les oubliés d'Auria, ses anciens voisins perdus dans la brume. Il doit y avoir des cages pour descendre, je les rêve dorées, tapissées d'une moquette éternellement douce, lissées par la pluie et la brise. Je contemple Brénard se glisser dans des tunnels escamotés par la roche, après avoir descellé une dalle millénaire, se faufiler dans les entrailles de ces autres décombres, l'œil illuminé, détectant des portes dérobées, des hangars enfouis couverts de fresques grandioses narrant des temps révolus, comme ceux qu'il nous contait plus jeune, ou ornés de sculptures immémoriales, des visages ancestraux qui regardent l'intrus, le représentant du futur de l'humanité, de leurs iris de pierre.

Cela me réjouit, un instant avant que le chagrin me submerge telle une vilaine plaie qui refuserait de cautériser. Alors je crache dans le néant, puis j'enferme ma colère et mon deuil, que je sais non prématuré, à double tour dans ma coquille intérieure, et je quitte le pont pour rejoindre mes amis.

Installés près de la poutre, mes deux compagnons sont assis sur une vieille couverture élimée, côte à côte, silencieux. Gaston s'anime en me voyant, pas Auria, dont les larmes ont gonflé en une fine cascade cristalline.

« Loup, Brénard est… commence Gaston.

— Chut. Il le sait depuis longtemps, intime Auria.

— Mais comment… Il faut bien que je lui dise Auria », insiste mon ami, désemparé face à l'étonnante rancœur.

« Pas la peine, imbécile. On le sait. Brénard a péri. On le sait qu'il a sombré là-bas. La Forge côtoie tellement la mort qu'il embrouille sa lecture du Fil. Il confond les tremblements d'agonies avec les vibrations des vivants. »

Gaston baisse la tête. Auria le toise un instant, sévère, puis sa colère s'évapore en un long soupir grelottant. Ses doigts caressent bientôt l'immense dos de l'échalas.

Moi, je me tais la gorge sèche, les yeux secs, l'esprit sec comme un désert. Je voudrais saisir Auria pour l'étreindre ou l'étrangler. Alors mes pas me guident vers la poutre, un automatisme, mais au bord du précipice, j'hésite. Auria, non, elle me contourne et se précipite sur l'extrémité de la langue de ferraille. Celle-ci ne grince pas, le vieux bout de métal ne grogne jamais en présence d'Auria. Elle m'a assuré un jour qu'elle et lui ont passé un accord secret.

Elle se tourne vers moi, la main tendue.

« Tu te rappelles ta promesse, Loup ?

— Oui », murmuré-je, et je la laisse m'entraîner.

Nous marchons un instant. L'équilibre est parfait, les funambules synchronisés à l'infime seconde. La danse nous est connue, les pas inscrits dans nos cuisses, même s'il s'agit de notre première fois à deux sur la poutre, qui s'abstient encore de grincer. Domptée, la ferraille affamée, la bouffeuse d'oubliées et de suicidaires.

« Elle a deux têtes cette promesse, Loup. Quand j'aurai besoin de toi, je t'appellerai, et tu répondras, n'est-ce pas ? »

Ceux qui ont été mordus

Le lendemain, Loup tarde à visiter la contremaîtresse. Il ressasse les événements de la veille, comme on travaille une dent douloureuse de la pointe de la langue. Son rêve contribue à son mal-être, et il hésite. Comme devant la poutre, il a peur du vertige, de la présence écrasante et dominatrice que dégage la patronne de la manufacture.

Sa faiblesse l'irrite, il fulmine. Il préférerait affronter la gueule puante de Gueule blême une nouvelle fois plutôt que les verres étincelants qui se cachent dans ce bureau trop ordonné.

Finalement, il se décide et sort. Il se presse, à chaque pas, il sent son courage filer par ses orteils et s'enfuir au loin. Si le trajet s'éternise, il s'effraie de ne plus parvenir à soulever ses jambes, ramollies par de sournoises boules d'angoisses qui s'amassent dans ses veines.

Il gravit l'escalier, et toque timidement sur le battant renforcé d'obscurantine, qui absorbe les chocs pathétiques pour les réduire aussitôt à l'inaudible. Loup se frotte les yeux, maudit le ciel grisâtre, et s'annonce une fois encore, cette fois-ci en y injectant de la force supplémentaire. Il émet même un piteux « C'est Loup ». Il doute que la déclaration traverse l'épaisse porte métallique.

« Entrez ! »

L'injonction sonne haut, elle s'élève et retombe comme un couperet à la lame forgée d'impatience, d'autorité affirmée et d'un fragment savamment dosé de mépris.

Loup obtempère. L'étude de la contremaîtresse n'a pas bougé d'une poussière. Il lui semble que le temps s'y est figé depuis leur dernière entrevue. Les objets solidement fixés à leurs emplacements respectifs, les mêmes documents en paquets rectilignes sur le bureau, et l'occupante elle-même, assise dignement dans son fauteuil parfaitement aligné sur l'entrée. Comme pour prolonger cette symétrie à la rigueur arrogante, la contremaîtresse ne se détourne pas du parchemin qui monopolise son attention pour jeter un regard sur Loup.

Bien sûr, son indifférence est factice, comme cette ambiance sobre et sèche. Ou plutôt, elle est volontaire, construite pour intimider le visiteur, déchirer toute illusion de confort ou d'égalité. L'effet est contraire pour Loup, cela inverse son anxiété en une colère sourde. Il déteste cette mise en scène injuste et le spectacle inhumain de cette pièce sans vie, engluée dans une propreté trop ostensible.

« Votre scandale de la veille est déjà oublié, Maître ferrailleur. Je sais que pour vous autres, peuple des hauteurs, notre mode de fonctionnement paraît choquant.

— Alors vous saviez que je mentais pour mon Fil. Et pour le reste ?

— J'ai une connaissance profonde de votre occupation, et de ses instruments, Maître ferrailleur. Je n'ai jamais réussi à comprendre les mécanismes de votre équipement, et pour tout vous dire, je n'y porte que peu d'intérêt. Ce sont des outils fragiles et archaïques, et vos potions et explosifs ne sont pas réalisables ici-bas. Vous ignorez sans doute qu'en ce moment même, votre *jus de soleil* tourne. Bientôt elle se réduira à une eau plate à peine scintillante. »

Des années de Descente ont rendu le ferrailleur fier de son arsenal, et de l'expertise qu'il acquit dans son utilisation. En effet, il ne saisit pas les arcanes ancestraux qui animent le Fil, et, enfant, l'origine de ces bobines énigmatiques l'a obsédé. Brénard en possédait une dizaine, dénichées lors de ses périples, qu'il conservait pour les attribuer aux futurs funambules. Tous les farfouilleurs des profondeurs en utilisent un, une attache sereine pour les sauver de la Chute. Un objet salvateur pour ses camarades et lui-même pendant leurs combats avec le vertige, que la contremaîtresse, otage de son bureau fortifié, méprise. *Elle l'aurait tranché sans hésiter*, songe Loup. Il se félicite de l'avoir caché avant cette entrevue, dans la terre et les replis d'une toile couchée devant sa demeure. Mais la condescendance de la dirigeante l'irrite.

Alors il change le rapport de force, il s'avance d'une foulée déterminée, il impose ses paumes sur la table impeccable, sans excès, juste la brutalité nécessaire pour déranger l'ordre statufiée des parchemins, et il domine la contremaîtresse assise.

« J'ai confiance en mes outils. Ils ne requièrent pour fonctionner que mon habileté et mon courage. Ni ma vie ni mon âme. »

On penserait les deux interlocuteurs soudainement muets. Loup patiente, il attend une interjection, mais la contremaîtresse s'y refuse. Elle le toise, les lèvres pincées et inamovibles. Alors Loup joue l'ultime bravade face à cette figure autoritaire aux principes monolithiques :

« Et cessez de m'appeler maître ferrailleur. Je me nomme Loup. »

Le défi ranime son opposant. La créature se déploie sur le bureau, une main agile réinstitue méticuleusement l'alignement indispensable à ses documents, sa langue claque, un son presque métallique, et une inclinaison modifie le rempart opaque de ses verres, une variation qui révèle deux ovales d'un bleu azur, céruléen, vertigineux. Un instant, il semble à Loup que le vent des cieux bat sur ses oreilles, le bouscule alors qu'il chemine, prudent, imprudent, sur la poutre.

« Très bien, Loup. Vous n'êtes pas le premier perché qui daigne visiter nos profondeurs. Nombreux furent les ferrailleurs, et autres pèlerins d'ailleurs, qui traversèrent la manufacture avant vous. Tous cherchaient des réponses, en quête d'une vérité sur les titans des brumes, ou d'un objectif à cette course épuisante qu'est notre survie. Frustrés par les hauteurs, comme vous.

— Ils ne nous ont jamais rien dit.

— Et pourquoi ? Ils vous fuyaient, comme vous fuyez les vôtres. Mon propre prédécesseur endossait votre tâche dans sa jeunesse. Aussi honorable soit-elle, il s'est défroqué de votre attirail dès que le contremaître d'alors lui proposa sa place. Un but, un objectif, un dessein. Voilà ce qu'offre la manufacture. Ici, nous ne nous jetons pas dans les nuages, nous ne patientions pas devant quelques tiges de ferrailles branlantes, hésitant sur la nature de notre suicide. Ici, nous œuvrons pour l'avenir.

— Mais qu'est-ce que vous fichez donc ?

— L'obscurantine et les cristaux du matin, Loup. C'est le secret. L'arme qui nous permettra de réduire à néant la menace des géants d'en bas.

— Vous voulez les détruire ? »

Elle se gausse, crissement de craie qui s'éternise dans les tympans révoltés de Loup.

« Les détruire ? Quel enfantillage ! Pardonnez mon honnêteté, mais vous autres, les perchés, vous êtes des arriérés. Quand une force magistrale, une puissance indestructible se présente sur votre seuil, ou plutôt au-dessous, on ne l'anéantit pas. On la dompte. On l'instrumentalise. La puissance des titans sera nôtre, Loup. »

Interdit, le Loup. Soufflé par ces propos comme la flammèche d'une bougie sous une cascade d'eau glacée.

« Vous êtes folle si vous croyez maîtriser ceux qui dorment, et la brume qu'ils exhalent. Vous serez dévorés.

— Ne vous improvisez pas oracle, les fondations de votre pronostic sont branlantes. Personne ne connaît leurs origines, leur nature, de quel miasme ignoble ils se sont échappés, quelles mains géniales les ont façonnées. Car, et je sais que vous partagez avec moi cette notion, ils ne sont pas nés du hasard. Et je la découvrirai par la science bien sûr, et surtout, par la foi en mes supérieurs. Et tant pis si cela agite un peu trop le sommeil de ces grands fainéants. »

Elle se tait, tapote de ses doigts impeccables le bureau, un geste pour exorciser les soudains frémissements de sa gorge qui hérissent sa voix de notes aiguës.

« Mais je ne vous livrerai pas tous mes secrets, ferrailleur. Si je m'égarais en confession imprudente, qui vous empêcherait de grimper, affolé, dans vos petits villages perdus dans les plateaux, prévenir vos voisins et vos familles, et dérober notre projet ? »

Loup ignore cette dernière remarque. Il doit partir, maintenant, il le sait. Il doit les quitter, et au plus vite. Mais comment ?

« Vous êtes la cause des houles noires ?

— Il semblerait que nos prospections agissent sur les titans comme des petites piqûres, des démangeaisons qui les agitent. Nous ne faisons que presser l'inévitable pour nous en sauvegarder. N'oubliez pas que contrairement au peuple des hauteurs, nous subissons toute l'ampleur de leurs réactions. C'est un risque que nous sommes prêts à courir.

— Quand même », soupire Loup.

La bataille est perdue. Jamais la contremaîtresse ne modifiera ses méthodes. Ses plans, son organisation et son ambition sont inaltérables. Jamais les mineurs ne cesseront leur industrie fatidique. Tout à leurs exaltations suicidaires, ils fouilleront jusqu'au cœur des décombres. Jamais les travailleurs ne refuseront le Labeur. Ils humeront la puanteur de la fonderie à pleins poumons. Serviles, ils afflueront quand leur maîtresse sonnera sa cloche, pour ensuite s'abandonner à l'ivresse, et son amnésie passagère, le soir venu.

Nul homme ne peut défaire à lui seul une manufacture. Dénué d'offensive pour renverser l'ordre établi, il ne lui reste que la fuite.

« Je partirai. Dès que la brume ne me laisse qu'un interstice où me glisser, je partirai.

— Bien sûr. Votre service a été apprécié. Vous avez supprimé la manifestation hostile de ceux qui dorment, libérant nos mineurs d'une menace invisible. Une réussite louable. Mais votre présence diffuse un vent d'insubordination néfaste. On chuchote depuis votre esclandre, on râle et on s'agite. Vous dérangez les altérés, déstabilisez leur courage d'ouvriers, et remettez en cause l'organisation, la fermeté de sa hiérarchie. »

Loup étouffe un rire narquois, avant de cracher d'un fiel qu'il ne se connaissait pas :

« Peut-être que la faute vous incombe, vous qui vivez à l'abri de votre trône, de votre luxe, vautrée sur votre estrade à bouffer raffiné quand les autres se tuent à la besogne. »

Au rire narquois répondent gloussement et haussement de sourcils, deux arches parfaitement coupées surplombant deux prunelles métalliques d'un bleu glacial.

« Le travail est dur, ferrailleur, le monde est dur, et mon devoir immense : je dois m'assurer que cent cinquante âmes survivent et continuent le Labeur. J'organise et je dirige, et cela est éprouvant physiquement et mentalement. Mes couvertures en soie, mes habits élégants m'offrent le réconfort nécessaire pour porter ce fardeau. Et elle rappelle à mes employés ma fonction, ce qui est essentiel, car il faut qu'ils m'obéissent, sinon c'est le chaos. L'anarchie. Et on ne saurait travailler ainsi. »

Elle remet ses lunettes, et le reflet s'efface, estompe les deux astres bleutés.

« Vous partirez dès que vous le pourrez. Personne ne vous retient. »

Loup frémit. Il pense à Marlène accrochée à lui, une enfant perdue. Une gamine. Une seconde chance de ne pas échouer. Son sens de la répartie a déserté son esprit, et incapable de trouver un mot, une objection finale, il se tait et fuit la pièce. La contremaîtresse s'en est retournée à ses affaires, mais sous cette concertation besogneuse, cette tranquillité factice, Loup s'imagine les deux cieux orageux qui palpitent derrière les verres. Deux tempêtes folles et incontrôlables.

Malheureusement pour le ferrailleur, sa volonté de quitter la manufacture demeure à l'état de velléité. Il passe des jours à tourner autour du précipice menant à l'étage inférieur, mais il a beau pencher sa tête à en toucher presque le rempart d'ombres, il ne perçoit que de vagues marches trop larges, dangereusement creuses par endroit, qui descendent vers un abîme confus. Loup y discerne des formes éphémères : la brume y souffle des chimères furieuses, des monstres qui s'étirent jusqu'à la métamorphose en de nouvelles bêtes violentes et voraces. Et à travers cette ménagerie de fumée, jamais une issue ne se trace, un chemin sûr qu'une lumineuse et un jus de soleil suffiraient à parcourir.

Ainsi, les semaines s'écoulent, se transforment en deux mois d'immobilité, qui semblent une décade. Le quotidien recouvre Loup de son drap d'ennui, mais son tissu s'est transformé en étoffe malsaine, un trouble qui l'accompagne jour et nuit, et qui peu à peu s'étend aux traits hagards des altérés, aux débauches désespérées des dîners, aux babillages idiots des jumeaux, à la toux hallucinée de Lourse, et au sourire inquiet de Marlène, à son commérage de gamine qui tente de masquer une angoisse, la même que Loup, celle de son inéluctable départ. Parfois, rares moments qui brisent la monotonie, il surprend les chuchotements excités chez certains passants, qui vantent sa rébellion, qui imite son poing s'abattant sur l'un des gardes, qui mime son indignation contre la contremaîtresse. Ce n'est pas une vraie révolte, plus un fantasme, une bise légère, mais elle le satisfait.

Un soir, alors que le hall s'engorge des bruits de couverts et des échos de conversations fatiguées, Loup décide ne pas prendre place sur l'estrade, incapable de supporter davantage la présence de Pétiot et Bertrand. Involontairement, il s'assoit sur le banc où il s'était installé pour son premier dîner à la manufacture, à côté de cette dame aux rides accueillantes qui, chaque jour, se plaçait invariablement au même endroit du réfectoire.

Sauf depuis la houle noire.

Le lendemain du phénomène, elle avait disparu sans que personne ne s'en inquiète, puis Loup l'avait vue réapparaître parmi les mineurs, son affabilité effacée, sa mine renfrognée n'exprimait plus que la concentration intense et morne de ses nouveaux compagnons de labeur. « Elle a changé », avait remarqué le ferrailleur, et Lourse, exerçant sa mauvaise humeur matinale, avait grogné : « On l'a changée. Maintenant, c'est une altérée. Il y a un rite de passage, une épreuve qui leur modifie l'âme. Foutrepuits, ce n'est pas facile, mais personne ne les force. Celui qui sombre se dévoue pour le bien de tous. J'imagine que ça te défrise ? Le sacrifice pourtant, ça te connaît non, toi qui descends retourner les vieilles pierres et déranger les spectres ? Tout ça pour dénicher des babioles et contenter tes camarades. » Loup répondit par un silence confus, viscéralement persuadé de l'inexactitude de cette comparaison, de sa profonde iniquité, mais sans énergie pour en débattre. La femme souriante est donc dorénavant une statue grimaçante pour que la manufacture continue son travail.

Un gamin pose un bol rempli de champignons colorés, baignant dans l'huile et des épices vertes. *On croirait que l'on a noyé un arc-en-ciel*, s'amuse Loup en mixant les couleurs à l'aide d'une cuillère tordue. D'arc-en-ciel, il n'en a vraiment aperçu qu'un seul, lors d'un de ces rares jours, durant l'hiver, où un soleil conquérant a tranché la brume. *C'était une belle journée*, se réchauffe Loup.

Son apaisement est de courte durée. Un membre de la marmaille s'est glissé jusqu'à Lourse pour beugler :

« Elle est revenue ! La Gueule blême, elle tourne autour de la baraque. »

Stupéfait, le garde demeure coi une seconde interminable, sa cuillère à moitié enfournée entre moustache et barbe, le jus poisseux dégoulinant le long d'une lippe tremblotante, avant de s'éjecter comme un diable de son siège en gueulant un juron féroce, aussitôt suivi de son habituel chapelet.

Une minute à peine après l'interruption du gamin paniqué, les quatre veilleurs s'affolent vers la Mine. Sur le chemin, les jumeaux tentent de rassurer le vétéran, dont les joues rouges, et la course chaloupée surjouent l'inquiétude.

« Ils doivent être dans la baraque, chef ?

— Dans leur enclos fortifié, hein chef ?

— On a le temps d'arriver, il faudrait des heures à Gueule blême pour y pénétrer. »

Mais Lourse ne répond rien. Et le ferrailleur lui trouve l'air nerveux, un masque soucieux au-delà de la simple inquiétude.

Il n'y a aucune présence à la mine, pas de fuyards estropiés, pas de colosse enflammé de gris, juste le gouffre indolent, qui émet ses rôts de brumes. À cette heure, l'absence s'avérerait habituelle, mais en pleine crise, l'endroit paraît terriblement désert. Une fatalité pèse sur la porosité de ses terres maltraitées, l'obscur des colonnes isolées, les échelles de cordages que seul le vent agite, et la bâtisse des altérés, dont la robuste porte d'obscurantine gît hors de ses gonds, brisée. Le sanctuaire a été éventré d'un coup de gueule rageur, qui a emporté les charnières et les a éparpillées.

Alors que sa foulée s'alignait sur celle de ses voisins, Loup accélère soudain, il survole le plateau, bondissant entre les creux irréguliers qui surgissent sournoisement du sol, évitant la ferraille qui pointe, traîtresse entre les nappes de brouillard, pour griffer les chevilles ou percer la plante des pieds imprudents, contournant les obstacles de fer et de roche qui s'opposent à sa lancée. Cette course effrénée, il l'exécute le cœur troué et déjà endeuillé, ses pensées chutent en une cascade de frayeurs et de sombres prémonitions.

Finalement, il atteint le dortoir, son seuil béant s'offrant à toutes les hantises de la nuit. Les yeux presque clos d'appréhension, il piétine, maladroit, les restes saccagés de l'obscurantine, maudissant cette piètre forteresse déchue. Puis il s'arrête, comme paralysé par un sortilège.

Mais ce n'est pas un sort, ce n'est pas quelques tours sournois, mais juste une vision qui le statufie d'horreur. Dans la salle dévastée, des ombres recroquevillées le toisent sans un mot. Courbées, étreignant leurs moignons encore jaillissants, épanchant leurs plaies dégueulantes d'écarlate, et parfois gisant au sol, le torse écartelé, le visage arraché par des crocs titanesques, des lacérations qui écument de sang mêlé à de la salive. Mais ce qui percute avec une violence inouïe le ferrailleur, pire que le macabre de la scène, c'est ce silence qui stagne, plein de la mémoire des cris, des souvenirs d'agonie, où résonne seulement le clapotis des blessures.

Bientôt Lourse le bouscule, et il brise l'accalmie d'un hurlement terrible. Il clopine frénétiquement de corps en corps, secoue vainement les épaules inertes des cadavres, frotte des faces défigurées pour tenter de leur redonner leur humanité. Il déchire une couverture pour en bander le bras déchiqueté d'un altéré amorphe, mais le garrot trop étroit comprime la fêlure et fait surgir un sang noir. Alors il s'affole, il se lamente et il supplie, les yeux hagards, les joues flasques, il trépigne, et après un mauvais pas sur sa mauvaise guibolle, il trébuche et s'affale. L'un des jumeaux s'occupe de redresser Lourse, qui le repousse brutalement, l'autre vomit son dîner à la gauche de Loup. Finalement, le vieillard se tourne vers le perché. Sur son visage se dessine une prière, celle de l'égaré cherchant un chemin à suivre.

« Il faut rendre les morts à la brume, s'étrangle Loup, et ceux qui ont été mordus doivent choisir. La descente ou la chute. »

Quelques longues heures plus tard, après avoir escorté en sécurité la douzaine d'altérés survivants, le ferrailleur et Lourse doivent justifier leurs décisions, sous les invectives sonores et furibardes de la contremaîtresse.

Loup a la certitude profonde du bien-fondé de son jugement. Contrairement aux hommes devenus spectres, les bêtes d'ombres naissent des tourments qui agitent les paupières des titans. Ce sont des créatures aux canines venimeuses. Après avoir percé leurs chairs, elles infusent un poison de l'âme qui corrompt leurs victimes. Insidieusement, la brume y bouillonne, elle infecte l'être entier d'une gangrène spirituelle. C'est un vampire qui l'efface et s'y substitue. Le malade se dissipe. Ne demeure qu'une enveloppe décharnée et déchue, pleurant des souvenirs émiettés dans un néant cannibale. Un oublié.

Heureusement, l'assaut d'une émanation mineure, d'un fantasme à peine formé qui se délite sitôt éloigné de son berceau embrumé, n'est dangereux que pour les vieillards et les démunis. Leurs babines ne salivent pas la potence nécessaire pour détruire : l'esprit se purge, les plaies cicatrisent. Les proies de Gueule blême n'ont pas cette chance. Son gosier est un portail vers les cauchemars les plus intimes des titans endormis. Ses crocs luisent d'une noirceur funéraire. C'est un torrent de tristesse et de solitude qu'ils insufflent quand ils croquent, un venin émotionnel qui érode ses victimes avec la même vélocité qu'un océan s'abattant sur une chandelle.

Aucun des mineurs blessés n'a refusé la Chute. Quelques minutes après que Loup et Lourse ont constaté le carnage, leurs épidermes, leurs cheveux, leurs poils, toutes leurs carcasses malmenées blanchissaient déjà, leurs orbites se creusaient de sillons indélicats, leurs mouvements se ralentissaient, comme s'ils avaient oublié comment exister. Leurs peaux s'effilaient en un linceul, et leur vivacité s'évidait à travers la mince étoffe.

La dégradation est si rapide que Loup se demande si cette dégénérescence éclair n'est pas causée par leur nature d'altéré. Le phénomène qui les défend de la brume, et que Loup aime imaginer comme une couche protectrice, est à double tranchant. Une fois la fine pellicule percée, leur corps révèle une fragilité de vieillard, leur esprit est prompt à la déchéance. La Descente n'a jamais été une alternative viable, tout autant que la Chute n'a jamais été un vrai choix, mais une fatalité.

Bien sûr, la Contremaîtresse refuse de comprendre, persuadée qu'on lui a dérobé d'honnêtes travailleurs, un peu esquintés, mais réparables. Pour la première fois, elle perd le contrôle, et d'un hurlement indigné, elle congédie brutalement la clique.

La gueulante résonne dans toute la manufacture. Elle s'y éternisera jusqu'au petit matin, se répandant comme une rumeur chez les villageois déjà ulcérés par la mort de leur proche. Certains exigeront la tête de Loup, d'autres blâmeront l'incompétence de Lourse, et l'imprudence de leur patronne. Et les événements de la journée suivante, les actions malheureuses de Loup ne feront que creuser cette fissure. Mais cette nuit-là, à peine sortie de l'antre de la contremaîtresse, Loup n'en sait rien. Éreinté, il se tourne vers Lourse.

« Que va-t-il se passer maintenant ? »

Lourse aspire longuement sa pipe, qu'il suçote constamment depuis le carnage, se fichant d'être en public ou non.

« Des altérés, voilà ce qui va se passer. Le Labeur doit continuer. Si tu crois que ça a stoppé les contremaîtres précédents, ce genre d'accident.

— Je ne sais pas s'ils se laisseront faire.

— Tu ne l'espères pas, Loup. Et c'est bien brave de ta part de t'imaginer qu'ils ont le choix. Mais ici, c'est la manufacture, pas vos perchoirs. Ici on bosse ou on meurt. Ils piaffent les drôles, ils gonflent les ailes, remuent fièrement leur popotin, mais la contremaîtresse sélectionne ses serviteurs avec rigueur. Dès demain, tu verras, il y aura vingt nouveaux mineurs la pioche à la main, et peu importe s'ils piétinent les cadavres de leurs prédécesseurs. C'est la règle, ici. »

Il crache et le nuage grésillant couvre son visage, comme s'il voulait se cacher de mon air indigné.

« C'est la règle, ferrailleur. Le Labeur doit continuer. »

L'ALTÉRATION

Le chemin du retour se noie dans une léthargie bienvenue. Loup s'écroule sur le sol dur qui lui sert de lit, entre les murs froids de sa maison de tôle. Loup, déjà à moitié assoupi sous sa couette, les paupières mi-closes, la respiration lente. Loup qui ne s'endort pas. Telles des peintures macabres et puantes, les altérés massacrés lui présentent un à un leurs faciès défigurés dans ses premiers songes, quand ils bordent le repos, quand réalité et fantasme se confondent. Cette galerie morbide occupe les courtes heures restantes de la nuit et quelques-unes du petit matin, et Loup demeure au bord du précipice du sommeil, à un souffle de tomber dans la vraie rêverie, mais retenue à chaque point de chute par de minuscules langues brumeuses, cette corruption qui l'habite, qui profite de sa détresse pour s'immiscer sous ses pensées, pour lécher ses défenses mentales jusqu'à les éroder, et pour, enfin, dépouiller Loup de tout ce qui fait que Loup est Loup. C'est une lutte somnambule et épuisante que le ferrailleur remporte sans faillir, mais dont l'issue le ruine.

Lorsqu'il se lève, il constate que la masure est déserte, le lit de Marlène, plat, vide de ses ruades noctambules, des trémoussements pratiqués par la jeune fille trop énergique durant cette période où elle prétend se reposer. L'heure de l'escorte vers la Mine est passée, mais ça, Loup s'en contrefiche. C'est le jour de son départ, il le sent. Il ne peut plus rester dans la manufacture, ce lieu lui est néfaste. Il y dépérit à chaque instant, comme un homme s'enfonçant peu à peu dans son caveau. *Mieux vaut braver la houle noire*, soupire-t-il, *que de subir le jonglage rythmé de Lourse et les commentaires creux des grands imbéciles.*

Il s'en va se saisir du Fil, encore caché sous la discrétion d'une large toile épaisse, proche du seuil de son logis : il en informe Gaston, et s'assoit sur son désormais ancien perron. Son visage s'éclaire de sa décision, sa libération atténue les rides disgracieuses causées par l'insomnie, et chasse les tourments du défilé de portraits sanglants.

La réponse du veilleur tarde. Le message patientera dans le Fil jusqu'à ce que celui-ci l'en extraie, une vibration continue qui bourdonnera près du manche de cuir par lequel le forgeron tire Loup. La matinée avancée, l'homme est depuis longtemps à l'œuvre, sa barbe roussissant toujours plus devant le brasier ardent, à bricoler quelques innovations, ou rafistoler de vieux outils, usés peut-être, mais récupérables. « Je déteste jeter, lui avait confié Gaston, on donne déjà trop aux géants, hors de question que je leur file mes joujoux à la première éraflure. »

On s'agite peu dans les ruelles métalliques de la manufacture. Quelques ombres s'affairent en grommelant, s'engouffrent dans les cavernes agricoles, ou repoussent les portes fortifiées de la fonderie derrière eux, propulsant un nuage foncé de suie et de cendre. Le ferrailleur observe le spectacle avec intérêt et soulagement, celui du visiteur sur le départ, ou du prisonnier que l'on relâche.

Un gamin se faufile, embarrassé de lourds parchemins et de matériels ésotériques. Il besogne pour la contremaîtresse, juge Loup sans le reconnaître. Un des amis de Marlène occupant son rôle d'aide auprès de la patronne pour la journée. *Que fait donc la jeune fille ?* s'amuse Loup. Elle doit harceler de parole quelques honnêtes travailleurs dépassés.

Le sentiment encombrant de la culpabilité pointe soudainement. Comptait-il vraiment partir sans la prévenir ? Sans doute. Cela serait plus facile. Mais si lâche. Il doit la trouver. Il se lève, calfeutre de nouveau le Fil sous le drap épais, et se met en quête de Marlène.

Il ne la débusque pas dans les cavernes, à prêter main-forte aux quelques fermiers usés et blanchis par la lumière des cristaux. En se faufilant dans les couloirs voûtés, il les constate un peu déserts, moins denses du bal laborieux habituel des agriculteurs troglodytes. Pas de traces de Marlène pas non plus dans la fonderie. Le bâtiment est une fournaise constante, emmailloté d'une cendre opaque qui sature l'atmosphère. Il tousse, bat l'air pour y percevoir les formes, plus rares ce matin, qui œuvrent devant les chaudrons en ébullition. Bientôt, il a trop chaud, il étouffe. Alors il détale de l'édifice cramoisi, et une fois dehors, offre à ses poumons tous les hoquets grondeurs requis pour s'exorciser du miasme issu des métaux fondus.

Marlène ne guette pas : il ne la découvre juchée sur aucun rempart, à épier les alentours pour dénicher les empreintes possibles d'une cohorte d'oubliés, ou la présence répugnante de Gueule blême. Du haut de la fonderie, Loup aperçoit la mine. Seul un des jumeaux s'y est rendu, le petit, que Loup nomme le Bertrand du jour, accompagné d'une demi-douzaine de constructeurs occupés à réparer le seuil brisé du repère des altérés.

L'inquiétude pointe, un ongle glacial qui lui griffe le cœur. Où est Marlène ? Elle n'aide pas la dirigeante, c'est certain, un autre la remplace, mais pourquoi cette substitution ? Et pourquoi la manufacture est-elle dénuée de vie ce matin ? Où sont les silhouettes affairées ? Pressées par toutes sortes d'objectifs ignorés de Loup, mais qui accaparent la populace ? Les ruelles se sont vidées de leur énergie, excepté de rares ombres qui fuient sur le passage du ferrailleur.

Dans le dédale des boyaux étroits, le suppléant de Marlène surgit soudain d'un tournant aigu. Le gosse court librement cette fois, délaissé de son précédent fardeau, sa mine renfrognée et concentrée prouve pourtant que son service pour la contremaîtresse perdure, mais son attitude se dissipe très vite lorsqu'il remarque le ferrailleur, l'hésitation s'y succède, et le gamin jette des œillades aux alentours. Frénétique, il cherche un itinéraire alternatif. Trop tard, Loup l'a saisi par le col de sa chemise rapiécée.

« Où est Marlène ?

— Je n'ai pas le droit de te le dire. La contremaîtresse me punira.

— Si tu ne lui dis pas, je ne lui dirai pas, gamin. »

L'enfant repousse la main qui le croche, et toise Loup d'un air soupçonneux qui se relâche, peu à peu, en une grimace embêtée, presque honteuse.

« Je lui dois bien ça à la rabâcheuse, elle m'a sauvé les fesses mille fois, admet-il finalement. Même si c'est d'sa faute que j'trime pour la contremaîtresse à sa place, à me forcer à compter les chiffres, et tout ça. Maintenant, j'ai les nombres dans l'tête, et la contremaîtresse qui me lâche plus le derche.

— Où est-elle ? » répète Loup, les ongles de l'angoisse raclant le fond de son âme.

« Lourse l'a emmenée, avec les autres. Pour remplacer les morts. À la mine. J'ai entendu la patronne, elle a choisi tous ceux qui t'ont approché. Elle purge le Labeur de ton influence, elle a dit.

— Tu mens ! Il n'y a personne là-bas, juste un des deux imbéciles qui surveillent la reconstruction de l'antre des altérés.

— Je ne mens pas ! Tu ne les as pas vus parce qu'ils ne sont pas dehors. Pour devenir mineur, faut s'enterrer dedans ! »

Comme un écho du jour précédent, Loup dévale en toute hâte le plateau qui sépare la manufacture de la mine. Il sprinte à s'en briser les muscles, ses cuisses se durcissent, presque aussi solides et tendus que les poils métalliques difformes du sol qu'ils évitent. Autour de sa destination, on s'agite. Deux ombres ont rejoint la grosse silhouette de Bertrand, l'une partage son épaisseur, et de quelques centimètres moindres, l'autre s'est rapprochée en traînant de la patte.

Quand Loup parvient enfin près du gouffre, hors d'haleine, le trio s'interpose, bloque son entrée dans le dédale de tunnels. Leurs armes sont déshabillées de leurs gaines, les jumeaux les enserrent férocement. Lourse quant à lui, le toise de derrière son heaume, incertain et effrayé.

« Tu ne peux l'arrêter Loup. Ça les tuerait. Crois-le ou non, ils ont choisi. Tous, même elle. »

Loup débute une réponse qui s'étrangle dans sa gorge. L'air froid et légèrement puant de la mine forme un bloc noir qui le bâillonne. Il crache et avant que son glaviot ne touche le sol, sa main saisit le manche de sa lumelance.

« Quel choix ? Entre la mort ou l'altération ? Entre la descente, la chute, et cette… transformation ? »

Les yeux honteux, le visage de Lourse recule de la visière, paraît disparaître dans le casque, et une injonction, faible, mais ferme, en émerge.

« Le passage t'est interdit, Loup. »

Loup renifle, rageur. Sa lumelance déroule sa langue bleutée, affilée, affamée, le long de sa cuisse. Quelques gestes lui suffiraient pour découper les disgracieuses armures, massacrer ces imbéciles, et lever cette maigre barrière, ces trois maladroites et lentes créatures qui s'imaginent freiner le ferrailleur.

« Vous n'êtes pas humains !

— Qu'est-ce que tu racontes ?

— Vous n'êtes plus humains, vous n'êtes que des outils ! Tous ici, des marteaux, des pioches, des pinces. Eux deux ne sont que des armes, et toi tu n'es qu'un gourdin. »

Il s'avance, sa torche létale gonfle, meurtrière.

« Moi je suis Loup. Alors, écartez-vous ! »

La véhémence du perché électrocute son corps, bourré d'une colère monstrueuse, il outrepasse les limites de ses verrous mentaux. La brume virevolte, joyeuse et sadique, dansant au rythme du bourdonnement impatient de la lumelance. Un instant, le ferrailleur devient un tueur, l'homme devient une bête, un lycanthrope sanguinaire possédé par les ombres. Puis il les voit reculer d'horreur, et son attaque bafouille. Son courroux stagne dans le berceau troué de sa fureur, par laquelle sa rage fuit. L'animal est inoffensif. Si Loup est un loup-garou, il est herbivore, incapable de blesser un humain.

Profitant de son hésitation, Bertrand ou Pétiot frappe, un coup brutal, incontrôlé, qui cogne le crâne de Loup. Un liquide écarlate jaillit de la fissure, poisse la chevelure humide. Le temps s'arrête, les quatre se regardent, stupéfaits par la tournure des événements.

« Brumasse ! » crache Lourse.

Mais Loup ne l'entend pas, il s'effondre en lui-même. Il chute.

Septième rêve

La brume est grise comme ma peau. Un reflet traître. On n'y perçoit rien, pas d'avenir, pas de chemin. Des mirages frustrants. Et voilà qu'une image se joue de moi, elle réapparaît au fond d'un abîme, bondit de l'inconscient au conscient, et soudain je me rappelle d'un moment oublié.

Auria sur la poutre, Auria qui choisit la Descente. Enveloppée dans sa propre ombre, sa larme éternelle perle telle une goutte de pétrole. Ses insultes fusent sur la foule, ses voisins amassés autour d'elle pour la fin. Violente, grossière, inhumaine, barbotant dans une tourbe brune où elle s'enlise. La feuille est devenue une épine.

Elle a sombré. Elle a sombré !

Dans le rocher creux, je crois. Mes souvenirs s'enrhument, ils toussent et se tordent, en proie à une pneumonie brutale. Je distingue à peine un regard blanc comme la foudre, et des ongles noirs et gondolés, pleins de soufre, de terre et de terreur. Je ressens avec une fulgurance horrible la férocité de la douleur, celle du genou brisé. Ma jambe est dans une attelle.

Mais que s'est-il passé ?

Cesse de te cacher Loup. Tu as éveillé le dormeur. Tu connais le contenu du rocher creux.

Auria s'est détourné de la poutre, elle a joué l'hésitation à son extrémité, et la langue de fer a participé au spectacle en émettant des grincements factices. Jamais la jeune fille ne chutera. Elle a creusé un trou dans la foule effrayée pour s'approcher de moi. Cela fait maintenant un an que nous nous aimons pour de vrai, que j'ai percé sa colère, qu'elle a crevé mes silences.

« Accompagne-moi, me supplie-t-elle. Dans ces hauteurs, tu te disperses, le vertige te ronge. Tu te dissipes. Nul besoin de sombrer pour s'oublier. »

Elle a choisi la Descente, bien sûr. Et bien sûr, je ne lui réponds pas. Dans ma forteresse muette, je suis prisonnier. Alors elle m'embrasse, et l'humidité de ses lèvres n'est ni brûlante, ni glaciale, ni même tiède.

Elle part. L'épine s'envole par-dessus le précipice.

Et Port-Céleste reste seul.

La liberté enchaînée

Il se redresse, pris d'une angoisse primitive, les yeux écarquillés, la respiration frénétique, l'estomac chaviré, et le palpitant tonitruant. *Hors de question de rêver*, songe Loup, *hors de question de me souvenir, rien de bon ne me reviendra cette nuit.*

La douleur clôt définitivement toute velléité de sommeil. Son crâne est une fontaine de nerfs enflammés. Il le palpe, paniqué, et constate avec soulagement qu'il y a seulement une énorme bosse : la caboche a été craquelée, pas fendue. Ses agresseurs dans leur mansuétude ont lavé et caché sa plaie sous un bandage propre, puis ils ont fourré sa carcasse inerte dans un réduit obscur, quelque part dans les cavernes agricoles devine le ferrailleur.

Une prison. Mais qui possède une fenêtre, où la vision peut s'échapper après un court tunnel trop vertical pour permettre son escalade.

La geôle n'est pas neuve, découvre amèrement le prisonnier, des griffures féroces et trop humaines égratignent les murs grossiers, des monticules de terre qu'une main ennuyée a formés en créations énigmatiques, des chiffres peints à l'aide de substances suspectes sur certains pans, et une monumentale porte en acier qui signifie à l'occupant que jamais il ne quittera la pièce sauf si on l'y autorise. Voilà un détail de la manufacture que la contremaîtresse et Lourse ont omis de lui confier.

On l'a privé de sa liberté. Son esprit se rebelle contre ce concept barbare, et un vertige claustrophobe s'ajoute à son émoi. Il se jette au bord de la lucarne et plonge son regard vers l'extérieur, pensant à son Fil, si loin. Bien sûr, tout son équipement lui a été retiré. Pas de lumelance, pas de jus de soleil, pas de lumineuse. Tout juste lui a-t-on laissé son armure, faute sans doute d'être parvenu à l'ôter.

Dehors, la bouillie grise qui couvre les cieux s'assombrit. Loup observe la montagne de décombres dont il est descendu qui s'élance fièrement vers cet abîme céleste, avant de disparaître dans le rempart brumeux. Des points iridescents percent occasionnellement les nappes obscures, des feux peut-être ou de vieilles machines empêtrées qui émettent des lueurs d'agonie. Loup en a croisé, de ces structures brisées, anciennement complexes, dorénavant archaïques, dont les entrailles cliquettent de mécanismes et de boutons vains. Des constructions bigarrées, criardes, qui jurent dans les paysages ternes de brouillard et de rouille, de toutes les formes, parfois humanoïdes, parfois pachydermiques, avec des pinces, des mains, des scies, des tiges et des lames. Oui, Loup s'en rappelle, et se demande si ces reliques perçoivent leur obsolescence, l'anachronisme de leurs mouvements automatiques, pleins d'un sens oublié, qui se réduisent à d'inutiles gesticulations. Il s'affaisse dans un coin de sa cellule, un lieu où l'ouverture se fait visible, où la nuit imminente éclabousse l'intérieur de sa prison. Il attend.

Des pas lourds résonnent à l'extérieur de sa cage, des fracas de bottes métalliques qui s'approchent. On fait du remue-ménage et Loup reconnaît les souffles fatigués des jumeaux. Finalement, après le tintamarre clinquant de ferraille qui tombe, la porte s'ouvre en un lent grincement libérateur. Avec un choc intense, il découvre la gamine sur le seuil, aux côtés de la contremaîtresse, solidement entourés par ses deux sbires. Lourse est absent, sans doute en train de veiller sur les nouveaux altérés.

« Maître ferrailleur. Je vous prie de nous excuser pour cette fâcheuse situation. Inévitable, malheureusement. »

Loup ne l'écoute pas, il a presque bondi sur Marlène dont il saisit le visage dans sa main terreuse.

« Que lui avez-vous fait ? » s'écrie-t-il, horrifié.

Sa protégée ne réagit pas. Elle le scrute d'un regard qu'il croit indifférent, avant de réaliser avec révulsion qu'il ne contient en réalité plus qu'une vacance, un néant d'émotion qui s'est répandu pour englober la fillette tout entière. Sa mine joyeuse a été remplacée par un masque soucieux, discipliné, concentré. Sa posture parfaitement rectiligne tremble encore, mais pas d'un bavardage imminent, d'un commérage crié trop fort, ou d'une répartie mordante, mais d'un amalgame d'impatience et d'insatisfaction. La gamine ne sautille plus, elle trépigne.

« Nous l'avons améliorée. Elle et les autres. À l'aide d'un fluide de ma création, une légère modification de l'humeur causée par une inoculation d'obscurantine et de cristaux du matin liquéfiés et une immersion contrôlée dans la brume. Le processus est délicat, le miasme s'offusque de la présence de ces corps indigestes. Mais tous ont survécu, sauf un, un vieillard. Peu importe, nous comptions le congédier.

— Marlène ! » hurle le ferrailleur, tentant d'appliquer ses méthodes pour rappeler les oubliés à la jeune fille. « Tu es Marlène, souviens-toi ! »

Il l'étreint, doucement, cherchant dans l'abysse de ses iris, en quête de la lueur narquoise que fut Marlène.

« Je sais qui je suis, Loup. Maintenant, lâche-moi. J'ai du travail. »

Il se recule, tétanisé. Même la voix éraillée de son amie a perdu ses tonalités, ses variations enfantines. Dans son âme règnent dorénavant les ombres labyrinthiques de la mine, le fracas des pioches et la puanteur de la brume. C'est une altérée, et cette visite l'irrite.

D'un sifflement dédaigneux, la contremaîtresse relâche l'impatience créature, qui s'enfuit aussitôt dans l'obscurité, sans accorder une seule attention au prisonnier. Puis, sa patronne jauge Loup, satisfaite, deux lacs bleus s'agitant dans le reflet de ses verres.

« Vous êtes un clou abîmé, qui a chuté de son étagère, ô combien inaccessible, pour ralentir notre machinerie. Je n'admettrai jamais de superviser une manufacture défectueuse, Maître ferrailleur. L'insignifiance de votre existence ne contaminera pas la nôtre.

— Si vous devez me tuer, j'espère que vous aurez le courage de m'exécuter vous-même. »

Il croit apercevoir les prémices d'un rictus cruel agiter les lèvres de sa geôlière quand elle lui rétorque :

« Comme vous le savez fort bien, Maître ferrailleur, je délègue toujours les tâches subalternes. »

Soudain, les mains puissantes de Bertrand et Pétiot le repoussent dans la cage, et l'on referme la porte avec une brutalité maladroite. Quelques jurons fusent, et Loup devine que la barre d'acier qui verrouille sa geôle vient d'écraser les orteils d'un des jumeaux. Il en tire une maigre consolation avant de retourner s'écrouler au fond de sa prison.

Sa paluche a dessiné des vagues informes sur le socle de la prison, par moment lentement, cherchant à pénétrer les profondeurs mêmes d'un doigt appuyé, et à d'autres moments fiévreusement, déversant la frustration du ferrailleur dans la boue rutilante. L'exorcisme de l'enfermé.

Vidé, Loup se détourne du ciel. Sa paluche a dessiné des vagues informes sur le socle de la prison, par moment lentement, cherchant à pénétrer les profondeurs mêmes d'un doigt appuyé, et à d'autres moments fiévreusement, déversant la frustration du ferrailleur dans la boue rutilante. L'exorcisme de l'enfermé. Il suit les entrelacs de son œuvre, y cherchant une révélation. Il espère une issue, un Fil neuf généré inopinément par son inconscient, mais ses tracés sont absurdes, les gesticulations de ses doigts aussi inutiles que les machines d'en haut.

Dehors, les titans endormis grondent. La rumeur, lointaine, est féroce, le rugissement d'un monstre qui s'éveille et qu'anime un appétit abominable.

Les grognements enflent et enflent, et bientôt, on croirait que le vent scande sans cesse les lamentations des géants. Les rafales s'engouffrent par paquet dans la cellule et roulent sur ses parois étroites pour harceler le prisonnier de ces pleurs primitifs.

Cette fois, c'est la fin, Maître ferrailleur, s'amuse Loup.

Il le sent, la houle qui vient est différente des précédentes. Elle vocifère d'une émotion sismique. Ce n'est pas un soupir, un sanglot isolé qui s'essouffle sans atteindre les pics. C'est une inspiration retenue, un poumon suffoquant de larmes brumeuses. Spectres des profondeurs, bêtes d'ombres et oubliés errants y ont été aspirés, emportés dans ce tourment en perpétuelle expansion. La congestion culmine, proche de son explosion. La tempête grise grogne, les plaintes futiles empirent en coup de tonnerre, des rugissements chargés de la rage, l'affliction, et de la mélancolie des entités assimilées.

Pourtant Loup perçoit à travers la cacophonie un son familier. Un reniflement agacé. Une odeur fauve se glisse entre les miasmes puants qui précèdent la houle. *Tu t'imagines des choses*, se raisonne Loup, toujours accaparé par la contemplation de la peinture réalisée avec ses doigts impatients. Dans les sinuosités, il imagine déceler une silhouette grotesque et agressive, un monstre aux cheveux fins comme des lames, au dos garni de serpents.

Un bêlement furieux brise l'illusion. Il provient de la lucarne, et, quand Loup relève finalement la tête, il croit apercevoir un astre de pure énergie, une lune resplendissante qui écraserait la brume, avant de reconnaître l'incroyable bouc à la laine immaculée qu'il a rencontré lors de cette nuit insomniaque dans la fonderie.

« Salutations la bête. Étrange visite funèbre, mais pourquoi pas ? Cependant, tu devrais t'enfuir, la houle s'apprête à dévaster cette manufacture. Je gage que la création d'une vingtaine d'altérés a agacé excessivement le sommeil des titans. Allez, fuis ! Ouste ! »

Loup jurerait qu'en réponse le bouc lui lance un regard dédaigneux. Puis il disparaît une seconde, et le ferrailleur, tristement, pense que son visiteur a pris congé, mais bien vite, la barbichette blanche réapparaît dans l'encadrement de la mince fenêtre. Dans la touffe de poils sauvage se glisse une tige différente, qui étincelle d'un éclat plus ferme. Le bouc lui amène son Fil, découvre, stupéfait, le ferrailleur. Il rumine la fine corde translucide, et à chaque mastication, celle-ci descend lentement d'un cran vers son propriétaire qui en bondirait de bonheur. Finalement, il saisit le cordon gluant de bave avec une ferveur cathartique en poussant un hurlement de joie, auquel rétorque le bouc d'un bêlement sonore avant de trottiner dans l'inconnu, sa tâche achevée.

Un frisson agite le Fil, un message de Gaston relâché par le contact de la paume de Loup pour se transmettre. Un cri d'alerte de son vieil ami qui supplie Loup de lui répondre.

« C'est bon, Gaston, je suis là », confie-t-il à la tige, et quelques instants plus tard Gaston le gronde, longuement.

« Foutrebrume, Loup. Quel ferrailleur de pacotille tu fais, à délaisser ton Fil ! Je suis certain que Brénard se retourne dans sa tombe, où qu'elle puisse bien se trouver. Va même savoir s'il en a une, tiens. Heureusement, quelqu'un m'a informé de ta périlleuse situation. Me demande pas qui, il ne s'est pas présenté, et je n'ai pas compris la moitié de son baratin. À croire qu'il m'écrivait en mâchonnant le Fil. Bref. Dès tes préparatifs achevés, je t'éjecte de ton trou à rats et tu me feras l'incommensurable plaisir de foutre le camp de ce traquenard.

— La pire des houles approche, Gaston. Je dois récupérer mes radieuses et mes potions ou la brume me pourrira l'âme. »

La désapprobation de Gaston, Loup peut la sentir dans les vibrations de ce dernier message.

« Parce que tu les as égarées aussi. De pacotille, ce ferrailleur. Il s'est au moins accroché ? »

Loup, incertain, vérifie ses attaches. Pressé par le temps, il s'inquiète de s'être appareillé de travers. Tant pis, dehors, les géants s'époumonent, et leurs beuglements absurdes bouleversent tant le futur évadé qu'il craint qu'un des titans accompagne l'orage dans son ascension destructrice.

Alors, il affirme à Gaston qu'il est prêt à décamper. Un infime instant, et la vigueur de son veilleur le propulse brutalement à travers la coursive, mais Loup ignore la douleur de la dure traversée, il ne pense qu'à la contremaîtresse, à ce qu'elle lui a volé.

La manufacture fracturée

En vagues glaciales, la tempête annonce son départ. Les profondeurs ont assez gonflé leurs joues et se préparent à déverser leur tourment sur la manufacture. Loup sprinte vers son objectif en mouvements saccadés et douloureux, vertiges et migraines le harcèlent. Les cieux n'existent plus, il n'y a plus qu'un couvercle fumant qui l'écrase, le ventre protubérant de la houle qui s'allonge sur le village fortifié.

Le manoir de la contremaîtresse s'invoque soudainement devant lui, s'arrachant des langueurs opaques à peine à dix pas. Il trébuche alors qu'il s'apprête à gravir les marches. Une femme maigrelette gît, son corps inerte étalé dans la boue. Non un cadavre, le crâne enfoncé, presque solidarisé avec le sol. Deux coups, constate Loup, par deux fois on a amoché le visage de la jeune dépouille d'une inconnue. On ne l'a pas seulement tuée, on l'a effacée. Il reconnaît la brutalité idiote des deux jumeaux, choqué tout de même par leur obédience servile pour la contremaîtresse. Comment ont-ils pu s'y résoudre ? Puis le ferrailleur se souvient des océans bleus qui tourbillonnent derrière les verres de la patronne. Un cri, mélange de douleur et de peine, lui échappe. Mais à quoi bon ? La houle tonne toujours plus fort que les hommes. Quant aux décombres, ils demeurent à jamais indifférents aux péripéties de leurs occupants.

Sur le seuil, il pousse l'obscurantine de la poignée et s'engouffre dans le bureau, serrant les poings, prêts à abattre Pétiot, Bertrand, Lourse, et tout le village s'il s'interpose entre lui et ses affaires. Mais la pièce est vacante, seul le bruissement des documents bien rangés bousculés par son entrée spectaculaire salue sa présence. Il y trouve quand même, à son grand soulagement, la ceinture garnie de lumineuses, et sa sacoche, dont le contenu composé de flasques et de paquets de brouet s'entrechoquent gaiement, comme il la réinstalle à sa juste place. Sa joie est courte, la lumelance est absente, disparue avec sa ravisseuse, peut-être dans la rotonde au soleil pétrifié. Mais avant de s'y rendre, il reste un ultime endroit à visiter. Loup s'empresse d'arracher le rideau de soie qui cache l'escalier menant vers le bas, et le dévale avec une célérité rageuse.

C'est une chambre au luxe révoltant. Le lit s'étale gigantesque, doté de draps de tissu élégant et écarlate aux plis chatoyants. Une famille d'hôtes y sombrerait dans une confortable torpeur sans s'y frotter les orteils par manque d'espace. Une étude en bois pare une des parois, surmontée d'une étagère sculptée, des dorures courent le long des murs, leurs trajectoires interrompues seulement par une formidable peinture. Le perché en demeure stupéfait. L'artefact est intact, la finesse de son art s'offre à l'intrus de toute sa splendeur ancestrale. Un miracle, une relique inestimable qu'un village entier pourrait contempler des jours, festoyer autour, célébrer sa beauté picturale. Le sens de la scène échappe à Loup, il ne comprend pas cette colline verte qui s'enfuie dans un horizon de feuilles et de soleil libéré. Une silhouette chétive, minuscule, à peine visible, semble dormir, apaisée sur le ronflement de cette terre primitive.

Loup s'arrache de sa fascination, un autre détail l'intrigue. Une ouverture se découpe à l'extrémité de l'appartement grandiose, un réduit qui s'enfonce vers l'inconnu. Il diffuse une vive luminescence sur la pièce, de petits doigts ambrés qui le caressent et l'attirent.

Le couloir souterrain s'étale, son angle descendant s'accentue et il faut quelques minutes à Loup pour en achever la traversée. Finalement, il déboule dans une caverne dont la forme grossièrement ronde évoque la rotonde où ils s'étaient tous réfugiés lors de la houle précédente. Mais les bâtisseurs de ce repaire enfoui ont œuvré avec plus d'ambitions. Ils ont même miné avec excès, poussant la voûte à une hauteur vertigineuse, étirant son diamètre pour y loger des multitudes. Les dimensions démesurées de cette grotte secrète ne forment pas la seule surprise qui ébahit l'intrus : une lumière chaude assaille l'arrivant, à qui il semble avoir percuté un astre statufié, avant de réaliser qu'un cristal éblouissant trône de toute sa majesté au centre de la sphère souterraine.

« Foutrebrume ! » jure Loup, aveuglé.

Heureusement sa cécité n'est que passagère, et bientôt, il distingue une ombre qui s'agite près de la pierre monumentale. La contremaîtresse lutte avec sa lumelance, ses doigts farfouillant le manche inerte.

« Elle ne se dégainera pas pour vous », souffle-t-il.

Et en quelques foulées, il est sur elle, et lui arrache son arme des mains.

« Comment vous êtes-vous évadé ?

— Qu'importe ! crache-t-il. Cette pierre… vous pourriez l'utiliser pour sauver votre peuple entier. Vous pourriez fabriquer en fragmentant cette météorite des fortifications autour de la manufacture. Nul cauchemar ne braverait un tel rempart.

— Vous ne comprenez toujours rien, Loup. Le Labeur doit être sacré. Par crainte de l'imminente fin, mes ouvriers s'épuisent sans relâche. Chaque coup de pioche est une prière, chaque coup de bêche une supplication. La manufacture est un sanctuaire, elle requiert leur sueur et leur sang. Leur dévotion. Et quoi de plus divin qu'un sacrifice ? Quand ils s'usent, quand ils se dégradent et deviennent obsolètes, cette ultime donation de leur matière obsolète représente leur dernière ascension. »

Elle se recule, époussette ses habits par petits gestes rapides, battant cette poussière qui a daigné se déposer sur son impeccable veste.

« Le confort d'un rempart. Bah ! Le monde est cruel, Maître ferrailleur. Et pour le remporter, nous devons nous prouver cruel également.

— Ce n'est pas de la cruauté, c'est de l'ignominie. Et cette femme dehors… » balbutie Loup.

Abandonnant sa sévère toilette, elle tourne le reflet de ses verres vers son ancien prisonnier. Quelque chose bouillonne en elle, une frustration, une indignité, comme un geyser qui perce un à un les barrages mentaux qui la retenaient jusque-là. Elle éclate, son indignation frappe Loup comme une lame de fond.

« Elle a exigé de me parler. Exigé ! »

Hors d'elle, elle se défigure, ses lunettes fuient vers le bout de son nez, des touffes échappent au chignon parfait pour se dresser, et le doigt qu'elle tend vers le ciel bouscule le boutonnage irréprochable de sa chemise sans plis.

« C'est l'anarchie, le désordre. Et vous êtes responsable des doutes qui assaillent mon entreprise, ces minuscules gouttes chaotiques qui érodent la foi de mes employés. Même Lourse a de ces regards qui mériteraient sanction. »

Roucoulant sous sa paume d'un frétillement sinistre, la lumelance demande justice. Elle réclame sa vengeance, mais son porteur hésite.

« Cette insolente m'a révélé la division, Loup, qui fracture ma manufacture. J'ai aperçu les graines de la dissidence dans les attitudes des spectateurs de sa révolte. À leur tour, ils ont sollicité des explications, des justifications. Tout cela à cause de cette maudite petite peste au bavardage incessant. »

Elle se tait soudain, consciente peut-être d'en avoir trop dit.

« Marlène ? »

Il l'empoigne violemment par le bras, le bout de son index jouant avec le mécanisme de son arme.

« Où est-elle ? »

Malgré sa posture maladroite, ses orteils effleurant à peine le sol de la caverne, et l'haleine rauque et brûlante de Loup furieux balayant son visage, ou peut-être à cause d'elle, la contremaîtresse retrouve sa dignité de cheffe, son outrage calculé.

« Je le regrette vraiment, mais je devais choisir un sacrifice, Loup. Et l'enfant était dysfonctionnelle, lunatique, prompte à l'égarement et à la divagation. Même altérée, sa concentration fluctuait, une chandelle s'éteignant au moindre souffle de distraction. »

Le lumelance éclate dans son manche, vrombit d'une colère souveraine, sa lumière froide et meurtrière rivalise avec la lueur chaude du cristal de pierre, tailladant les petits doigts solaires de ses lames criminelles.

« Allez-y, tuez-moi. Un autre prendra ma place. Peut-être sera-t-il meilleur pour le Labeur, ou pour ses employés. Qui sait ? Qui le saura ? Certainement pas vous. Ni cette pauvre Marlène. »

Elle s'avance, et Loup sent le soupir glacé de ces derniers mots au creux de son oreille :

« Tu les entends ? Les géants braillent quand ils s'éveillent. Leurs babillements sonnent la fin des civilisations. Je les ai vus à l'œuvre sur des décombres lointains, d'anciens échecs de mon organisation. De ces montagnes, ils ne demeurent que des gravats souillés. Presse-toi, si tu veux la sauver. Lourse l'a emmenée à la frontière qui nous sépare de leur berceau. »

La lance fuse, elle cingle le visage en une balafre rouge vif, et sépare les verres en brisant leur montant. L'assaut a été retenu, de peu, et n'impose à sa victime qu'une marque sanglante, une cicatrice en devenir.

Mais Loup ne contemple pas les conséquences de son geste, il file déjà à travers le réduit. Il file vers Marlène.

Les crocs de la houle

Lourse est adossé à l'une des cheminées de la fonderie, jonglant avec son bâton d'une main, et serrant sa pipe incandescente de l'autre. Quand il prend enfin conscience de la présence furieuse à travers les nappes narcotiques, le ferrailleur est déjà sur le point de le dépasser pour prendre l'échelle. Le vieillard s'interpose, il veut lui expliquer que le sacrifice est nécessaire, que c'est la seule méthode pour protéger son peuple, mais sa bouche ne crache qu'un nuage de fumée abject. En réponse, le poing de Loup s'écrase dans l'ouverture provoquant une explosion de chicots et de sang.

Sonné, Lourse trébuche de quelques pas en arrière. Une expression d'incompréhension et de fatalité se glisse, fugitive sur son visage, puis il bascule dans l'orifice de l'évacuation sans un cri.

Il faut quelques moments à Loup pour réaliser l'événement. Une pression dans le Fil, Gaston s'impatiente, et la houle également, qui propulse maintenant des rivières de brumes à travers le plateau comme des bras tendus vers la manufacture. Affrontant ce courant enragé, une frêle forme chavire, elle étreint le sceptre dont la médiocre lueur perce à peine les ombres affamées qui la harcèlent. Marlène est une étincelle qu'un océan s'apprête à éteindre. Et Loup est trop loin pour la protéger de l'extinction. Quelques torsions paniquées sur le Fil, il implore Gaston de lui offrir une fois encore des ailes. La réponse du veilleur est un laconique :

« Prépare-toi. »

Loup appuie sur ses genoux, oiseau ployé prêt à quitter le nid. Il espère que son envol ne se réduira pas à la projection d'un ridicule volatile, aux plumes chétives arrachées par la tourmente, mais plutôt au décollage magistral d'un aigle. Le défi est de taille, mais de sa réussite dépend la vie de Marlène.

Une tension naît dans le Fil, le présage de la force insufflée par Gaston. La fine cordelette grince, ses crins s'étirent en une lente appréhension de la future manœuvre. Loup se concentre ; s'il manque le moment crucial du départ, au lieu de prendre son essor, il valdinguera jambes par-dessus tête dans les airs. Il tend mollets et cuisses et bondit quand le Fil détonne, presque un coup de tonnerre. Gaston ne le déçoit pas, ses ailes ont l'envergure d'un condor. Loup fuse à travers l'espace, fendant la brume qui abat ses cris et ses pleurs dans une vaine tentative pour restreindre sa vélocité. Mais l'on n'arrête pas une étoile filante. En quelques instants, l'interminable trajet cent fois emprunté est parcouru. De son altitude, les détails devenus écœurants de familiarité défilent en esquisses, des taches insignifiantes.

L'atterrissage se déroule avec lourdeur, Loup dérape en posant un pied moins certain qu'il ne l'espérait. Heureusement Gaston l'assure et l'empêche de fracasser son crâne esquinté. Le ferrailleur roule durement sur les terres dévastées qui entourent le gouffre de la mine, il y abandonne quelques morceaux de gras sur les rares tiges d'acier qui y pointent comme des griffes. Il ignore la douleur, se redresse vivement et cherche Marlène.

Affaissée à quelques mètres, elle est recroquevillée, enveloppée d'un linceul de brume, une robe funeste qui se tricote pour atteindre la lumière du cristal. Le miasme fouette la pierre incandescente, pour détruire cette lueur détestée. L'attaque est encore timide, des prémices de futurs assauts. Des rafales charriant des odeurs de cadavres millénaires et de carcasses encore sanglantes s'engouffrent dans les narines du ferrailleur, des remugles pleins d'une grisaille opaque et compacte qui repoussent Loup dans ses efforts fastidieux pour s'approcher, un vent porteur de râles et de supplications. *Elle est à nous ! Elle est déjà des nôtres.*

Pas à pas, le marcheur gagne du terrain, il n'aura bientôt plus qu'à allonger ses bras pour attraper la jeune fille. Le sol remue. Le plateau gigote. Et la houle hurle. La cacophonie s'élève à vers les aigus les plus abasourdissants, avant de s'effondrer dans les graves les plus nauséeux. L'étage entier danse au rythme de ce braillement moribond.

La montagne, elle se déplace !

Un instant, la folie imprègne l'esprit de Loup de son chaos expansif, car, un instant, il a cru contempler le mouvement des décombres voisins, ses massifs contours dévorant les distances à une allure prodigieuse. Sa raison surmonte la vision : c'est la houle qui progresse. Il perçoit les spectres dans son sillage, leurs silhouettes fumeuses écartelées par sa furie. Au-delà des premières brumes pulse le noyau de la tempête, un cœur violacé et crépitant.

L'imminence du cyclone réanime les instincts du ferrailleur. Il arrache le sceptre de la fillette qui l'observe, vide, interloquée, avant de la couvrir de sa cape. Puis il dégoupille une lumineuse qu'il glisse sous le tissu. L'occupante en sera pour quelques brûlures et une cécité passagère, mais la protection des arcanes incrustés dans l'étoffe et l'éclat de la grenade la sauvegarderont contre les émanations les moins tangibles. Pour garantir la permanence de ce rideau défensif, il la ligote fermement à l'intérieur avec le Fil, confiant à Gaston l'exploit d'empêcher la barrière de toile d'être aspirée par la houle.

Quant à Loup, il lui faut l'affronter de plein fouet, elle… et ses crocs. Le sacrifice lui coûtera, peut-être la vie, peut-être son âme, ou pire, ses souvenirs d'Auria. Mais pour sauver Marlène, Loup doit devenir la proie de la brume. Alors, sans hésitation, Loup brandit le sceptre haut, et attend que la vague l'engloutisse.

Quand elle l'atteint, l'exhalation des titans ne le projette pas. Elle n'a pas la violence des vents annonciateurs. Au contraire, elle le recouvre tel un drap opaque et immatériel, un manteau mouvant façonné dans un brouillard pressuré, des fantômes qu'un courant sauvage emporte. Et au centre de cette furie, un chemin s'ouvre vers la sphère orageuse. C'est de là qu'une bête inconnue brame, un être des temps anciens dont le cri incompréhensible, composé de milliers de notes discordantes, assourdit le ferrailleur. *Ce n'est qu'un mirage*, se rassure-t-il, *que l'écho des pleurs et des cauchemars des géants endormis qui remonte harceler les vivants, en quête d'une nourriture plus vive que les paresseuses créatures d'en bas*. Mais le noir l'entoure, le noir pénètre sa chair, il trouve les fragments incrustés par la précédente houle, et ces poussières spirituelles édifient des portes sournoises, des escarres mentales où la brume se love et produit son horrible influence.

Las, Loup relâche sa posture guerrière. Le sceptre glisse de son étreinte pour percuter le sol, sa luminescence fatiguée aussitôt étouffée par de charnus et ténébreux serpents. Des oubliés rampent, émergent de la palpitation grise, s'accrochent faiblement à ses cuissardes. Des silhouettes rachitiques, sans identités, leurs faciès fondus, leurs ongles terriblement longs tourbillonnent et se brisent sur les renforts de son armure tandis qu'ils cherchent à le cerner, à le faire chavirer. Ils amènent leurs murmures, des imprécations muettes qui remuent leurs lèvres vaporeuses, mais le ferrailleur les entend, ces malédictions, dans la naissance d'une migraine vicieuse et destructrice. Avec terreur, le submergé prend conscience que son être est délébile.

Puis le cœur lâche la laisse des bêtes d'ombre, et une horde de caricatures animales grêle sur Loup pour le dévorer de leurs gueules grotesques, à la forme fluctuante, aux regards ternis d'une tristesse humaine, ou éclatante d'une intelligente colère. Des chimères sanglantes, fraîchement dépecées par le cauchemar qui les a engendrées. Elles se jettent à sa gorge et à son visage, mais aucune morsure ne ravage sa chair : c'est son esprit qu'ils assaillent. On y déchire des béances où la corruption s'engouffre.

C'est la noirceur. Il sombre.

« Je suis Loup. »

Mais son affirmation n'est que chuchotement, si loin de lui-même. Il cherche frénétiquement l'amour d'Auria, ou la sagesse de Brénard au fond de ses pensées, une barrière mémorielle pour cuirasser son mental, mais en vain. Invariablement, le sombre le force à pénétrer dans le rocher creux. *Chez le dormeur.*

C'est Gaston qui le sauve, d'un coup sec du Fil, assez pour entailler la brume.

« Loup ! Parle-moi ! »

L'alerte suffit à réveiller les instincts du ferrailleur hérité du long apprentissage par son mentor. Par pur automatisme, il saisit un jus de soleil pour s'en abreuver goulûment, tel un assoiffé découvrant après des heures de marche forcée la source d'eau limpide. Les oubliés s'offusquent de cette clarté soudaine, la brume s'indigne en reculant des plaies et des ouvertures, même les grotesques bestioles desserrent leur mâchoire.

Il s'agit seulement d'un répit. Le cœur vibrant s'approche, et aucune potion magique ne l'absoudra de son emprise. Un instant, il s'imagine arracher la cape de Marlène pour s'y planquer, demeurer sous la chaleur des chiffons cousus ensemble à jamais. Tant pis pour la gamine, elle est déjà perdue, altérée, inhumaine. Tu peux encore t'en tirer, Loup. Pense à Auria. Songe à ta quête. Tu finiras dans le rocher creux si tu ne te préserves pas.

« Foutrebrume, montre donc tes sales babines ! gueule-t-il à la tempête.

— Je suis là. »

C'est vrai. À un souffle de son visage, Gueule blême le toise, elle darde deux yeux féroces sur lui, deux lunes, une blanche et affamée, l'autre ruinée d'une fente cruelle. Sa carcasse est un volcan de poils noirs et de plaies purulentes, un pelage parcouru de tumeurs qui éjectent des excrétions par nuages et par jets. Sa mâchoire est un portail colossal, scellé par la falaise de ses crocs derrière laquelle sifflent les gémissements des mourants et les exécrations des enragés.

Loup affermit sa poigne sur la lumelance, mais l'arme frissonne de frayeur et d'épuisement, conquise par l'influence nocive de la houle.

« Je suis… »

Mais Loup n'a pas le temps de professer son sortilège talisman.

« Silence ! » rugissent des millions de damnés qui logent dans le gosier abyssal. « Tu n'es qu'un mensonge, une ombre. Il n'y a pas d'étoile ici-bas, il n'y a que la nuit et le noir, et mon appétit qui gronde, et mon museau qui te renifle, et mes crocs qui te croquent. »

Gueule blême se détend prodigieusement vite pour une créature si colossale, et cette fois, nulle pression de la corde ne protège Loup de la morsure. L'étau de ses canines pourfend sa cuirasse, et éclate sa chair. La blessure n'est pas mortelle, la bête joue avec sa nourriture, mais la douleur envahit Loup, se conjugue avec la céphalée terrible et conjure toute une nouvelle gamme de supplices.

Loup s'envole soudainement alors que la chimère lâche finalement sa proie qui valse jusqu'au toit de brumes voraces. Au toucher, la surface informe se transforme en vers spectraux qui se trémoussent dans les perforations fraîches. Loup entend des lamentations exaltées résonner dans son esprit. Les sinistres exclamations mentales balayent les effets de la drogue salvatrice. Le perché chute deux fois, d'abord dans sa propre ombre, puis il dégringole de son perchoir, sans aucun Fil pour atténuer la réception il a sacrifié sa sécurité pour la petite. Son crâne rebondit sur le sol pétrifié.

Un instant, un souffle. Il perd conscience.

Dans le rocher creux, le dormeur s'éveille. Il a des jambes sur ressorts, et une touffe de lames comme chevelure, une cape qui coule et se tortille dans son dos, et un sourire carnassier à en bouffer la lune. Moi, je pleure, je crie, je pleure, je crie.

Heureusement, le soleil chute.

La réalité virevolte. Lentement, grâce à des inflexions générées par la part primitive de son être, le ferrailleur sort de sa torpeur et se redresse face à la montagne. Il brandit sa lumelance qui brille, inquiète, telle une allumette frissonnante contre la vague interminable d'un océan de brume.

« Quel festin tu t'apprêtes à m'offrir, Loup. Toi et ta mémoire viciée, tu marines depuis si longtemps dans ton ombre.

— Je suis Loup ! »

L'imprécation déverse en lui un peu de courage, mais la cuve est percée, et la bravoure se vide par les interstices. Gueule blême abat une patte énorme, aplatit le ferrailleur. La bête ricane, et les réprouvés qui logent entre ses dents s'époumonent, épouvantés.

« Je te prouverai ma patience. Après tout, ne suis-je pas la fille des titans, leur rejeton capricieux, qui a fui à tout jamais leur détestable étreinte ? Ne suis-je pas la chienne qui traîne le cœur de la houle ? L'éternité s'étire devant moi. Alors, Loup, je te concède tes dernières respirations, et ces quelques jours d'errances et de tourments. »

Elle penche son œil crevé pour en accoler la fissure fumeuse sur son torse.

« Mais ma promesse tient toujours. Quand tu sombreras, mon petit louveteau, je te goberai tout cru, et je te digérerai tout entier. Ta dépouille puante, j'en bourrerai la plaie qui m'a rendue borgne. Ainsi, tu seras le spectateur de toutes mes horreurs, de tous mes carnages. Le témoin de toutes les souillures et les dégradations que j'infligerai dans mon sillage. Ah ! tu seras bien installé, à la loge principale, pour contempler les milliers de sévices réservés à ton perchoir. Je suis sûr que tu apprécieras la mise en scène, après tout, ses habitants ne sont que des lâches. Ils t'ont abandonné. »

Elle se détourne, dédaigneuse, son attention fixée sur la manufacture, sur les hauteurs, avant d'ajouter :

« Continue ton périple. Sous tes pieds, la poutre grince, et l'oubli réclame son dû. Tu ne trouveras pas de petit soleil adoré en bas, Loup. Il n'y a que mes aïeux et, avant eux, le rempart gesticulant. Nous nous verrons bientôt. »

Et elle s'élance. La houle fait comme un chariot autour de la monstrueuse charogne, un véhicule sépulcral animé par la force terrifiante de la brume. La collision avec la manufacture provoque une onde de choc que Loup perçoit dans la moelle de ses os, un réarrangement cataclysmique de l'atmosphère déjà bien trop malmenée.

La louve a éventré sa proie : ses cohortes funestes se jettent sur les restes pour détruire avec une ferveur carnassière ces habitations qui évoquent en eux une humanité blasphématoire, un état qui leur est à jamais inconnu et qu'ils doivent réduire à néant. Le saccage est progressif, d'effondrement en effondrement, de fondations brisées en bâtiments qui s'éparpillent. On croirait le triste spectacle d'un château de sable dispersé avec rage. Finalement c'est la fonderie qui implose, libérant un ultime nuage de fumée cendreuse. Loup y voit la dernière inspiration de Lourse, dont le corps sans vie y gît encore.

Sous la cape, la présence de Marlène remue, et sa tête s'en extirpe, hésitante.

« Tu peux sortir, cette houle est différente des autres, Marlène.

— Pourquoi ? » chuchote-t-elle.

Sa voix transpire d'une peur contenue.

« Elle chasse. Elle dévore. Elle a des crocs. »

Au loin, le manoir de la contremaîtresse chavire et sombre dans le lit de ruines qui l'entoure.

« Je crains que ton travail à la mine soit retardé, commente Loup.

— Ce n'est pas grave, je déteste ça. J'en ai vomi toute la nuit. »

Elle s'est approchée du ferrailleur pour s'agripper avec force à sa main. Du fond de son abîme, de cette noirceur qui le ronge, il ressent un pincement de soulagement. La fillette a triomphé de la modification infligée par la contremaîtresse. Par l'éclat de sa révolte et de son impertinence, elle a dégagé l'altération de son système. Alors il serre la petite poigne à son tour avec la même angoisse de ce moment, quand il s'attache à un piquet sans savoir s'il sera capable de supporter son poids.

« Tu saignes Loup !

— C'est superficiel. Gueule blême ne veut pas ma mort, mais mon agonie. Je dois partir, Marlène. C'est la fin de mon voyage, et il n'y aura pas de retour.

— Emmène-moi ! »

Elle le propose sans conviction, trop intelligente pour fantasmer une réponse positive, mais Marlène doit parler au risque de ne rien dire, au risque de le regretter à tout jamais.

« Là où je vais, il n'y a pas de place pour tes bavardages, gamine. »

Alors ils se taisent, et, les doigts fluets de la fillette pressant les paluches couturées de cicatrices du ferrailleur, ils contemplent la ruine de la manufacture.

Marlène étreint le vide. Loup l'a quittée, sa présence s'est effacée dans la brume. Tel un fantôme, il s'est évaporé. Son voyage continue vers les étages inférieurs en direction d'Auria et des vérités qui lui restent à découvrir. Il progresse en toute hâte, et chacune de ses foulées est déterminée par la nécessité de devancer sa propre corruption, la chaleur moite de ses plaies qui l'envahit paradoxalement d'un froid polaire. Son être gèle et il doit parvenir à son objectif avant de sombrer.

LÀ OÙ MEURT LA BRUME

Les marches s'espacent en crevasses insondables. Distantes, elles obligent Loup à convoquer l'aide de son veilleur pour franchir leurs éloignements, mais il contrôle mal sa voltige et il chancelle au bord des abîmes fulminants. Il a pénétré le rideau noir qui voile la séparation entre la manufacture et la prochaine étape de son voyage. Il a fini par comprendre que jamais, à cet endroit, la brume ne dissipera sa frontière nocive et libérera le passage. Parmi les félonies de la contremaîtresse, celle-ci s'avère une des pires. Ce seuil doit être forcé, le visiteur doit braver les effluves qui barrent le chemin. L'entreprise est périlleuse, mortelle peut-être, mais Loup sombre déjà, et malgré le jus de soleil qu'il a juste consommé, sa pénultième potion salvatrice, l'assaut spectral du brouillard lui coûte. Ses plaies ouvertes sont creusées et fouillées, et ce ne sont pas les maigres bandages arrachés à sa cape protectrice qui le préservent de l'influence maudite de son environnement.

Sur ces hauteurs encore saines, Gaston se fait silencieux. Loup l'a prévenu des machinations de la contremaîtresse, des prophéties barbares de Gueule blême, et de sa propre condition d'oublié en devenir, et le veilleur s'est lamenté un instant, conjurant son partenaire de se reposer quelques jours, d'expulser par ses rituels de ferrailleur la gangrène spirituelle qui l'empoisonne, mais Loup lui a affirmé que ce serait peine perdue. Que le temps lui était compté.

Alors le voyageur solitaire se propulse de marches gigantesques en marches toujours plus espacées, une descente qui ressemble plus à une dégringolade. À travers l'atmosphère opaque, il ne perçoit pas de fin à l'épreuve, chaque bond en requiert un autre, comme si l'escalier inhumain se déroulait à l'infini, ou, pire, s'amusant des efforts vains de ce petit être insignifiant, construisait de nouvelles structures en une spirale éternelle.

Tourmenté, exsangue, Loup trébuche près du bord, l'hésitation trahit sa gymnastique de funambule. Il convoque les mots rassurants d'Auria, qu'il retire du miasme de ses pensées couvertes dorénavant de ténèbres poisseuses : « On risque moins de chuter en sautant qu'en reculant. » Il décolle, sent Gaston qui le porte et lui-même s'essouffle, et quand le ferrailleur retombe sur la marche suivante, il culbute et se cogne contre la surface glaciale.

Pas de roches anciennes ici, pas de fer rouillé ou d'acier terne, juste une obscurantine lisse qui aveugle de sa noirceur artificielle et vampirique. Rien d'étonnant à ce que la brume s'y ancre, l'amalgame du métal obscur la séduit tel un phare illuminé leurre les nuisibles. Les structures façonnent ainsi une barrière naturelle qui retient les exhalations des titans, prisonniers de cette énigmatique attirance. Positionnée si près de ces éléments polarisants, la manufacture peut les remercier de sa sauvegarde : ses marches trismégistes l'ont épargnée de bien des raz-de-marée. Jusqu'à maintenant.

Une nouvelle fois, Loup vacille au bord du gouffre. Il tente d'évoquer le souvenir d'Auria, avant de constater l'effroyable : le visage tant aimé a disparu, il ne reste qu'une esquisse pâle, la feuille est craquelée dans sa mémoire. Elle flétrit.

Poussé par la vibration du Fil, il s'élance tout de même, mais à mi-vol, il réalise son échec, jamais il ne parviendra à la prochaine dalle. Le vent réjoui s'engouffre pour l'empoigner et le précipiter avec un enthousiasme cruel vers sa chute. *Peut-être que Gueule blême ne trouvera que des esquilles éparpillées à dévorer*, se conforte Loup, fataliste alors qu'il pourfend la brume de tout son poids.

Noyé dans son esprit, presque satisfait d'en finir, il ne songe pas à alerter son veilleur, mais la vigilance de Gaston reste constante, et, lisant les subtiles indications du Fil, il s'agrippe à sa rambarde et bloque. Le Fil se tend soudainement, il extrait avec violence Loup des brutalités du vide. Les mousquetons de son attirail claquent douloureusement, et pendant un court instant, le ferrailleur se fige. Quelques gouttes de sang glissent entre les coutures de l'équipement, et perlent en direction des profondeurs. La légère pluie écarlate colore brièvement la brume grise, qui tressaute d'excitation.

Puis c'est le Fil qui se déloge d'une des sangles, victime de l'incompétence de son porteur, et l'abîme se déferle sur sa proie sans défense. La détente, trop rapide pour offrir un temps de réaction à Gaston, projette le ferrailleur telle une comète dans le brouillard. Loup déchire sa surface comme un caillou jeté avec rage. Poussé par cet instinct qui lui a sauvé tant de fois la vie, des réflexes que la noirceur même ne parvient pas à éteindre, il se redresse, prépare son atterrissage, relâche ses cuisses, et ouvre ses paumes pour dompter le fouet du vent.

La descente est courte. Trop. Il s'enfonce dans une matière spongieuse dégageant l'odeur malsaine et malade de la putréfaction. La réception n'en est pas pour autant amortie, sa jambe droite subit le premier choc et ploie sous son poids décuplé par la brève chute.

Un craquement sinistre. Une onde lancinante irradie son genou, puis se propage en rayons innervants. Ruade sauvage des sens qui s'emmêlent en une pelote brûlante.

Et ces mots d'angoisse résonnent dont il ne reconnaît ni le timbre ni l'origine : *tu forces la poutre. On ne surmonte pas le vertige en sautant dans le vide.*

Il gît.

Son entourage pue. Des doigts glacés caressent ses cheveux, sa jambe intacte repose sur un torse gonflé de gaz instable.

Des plaintes étouffées l'effleurent, prononcées par une bouche malhabile. Ce sont les siennes. Ses lamentations, ses babillages d'enfants perdus dans l'ombre.

Il gît, mais le Fil se dandine, se trémousse, furieux, paniqué.

Il s'extirpe de sa couche odorante, et découvre que son lit est parsemé de cadavres. Déposés par grappes macabres ou isolés dans leur agonie, ils peuplent la terre nue et sanglante, souillent la roche boueuse, empalés sur les éclats de ferrailles dont la forme ancestrale a été érodée par les sucs de leur décomposition. Sur la dépouille au bide tendu, il aperçoit les vestiges d'un Fil, des baudriers et des pics rougis par le temps. Errant dans le charnier, des silhouettes titubent et émettent des croassements moribonds, des appels muets de mourants, emmitouflés dans des linceuls brumeux.

Loup étouffe un cri. Elle atténue également les élancements insoutenables de son genou disloqué. Quelque part, il lui semble se remémorer un accident l'ayant rendu fragile, mais sa mémoire est un puits, creusé toujours plus profondément par des spectres intérieurs. Fébrilement, il noue le manche de sa lumelance, piètre attelle de fortune, et progresse au hasard, scrutant, à demi aveugle, une issue dans cette lande funeste, négligeant de répondre aux gémissements de Gaston.

Il trace un itinéraire cahoteux dans la désolation. Il bute sur des amas de chair à peine faisandée, des squelettes aux os nettoyés par d'infâmes grouillements, des cadavres frais aux traits tirés, à la peau blanchâtre. Régulièrement, il reconnaît les équipements de ses camarades arpenteurs de décombres, de pauvres individus pris au piège de la contremaîtresse peut-être, ou alors des semblables, ayant investigué trop ardemment la brume et ses mensonges. Parfois, il bouscule une créature plus tout à fait humaine, et ils s'ignorent, perdus dans leurs troubles respectifs, lui, à sa mémoire défaillante, elle, à sa quête d'oblitération.

Cela dure des heures, où il divague dans les sentes écarlates, les narines gonflées de la putréfaction atmosphérique. Puis il heurte un vieillard rachitique. Une ossature ambulante, rendue sèche par le sel de l'angoisse, ornée d'une barbe sale et purulente, qui inflige sa face de macchabée aux rétines floues du ferrailleur. Le déchu darde sur l'impromptu visiteur des orbites limoneuses où coulent des larmes de condamné. Il mâche, inspiré, une maigre lippe à la peau aride. Puis, charrié par un souffle rocailleux, il éjecte un hurlement à briser l'âme :

« La Descente n'est rien qu'une chute qui dure ! Tu m'entends ! Une chute qui dure éternellement ! »

Et Loup, détournant son regard, pris d'une frayeur existentielle, d'une peur primitive, se carapate, oubliant son genou disloqué qui craque et râle dans sa course éperdue. Il s'engouffre un instant dans un boyau étroit, aux parois irrégulières hérissées d'ossements pointés vers le fuyard. L'une des protubérances étiques crochète malicieusement son attirail et en déloge le Fil. Simultanément, Gaston tente de bloquer l'écoulement du cordon, percevant dans son chaos la détresse folle de son ami. Comme un élastique libéré, la connexion de Loup avec les hauteurs s'évade vers les cieux, et envoie valdinguer son ancien détenteur en signe d'adieu.

Loup se cogne. Le couloir s'arrête. C'est la fin du chemin. L'impasse. Une paroi macabre s'élève et achève le sentier. Il est seul dorénavant, Gaston s'est envolé à tout jamais, lui et les autres perchés qui l'ont abandonné dans ces ténèbres.

Le choc devrait être plus rude. Il le sait sans en être bouleversé. Pas de révolte, pas de drame, pas de larme, juste une profonde lassitude.

Il scrute l'élévation, elle monte sur quelques mètres avant de s'évaser. Un piètre obstacle pour un escaladeur aguerri. Mais, recroquevillé dans ses ombres, et dénué de son instrument essentiel, Loup doute de le surmonter. Il est condamné. Condamné à explorer sans fin les interstices de ce rempart maudit. Condamné à observer cette montagne, ces décombres qu'ils l'ont vaincu. Oui, Loup n'est pas descendu. Il s'est enterré.

Dans une tentative hasardeuse de s'exhumer, il s'accroche aux irrégularités, agrippe un fémur qui cède, fracasse un crâne d'une poigne brutale. Cherche une prise plus solide, un manche de fer, ne serait-ce qu'une réglette, mais le lieu est stérile, il ne concède à son grimpeur que du friable. Nulle ferraille ici, seulement les restes desséchés des ferrailleurs, statufiés lors de leur ultime traversée. Nul support pour soulever sa jambe inerte et porter sa carcasse sanguinolente.

Alors Loup pousse une gueulante, une stridence de trompette funeste. Il blâme sa lâcheté, ces jours perdus à la manufacture en une attente vaine, et ses espoirs anéantis. Il gratte la pierre sépulcrale, sautille mollement, empoigne avec maladresse une aspérité qui succombe sous son poids mal assuré. Le voilà, pathétique, croulant dans la poussière blanche des os brisés. Il ferme les yeux. La lassitude l'accueille, refuge de l'échec. C'est une nouvelle cage, il le sait, mais cette geôle-ci est garnie de coussins léthargiques si confortables, de murs capitonnés dont le revêtement possède la douceur d'un matelas rebondi. Il s'y livre avec gratitude.

Pourtant une présence étrangère surgit dans un coin d'ombre de sa prison douillette, une silhouette bossue aux jambes longilignes et cagneuses, au sourire à l'extravagance terrifiante. Il connaît l'intrus, il ne peut pas l'oublier, lui. C'est le dormeur du rocher creux. Immobile, l'entité le scrute, patiente. Loup écarquille ses paupières alourdies, s'évade à contrecœur de son asile troublé, mais la créature demeure. Recroquevillée, immobile.

Patiente.

Loup s'évanouit.

Pas de rêve. Pas de souvenir. Ses nuits sont des déserts de poussière, des grisailles intemporelles. Verticale. Il chute sans chercher à se retenir. Des visages dénués de figures appellent un nom inconnu, parmi eux, il croit reconnaître un être qu'il a dû aimer. Mais c'est si fatigant de se rappeler. Alors il chute et oublie.

Il alterne ainsi entre conscience et inconscience, du marasme abyssal à des réveils brutaux quand ses blessures le tancent, des tisons ardents qu'on lui plante dans les côtes, que l'on appose sur son genou ravagé. L'appendice a perdu son rose pâle pour un violet menaçant. Et à chaque émergence, il constate la présence de son étrange visiteur. Son crâne est surmonté d'un chaos de couteaux imbriqués, des lames à la conception barbare, torsadées et pentues. Qui se rapprochent.

Dans le désert uniforme, une tempête se lève. D'abord quelques grains de sable gris lui fouettent le visage. Puis, le ballet de poussière s'accélère, entraîne dans la danse des paquets plus denses qui virevoltent et tourbillonnent, et l'emportent à son tour dans des vrilles violentes et nauséeuses. Les tornades dessinent dans leur élan une structure, un château touchant ciel et terre, une forteresse mouvante. Gesticulante. Sur ses remparts, des multitudes d'oubliés focalisent leur attention morbide vers le rêveur. Ils desserrent leurs mâchoires cadavériques, ils s'apprêtent à lui beugler mille reproches, quand.

Sursautant hors du cauchemar, Loup se lève d'un bond vif, avant de s'effondrer, s'affalant sur sa jambe blessée. La créature le jouxte dorénavant, son souffle caverneux effleure sa joue, son sourire de vampire écorche la vision vacillante du ferrailleur. Le déchu, paniqué, empoigne un ossement qu'il balance d'un jet pitoyable vers l'envahisseur, une offensive vaine et épuisante.

Pourtant, l'échec de la manœuvre évoque cruellement les défaites similaires qui parsèment son proche passé. Cet écho l'enrage. La réserve tarie de sa colère s'est creusée une nouvelle source, un jet vivace qui jaillit de son œsophage pour gonfler son gosier, et qui finalement le force à desceller les lèvres pour en déverser la fureur :

« Qu'est-ce que tu me veux avec ton haleine fétide ? Ta gueule débouche-t-elle sur l'au-delà pour m'empuantir ainsi ? Tes chicots sont véreux et cariés, et le gouffre immonde qui s'est substitué à ton nez grouille d'une vie infecte. Foutrebrume, tu me fous l'envie de vomir ! Après Gueule blême et ses crocs viciés, voilà donc une nouvelle exhalaison perfide des titans. Toi aussi, tu blâmes ce vieux Loup pour toutes les catastrophes qui brisent ce monde ? Tu me souhaites bouc émissaire universel, comme l'ont voulu ces pleutres planqués dans les hauteurs, qui ont assisté à mon départ sans même me saluer, sans même me retenir. Je ne suis pas responsable de la brume. Je n'ai pas exterminé les hôtes et étouffé leurs sagacités joyeuses, non plus n'ai-je obligé Gallart et Alice à sombrer sous cette pluie noire. Ai-je courroucé Gueule blême, tué Lourse ? Je ne sais plus. Je ne suis plus sûr. Que désires-tu, immonde émanation ? Mes justifications ? Les raisons de ma descente ? Pourquoi n'ai-je pas choisi cette foutue chute ? Pourquoi n'ai-je pas affronté la houle, m'abandonnant à la lente consommation de ses vents voraces ? Pourquoi ne me suis-je pas oublié dans un recoin de la montagne pour y étreindre la pierre souillée de ce qui fut mes camarades déchus ? Par *sa* faute bien sûr.

» Écoutez-moi pleurnicher, voilà pourquoi je m'emmure, pourquoi je me tais, pourquoi je ne parle jamais, même à moi-même. Je déteste mes lamentations. Les causes de mon exil, je les connais. Mon départ est volontaire, jamais on ne m'a banni. J'ai choisi. Ah, les autres perchés espéraient l'impossible. Ils pensaient : ce vieux Loup va rebrousser la poutre et prolonger son séjour. Il nous offrira encore sa présence rassurante et le bonheur des babioles brisées récupérées dans les cimetières de nos ancêtres. Désolés, mes voisins, je refuse votre requête. Ah ! Je la proscris. Inconcevable pour votre larbin grimpeur, votre acrobate solitaire de rester un seul instant supplémentaire en votre déprimante compagnie. Parce que la houle a transporté dans son souffle une étrange feuille grise, aux extrémités un peu noircies, mais aux nervures riches de vie. Son nom, je le connais. Je l'ai sur le bout de la langue, il rime avec joie. Peu importe. Elle m'a aimé une nuit, et sa chaleur était glaciale, sa peau douce comme la pierre. Elle m'a imploré de la suivre, encore, et cette fois je l'ai fait. À rebours, mais je me suis exécuté. Maintenant, je suis le rocher creux, je suis perdu dans le désert incolore, poussé vers le rempart gesticulant, et l'abîme m'enferme. Je ne la reverrai jamais. »

Pour toutes réponses, la créature accole la charade morbide de son faciès aux joues tremblantes et blanchies de Loup. La parodie de grimace s'allonge à en déborder des limites de son visage. Dans son dos, fusionné à son épine dorsale, des loques claquent, des convulsions excitées semblables aux sonnettes des serpents prêts à l'offensive. Quand une langue trop longue, une passerelle de chair sèche sinue hors du chaos buccal de l'intrus pour s'étirer indéfiniment et lécher l'épiderme du ferrailleur, celui-ci couine un mot. Un nom. *Auria.*

La bête recule brusquement. Mais d'un seul pas. Patiente. Elle connaît les soubresauts des oubliés. Son heure viendra.

Pourtant elle se trompe. Car Loup se détourne de sa sinistre figure, il enfonce ses doigts dans les veines de la paroi qui bloque son passage, avec tant de vigueur et de détermination que ses ongles noircis se brisent dans leurs socles, et s'en délogent pour certains. Et il se hisse. Chaque mouvement est intolérable, un supplice physique et une torture mentale. Il mobilise les derniers fragments de sa pensée, les apprentissages enlisés dans la brume qui pollue son être. Quelque part une idée s'extrait, brillante qui lui suggère de farfouiller dans son équipement de grimpeur en quête de ses piquets. Il en déniche un et l'inspecte, incertain, méfiant de lui-même et de cette initiative, puis il plante l'outil dans la surface crayeuse, avant de recommencer avec un autre, et un autre. Et voilà qu'il se hisse encore. L'exercice se répète, une gymnastique laborieuse d'une lenteur abrutissante. Cent fois, il est sur le point de se ratatiner, de flanquer son pied au mauvais endroit, ou de poser la mauvaise jambe au bon endroit.

La créature assiste à l'exploit, imperturbable, peut-être persuadée de l'inévitable échec, ou alors se moquant de cette réussite, la considérant comme un simple délai de l'inéluctable déchéance. Son rictus ne la quitte toujours pas quand Loup finit par basculer par-dessus l'impasse.

Patiente, elle attend.

Au contraire, avec son sourire cannibale et une aisance surnaturelle, elle bondit et débute son ascension pour suivre sa victime. Quelque chose l'arrête pourtant, un bêlement autoritaire, puis l'ordre d'une voix sans âge :

« Pas tout de suite, vieil ami. Pas tout de suite. Ton heure viendra, je te le promets. »

Le ferrailleur roule sur lui-même. La grimpette a détruit ses dernières forces physiques. La légion de blessures qui l'affligent se réveille, excitée par l'effort. Paradoxalement, l'exercice, semblable aux milliers d'autres qu'il a pratiqués durant ces longues pérégrinations solitaires, lui a secoué l'âme, celle-ci s'est ébrouée de la noirceur comme une bestiole s'agite pour chasser des puces insistantes. Il se retrouve, au moins partiellement, incapable de se nommer lui-même. Il n'est plus un homme sans mémoire, mais une nécessité matérialisée : en tant que ferrailleur, il doit descendre pour rechercher Auria. Des bribes de sa personnalité surgissent du brouillard en échos distordus, comme des fantômes lourdauds peinant à s'extraire d'une tourbe gluante.

Le fumet macabre du charnier lui parvient d'en bas, mais ses alentours immédiats apparaissent vierges de toutes décompositions et de toutes ombres inquiètes. En fait, il n'y aperçoit aucune présence, aucun signe de vie ou de trépas. Se déroule devant lui un terrain plat, décharné, à la roche couleur cendre qui grésille sous ses pas gauches. Sous chacune de ses foulées maladroites, des fragments se désagrègent, ponctuant sa marche de détonations assourdies, et le promeneur jurerait y entendre des mots, des plaintes secrètes, livrées par les décombres eux-mêmes. Tout à sa concentration sur le difficile pèlerinage, il écoute les lamentations, distrait. Les cieux brûlent d'un brouillard violacé immobile, une tempête figée et pesante. De pernicieux courants d'air se faufilent sous son équipement pour harceler ses plaies de leurs aiguilles glaciales. Il progresse, parfois arrêté par un fantasme inquiétant, un désert gris qui se surimprime sur les surfaces carbonisées. D'autre fois, une autre vision plus terrible surprend son regard égaré. Le rempart qui frissonne, émergeant du néant tel un mirage titanesque, penche des millions de têtes accusatrices, et menace de s'effondrer et de l'ensevelir. Il est loin, à des lieux, à des éternités, perdues dans cet horizon que l'on n'atteint jamais.

Aucune halte ne retarde pourtant la progression du ferrailleur. Pressant ses blessures viciées, traînant sa patte tordue, il continue, en murmurant le nom salvateur, comme un chant rituel, une comptine magique qui préserve son intégrité mentale. *Auria ! Auria ! Auria !* à tue-tête. Il poursuit son périple, abruti de douleur et de noirceur, nomade aveugle et hagard. Il satisfait ses besoins vitaux quand il en ressent la nécessité ; dégoupille sa gourde pour apaiser la sécheresse qui remplit ses yeux de sels, et déglutit avec difficulté pour avaler de chiches gorgées de boue.

La notion du temps disparaît, le sablier intérieur a été fendu, et se vide dans un désordre incompréhensible. Ce n'est pas la voûte perpétuellement obscure qui renseignera le pèlerin sur la durée de sa traversée. Pas de changements perceptibles de couleurs, de luminosités, pas d'ombres qui se raccourcissent. Pas d'heures qui passent, pas de jours à décompter.

Enfin, il atteint une arête, la rencontre entre sa montagne et des décombres moins imposants. Ils forment une tour en ruine, adhérant par la couronne à sa voisine monumentale. La structure est vautrée sur le plateau volcanique, impraticable sans quelques gymnastiques, un défi que le ferrailleur d'antan aurait relevé avec l'aisance de l'habitude. Estropié et malade, l'épreuve paraît impossible. Malgré tout, il l'entreprend, et même si ses mouvements sont pataauds, ses accroches fébriles, il ne glisse pas.

Le long du bâtiment affaissé, il découvre des portes scellées par des giclées de pierres ébène, des fenêtres ternies d'une cendre millénaire, qui donnent sur de petites pièces sombres, où il discerne de son œil de connaisseur, des dizaines de reliques appréciables : des paquets de sucreries toujours délicieuses, des caisses de nourritures, et d'autres artefacts plus insolites dont il ignore la fonction (ou l'a oubliée). La solidité de l'édifice et son relief géométrique à la régularité rassurant lui offrent par chance de nombreuses occasions de relaxer la seule gambette qui le soutient encore.

Il pose finalement un pied tremblant sur une surface plane, le dernier couloir demeuré horizontal dans cette structure dévastée par le chamboulement qui assista à la naissance des géants des brumes. La plateforme oscille légèrement sous le poids du funambule.

Il y a des éons, ce passage reliait les diverses pièces de la tour. À l'époque, elle s'élevait fière et droite, ses fenêtres à la transparence immaculée illuminaient des chambres luxueuses habitées par d'ancestraux inconnus, vivant leurs vies d'antan, dont le grimpeur ignore le contenu, excepté que ceux-ci n'incluaient nulle brume, nuls décombres, et surtout nul titan et ses larmes grises. Parfois, on s'y reposait même sur de vertes collines, à contempler les infinies étendues feuillues d'arbres vifs.

Dorénavant, le couloir pendouille, une géante balancelle déséquilibrée sur son perchoir détruit. D'un côté, il ne mène nulle part, sauf au néant. De l'autre, il ramène son visiteur vers la montagne de décombres, au le plateau sous le charnier, mais la destination est occultée par des lambeaux vaporeux. Sur un nouveau coup du sort, la tour s'éloigne de cet étage pour évaporer ces chambres éventrées et ses verres fracturés dans le brouillard qui comble l'horizon opposé. Il n'y a qu'un mètre entre l'extrémité du passage et la montagne. Auparavant cette distance ridicule, il l'aurait franchi aisément d'une belle foulée énergique, mais sa foulée est estropiée, et son énergie vampirisée par le mal léthargique qui le ronge.

Gisant sur le sol, il y a une de ces étranges fabrications : un pilier rouillé dont l'extrémité se divise en plusieurs tiges qui se croisent en angles parfaits, comme des doigts chromés aux jointures brisées. Ces mains écartelées font comme des colonnettes sur les parois, et furent une inestimable aide pour la brève descente du ferrailleur sans veilleur, sans Fil, et fonctionnellement unijambiste. Celle-ci a été libérée de son socle ancien, par quelques forces inconnues, et depuis, elle sommeille dans la poussière. Loup s'avise que ce tube métallique représente une parfaite passerelle de fortune pour surmonter le précipice. Il reste au ferrailleur à déplacer le lourd vestige pour le suspendre au-dessus du vide. L'effort s'avère difficile pour le presque oublié, un vertige tenace le poursuit et menace la réussite de l'entreprise. Incapable de pousser avec ses cuisses, il manœuvre le lourd paquet à bout de bras et en contractant son torse lacéré. Une avancée laborieuse vers le gouffre séparateur, et il se débarrasse de son fardeau avant l'abandon définitif des muscles de ses bras, et l'impossibilité de positionner correctement la barre de fer.

Une poutre. Gueule blême disait vrai, je ne t'ai jamais complètement quittée.

L'ironie perce son apathie, elle convie un gloussement rocailleux sur ses lèvres blanches. Et cette fois-ci au bord du précipice, il n'hésite pas, il s'élance avec sa patte traînante.

On risque moins de chuter en sautant qu'en reculant lui chuchote Auria au creux de l'oreille alors qu'il chancelle sur la langue fine du néant, et un sourire narquois et enfantin écarte les recoins de sa bouche. On croirait observer un funambule ivre, ou un suicidaire en plein atermoiement, tant il tangue sur son fragile perchoir. Et le couloir d'osciller à son tour sous la traversée brutale, et de ballotter le support qui sépare Loup du vide. Cela ne dure que quelques secondes, chacune fourmille de fatalités, de chutes avortées, de dangers imminents. Tout cela laisse indifférent le voltigeur qui se permet même un dernier bond à cloche-pied, avant d'atterrir de l'autre côté.

Et, comble d'ironie, il rate son entrée sur ce nouvel étage, et se rétame à peine y a-t-il débarqué. Crachant un filet de salive plein de poussières, il remarque des pieds plantés fermement au firmament de son crâne, deux petons d'enfant. Quelqu'un est là, et un instant, la peur renaît, il craint le spectre qui l'a hanté précédemment, ou tout simplement un oublié venu le pousser par désœuvrement.

Non, l'inopiné visiteur diffuse une lueur familière, rassurante et chaude, une aura luminescente qui évoque les soleils pétrifiés des cavernes de la manufacture. Mais celui-ci est vivant, il pulse, il rayonne, il domine le ferrailleur déchu et brûle les paupières de son contemplateur qui se recroqueville, terrassé par cette clarté trop soudaine, aveuglant l'homme enfermé depuis trop longtemps dans l'obscurité.

Finalement, l'astre humain s'adresse à lui, et elle chante plutôt qu'elle parle, un ton mélodieux, doux et reposant.

« Tu en as mis du temps, Loup. »

Oui, Loup. C'est bien son nom.

Troisième partie

Chute

LA LUEUR DES PROFONDEURS

L'inconnu le guide, et Loup obtempère, docile et reconnaissant. Des fibres translucides couvrent le plateau. C'est une plaine réfléchissante, un miroir décoloré qui ne renvoie que le brouillard opaque d'en haut. Comme des ornements baroques, des formations presque éthérées sont disposées sur les passages, leurs fondations fondues et fusionnées avec le revêtement. Façonnées dans un matériau diaphane, les réflexions venues du sol les pénètrent pour s'y répercuter en échos. Quelques émanations chatoyantes s'animent parfois, qui bouleversent la grisaille de la plaine de sa palette vive, mille couleurs d'un arc-en-ciel artificiel.

« Elles annonçaient d'anciennes échoppes et des halls festifs. »

L'explication sonne mélodieuse, agréable, elle berce l'auditeur. Loup s'est habitué à la radiance de son guide, et a pu l'observer à sa guise. L'inspection déroute le ferrailleur : il s'agit d'un enfant, ou peut-être d'un vieillard. Ses cheveux blanchis par le temps, mais denses et touffus comme ceux de la jeunesse. L'épiderme est lisse, mais tacheté, quelques cicatrices en brisent la perfection. Même ses yeux, sans rides, sont sans âge. On ne saurait dire en vérité s'il s'agit d'une fille ou d'un garçon, d'une ancienne ou d'un ancien. Pourtant, cela ne déstabilise pas Loup, car l'individu dégage une sérénité contagieuse. L'intensité de son auréole solaire s'est résorbée, ses rayons n'agressent plus le déchu. Celui-ci distingue la brume se distordre au contact de l'enfant vieillard. : elle ne l'évite pas, mais le frôle en caresses lentes et prudentes, les précautions d'un chaton recherchant l'attention d'un tigre.

Et Loup continue de le suivre. La silhouette est son Fil dorénavant, son filet rassurant dans cette descente éreintante.

Décompter une chronologie exacte, le déroulement du temps s'avère une tâche impossible pour Loup. Les décombres n'offrent que peu de signes du passage des jours, ainsi même lorsque la brume ne floute pas ses repères temporels, il ne parvient que difficilement à appréhender la succession des jours et des nuits. Mais son état atroce n'est qu'une longue série d'hallucinations, où les lieux et les époques se mélangent. Pas de rêve, non, juste un néant gris, et toujours cette forteresse qui pulse au sommet de la terre.

Peut-être suit-il son guide quelques heures, quelques jours ou quelques semaines. Il se remémore de répits où il s'effondre dans le réconfort de l'inconscience. Des mains d'enfant aux veines d'adulte changent ses bandages souillés, et un murmure prodigue un chant chaleureux, comme un Fil qui le maintiendrait suspendu à quelques mètres de l'oubli final.

Leur destination prend la forme d'une caverne, une pente douce qui s'enlise dans le sol miroir. Le verre blafard y est conquis par des parois de craie, le métal, submergé par la pierre friable, s'estompe peu à peu. Loup déambule dans une ancienne galerie naturelle. Certains boyaux sont boueux, des rochers imposants trouent les murs de leur présence éternelle, abritant des regroupements de champignons appétissants qui pullulent en un foisonnement anarchique.

Finalement, ils s'enfoncent pour aboutir dans une cave. Le toit s'adapte à la taille de l'étrange gamin, il presse la carcasse cabossée de Loup qui entre en baissant le front. Le lieu scintille, des cristaux de lumière encastrés en ciel étoilé sur le plafond. Écrasé par leur illumination, Loup s'assoit au hasard. Une main le conduit gentiment jusqu'à une couche confortable dans un coin de la pièce.

« Maintenant, rêve, sac à puces. Rêve d'Auria. »

Huitième rêve

La noirceur déchire mon rêve en lambeaux qui dérivent dans le désert gris de ma mémoire. Il me faut courir pour les attraper, bondir pour les atteindre, au milieu des sables mouvants. Parfois j'échoue et je m'enlise. La grisaille se déverse dans ma bouche et emplit mes poumons. Je m'agite, terrifié, mais des spectres flous me pressent vers les profondeurs. Sous la couche granuleuse se cache un vide obscur, dans lequel je chute, et dont la seule présence est une masse en expansion constante. Une masse grouillante et gesticulante. Une masse qui gueule et qui murmure. Une multitude d'oubliés qui s'étreignent furieusement, qui jettent leur regard d'ombre sur ma carcasse. Moi, la future brique de ce rempart frissonnant.

Heureusement, mes yeux s'entrouvrent sur le visage rayonnant et le ciel stellaire de la grotte. L'enfant-vieillard panse mes plaies et frictionne mon genou difforme. Il siffle des mélodies à la fois joyeuses et tristes. Mélancoliques. Nostalgiques. Par moment, des parfums envahissent mon palais, qui dépassent en de rares percées le goût de cendre. Mais je ne vous parle que des intervalles, des instants confus où le sommeil se brouille en un délire inconscient, une farandole de fantasmes fiévreux que j'appréhende avec peine.

Il n'y a pas de trouble dans mes rêves : les souvenirs évoqués se présentent avec tous les reliefs de la réalité, et une cohérence souvent cruelle. Pas cette fois. Emporté par le chant de l'enfant vieillard, ma mémoire s'adoucit.

Quelques mois sont passés depuis la mort de Brénard. Auria et moi avons commencé nos premières descentes en binôme, creusant les cachettes avoisinantes sans grand succès. Les excursions sont brèves, nous n'osons pas nous aventurer plus de quelques jours, et jamais à plus de deux étages de profondeur. En de rares occurrences, nos fouilles infructueuses nous ont entraînés près de la Soufflerie, nous sommes demeurés tétanisés devant son seuil gigantesque. Quel glorieux couple ! Si brave, tandis que Gaston, qui nous soutenait tous les deux, nous implorait de prendre mille précautions, de ne surtout rien risquer. Alors nous remontions penauds vers le village, craignant la déception de nos proches face au maigre contenu de nos besaces.

Bien sûr, personne ne dit rien. Pas de reproche. Rosemonde aurait soufflé d'une gueulante magistrale le grincheux, et une remarque sévère de Zéophie l'aurait achevé. Cela n'empêche pas mon silence contrarié d'enfler jusqu'à remplir entièrement ma personne, et de provoquer les colères fulgurantes d'Auria.

Ce soir-là, je n'ai pas encore fêté mes dix-sept années perchées. Le jour est clair, le soleil perce la brume de quelques rayons timides, des caresses agréables sur nos joues blafardes. Une lumineuse comme on les surnomme à Port-Céleste. Un phénomène à la rareté précieuse qui demande un festin. En conséquence, au centre du village, Rosemonde, Gallart et les autres s'efforcent de préparer un lieu de festivités en tirant de vieux bancs qui grincent, et en déplaçant stratégiquement des tables pour former un banquet acceptable. Pendant ce temps, Gaston s'affaire à réparer les assises abîmées, rafistoler les couverts tordus, et bazarde ceux ruinés par la rouille. Il œuvre en solitaire, La Forge étant alitée depuis des semaines dans la tente de soin, son dernier refuge avant sa fin. Auria, elle, s'est enfouie dans les trésors de Brénard. Elle s'est approprié sa hutte, à la recherche d'un peu de magie pour animer la future fête. Enfin, Zéophie et l'imbécile volant accordent un instrument en duo. Ils ont appris à en jouer en symbiose maintenant que l'infirmité de la chasseresse l'empêche de nous régaler de sa musique sans l'aide d'un bras étranger. Inséparable, cet étonnant couple né de l'infortune. Cela provoque des plaisanteries graveleuses chez Gallart, à qui nous jetons de la terre pour refouler le grossier comique, qui fuit en se gaussant, seul, de ses suppositions. Quant à votre serviteur, il file un coup de pouce aléatoirement, butinant au gré des besoins dans tout Port-Céleste. Depuis toujours, j'ai préféré les préparatifs à la noce, cet instant enchanté où l'on s'affaire dans une joie tendue, où se mêle l'espoir d'un moment grandiose, et l'angoisse des inévitables ratés. Je me nourris du bonheur des besogneux, et de cette détente qui baigne mon village. Cela apaise quelque peu le feu qui brûle mes veines depuis la mort de Brénard. Dans les lueurs célestes, je me souviens avoir aperçu un arc-en-ciel.

Le flux du temps s'accélère. Nous sommes le soir soudainement. Une lune parfaitement ronde s'impose à travers le brouillard, une vision sublime qui illumine la bringue. Celle-ci bat son plein. Tout Port-Céleste se livre à une grande foire avec un engouement redoublé par la beauté révélée de l'astre nocturne. Debout sur la table, Gallart gesticule, et sa chorégraphie aussi brutale que navrante renverse les assiettes et chopines des imprudents qui ne les retirent pas en toute hâte. Il beugle des hymnes paillards de son cru, suivis très vite par une Rosemonde refaite par l'ivresse, une chorale cacophonique, qui empire au fur et à mesure que d'autres s'improvisent mauvais chanteurs. Le futur spectre remplace honorablement le vide laissé par Brénard, bien qu'avec moins de dignité : le ferrailleur déchu nous régalait de contes et de légendes, qu'il relatait à force d'effets pyrotechniques fracassants. Quand finalement, la chanson s'épuise, que l'on remplit les verres des boit-sans-soif, et les écuelles des éternels affamés, mon attention se pose sur Auria. À l'écart, ses sourcils froncés, l'hésitation peinte sur le visage, inspiré dans une tempête intérieure. Soudain, elle délaisse son siège et monte sur la table du même pas décidé qu'elle utilise pour défier la poutre.

« Il y a un fantôme dans cette fête, et il est temps de l'exorciser, de libérer nos libations de sa triste hantise », commence-t-elle.

Quelqu'un s'offusque, mais Rosemonde grogne un « Chut ! » tonitruant.

« Brénard nous a quittés. Mon ami, mon mentor. J'espère que les tunnels brumeux où il s'est égaré se sont révélés cléments, leurs impasses confortables, et leurs spectres pacifiques. Je souhaite que sa langue n'ait jamais perdu ses histoires, et que même ombré, il distraie encore de ses fables les oubliés. Et plus que tout, je désire doux son déclin, et que, quand finalement il s'endormira pour toujours dans l'inexistence, son haut de forme ridicule voile ses yeux vides. »

On hoche la tête, on garde le silence. Des cuillères grattent les assiettes, pensives. Des liquides tournoient, méditatifs, dans leurs récipients. La tirade d'Auria, les uniques mots qu'elle a prononcés de la soirée, réalisé-je, sans doute en préparation de cette bravade face à la mort, pénètre la casserole bouillonnante de mon cœur, y perfore un trou par lequel la fumée enragée siffle et libère mon esprit de cette pression. Et pour une fois, je suis le seul à parler.

« Au dernier saltimbanque des hauteurs ! »

J'ai brandi ma chope comme pour mieux briser le silence d'un assaut fulgurant. Mon hommage se répercute. D'abord le braillement grave de Gaston, que complète l'éraillement de Rosemonde, puis il saute de bouche en bouche, jusqu'à Auria. Elle me scrute, et sa larme éternelle brûle d'un feu qui me fascine et qui m'attire.

Quelques heures plus tard, Auria et moi sommes couchés, nos corps à demi nus emmitouflés dans une couverture de toile que nous avons jetés fébrilement sur un parterre de mousse. Le parfum de la sueur et les souffles forment des fumerolles dans la nuit glaciale. Bientôt, elle me quitte, elle s'en va sous ses paupières scellées. Je me détourne d'elle pour dévisager cette lune si rare. Cette lune solitaire. La mousse m'accueille. La montagne est mon trône, les étoiles mon domaine. Le vent murmure des douceurs et me calfeutre les yeux et le cœur mi-clos. Tout est chaud, calme, stationnaire. J'attends. J'attends que le temps se fige. J'attends de ne jamais vieillir.

Les leçons de Lutin

Loup s'éveille. Il est un peu plus lui-même, un peu moins son ombre. L'oubli s'est endormi, mais il demeure.

Son hôte a disparu, mais l'invité constate avec gratitude un bol posé à même le sol, débordant d'une purée épaisse qu'il dévore à grandes cuillères voraces. Le goût de cendre a délaissé son palais, et des arômes raffinés calcinent sa langue d'un millier de sensations exotiques. Chaque bouchée lui évoque la douceur diluée du jus de soleil. Il reconnaît le bouquet des champignons cuits, et le fondant des patates bouillies, mais les autres ingrédients le laissent perplexe, légumes d'origines inconnues à la chair bien trop riche pour exister dans ces profondeurs.

Rassasié, il savoure l'instant présent quand une douleur sourde lui rappelle la situation. Sa jambe boursouflée l'alourdit toujours, il se traînera comme Lourse dorénavant, mais les nerfs tranchés ne provoquent plus leurs élancements atroces à chaque tressaillement. Soulevant ensuite un peu inquiet, la tunique en laine blanche dans laquelle son guérisseur l'a emmitouflé, il découvre que les morsures de Gueule blême ont cicatrisé : quatre gros cailloux un peu violacés incrustés à jamais dans son buste. Il aperçoit également son attirail, plié, et étonnement suprême, lavé. Le mousqueton esquinté demeure en triste état cependant, et le Fil n'existe plus. Une ultime inspection des alentours lui révèle que les pierres du matin n'éclairent pas seulement Loup et son bol vide, mais aussi une fresque peinte à l'aide de craies colorées. Une œuvre éphémère que Loup pourrait effacer d'un revers de sa manche cotonneuse, mais qui capte son attention.

On croirait les illustrations des contes de Brénard : là un titan pourfend la terre, retourne des édifices surdimensionnés, les saisit pour les projeter telles des lances vers un soleil blessé, dont les plaies saignent des lambeaux de brumes. Ici, un dîner fastueux où des ogres joviaux bâfrent avec joie, à côté de leurs semblables qui manipulent de massives manivelles reliées à de colossales hélices. Le dernier banquet des hôtes, chuchote Loup, admiratif devant les millions de détails, la précision soigneuse des barbes et le rouge qui enjolivent les joues des buveurs, et alourdit les tempes des souffleurs.

La fresque, interminable, court sur les murs pour s'engager dans le tunnel par lequel l'infirme se rappelle avoir été traîné à son arrivée. Les décorations s'arrêtent brutalement à mi-hauteur, le dessinateur n'ayant sans doute pas souhaité peindre en pendouillant sans contrôle. Elles tracent également un cercle qui contourne la chambre et s'en échappe par deux nouvelles issues. À l'une, une échelle oscille légèrement, ses cordes tressées mènent probablement à la surface. L'autre sortie est un trou à la circonférence étroite où la frise s'engouffre. Loup pourrait difficilement s'y glisser. Ce n'est pas surprenant, songe Loup en pensant à la stature réduite de l'enfant vieillard.

Quelle étrange vie que pratique son étrange hôte. Isolé dans cette grotte incroyable, juché sur le nez des titans brumeux. Comment occupe-t-il ses journées ? Déjà, le gaillard brode des tuniques, avec un talent certain pour le point et contrepoint. Son appréciation provoque un gloussement chez Loup, un rire qu'il reconnaît enfin, évidé de l'ombre polluante. Compte tenu de sa position géographique délicate, la demeure est miraculeusement vierge de toute corruption. Aucune trace noirâtre suspecte sur les roches, les parterres de mousse, qui couvrent la chambre en une moquette duveteuse, scintillent de leur émeraude naturelle. Le lit dans lequel il a divagué pendant un temps incertain est un écrin cotonneux, un cocon laineux douillet.

Agité de quelques remords pour avoir dérobé la couche de son sauveur, il décide de partir à sa recherche. Indécis, il s'approche d'abord des deux issues et, choisissant d'épargner à sa jambe fichue l'épreuve de la grimpette, il se penche vers le trou pour déterminer la difficulté du passage. En vain, l'obscurité y est complète, intense, visqueuse, comme une mare qui stagne. Il pousse un caillou qui rebondit aussitôt dans un bruit mou. Ce n'est pas très profond, d'en bas, en s'y tenant sur les ongles de ses orteils, Loup attraperait avec facilité le bord supérieur.

La glissade est donc possible, la remontée non problématique : la piste d'exploration paraît tout à fait séduisante. Après sa déchéance, son ardeur de ferrailleur le tenaille. Renouer avec sa tâche, c'est renouer avec lui-même. Arpenter des tunnels ensevelis pour en dépoussiérer les vestiges et révéler à la lueur de sa lumelance les miracles perdus, voilà son médicament contre l'infortune.

La lumelance s'élance hors de son fourreau dans un vrombissement. À défaut d'ennemi, elle éventre l'obscurité de sa lumière vindicative qui peine pourtant à éliminer toutes les ombres. La fosse s'avère effectivement courte sur patte, elle ne s'allonge que sur deux mètres avant de pratiquer une torsion horizontale vers les profondeurs. Ce coude, toutes les gesticulations que Loup fait subir à sa torche n'en éclairent pas la moindre parcelle. Il lui faut descendre. Résolu, il se prépare à l'acrobatie, son genou bossu pousse une plainte lancinante que le ferrailleur décide d'ignorer.

Mais au moment de s'introduire dans le creux, un détail arrête l'entreprise. Il se fige, balançant à califourchon sur le bord, et les effluves glacés de la peur se répandant dans son système nerveux. Il y a quelque chose. Un clapotis dans la mare brune, un mouvement subtil. L'éclat rouillé d'une chevelure cliquetante et un ruban de loque qui fuit en serpentant les éclairs de la lumelance. Roulant sur lui-même, il s'éloigne fébrilement de ce trou dorénavant interdit. Il sent la souillure de son âme se trémousser, intrigué par cette frayeur soudaine, et il s'oblige au calme. Fixant son attention sur les cristaux solaires imperturbables, il s'apaise.

Hors de question de s'enfourner dans ce lieu maudit, décide Loup, *même si je me suis imaginé le spectre, je m'y causerai des terreurs à réveiller ma brume d'un sursaut ravi et provoquerai ainsi ma déchéance immédiate*.

Demeure le tunnel qui s'enfonce dans les cavernes, et l'échelle branlante vers l'extérieur. Ne désirant pas revenir sur ses pas, il choisit l'ascension en ignorant encore les jurons plaintifs de son genou impotent.

Voilà un nouveau plateau. L'étage supérieur couvre la moitié des cieux, un parapluie translucide et Loup commence à comprendre que sa montagne est une pyramide, chacun de ses niveaux s'étend plus vaste que le précédent.

Ici, l'haleine des titans souffle, fétide, sur une lande métallique désertée de toute trace minérale. Le soupir glacial lui inflige une série de frissonnements incontrôlables, il regrette de ne pas avoir échangé par paresse la tunique laineuse contre son habituel attirail de ferrailleur. L'horizon, amputé par les fumées denses, se recouvre de constructions brisées qui affichent leurs squelettes sinistres, sans roche pour cacher la rouille souillée qui ronge leurs fondations. Quelques machines anciennes dont les signaux colorés ont été calfeutrés depuis des âges par la brume. Des pans de tôles ondulées, souvenirs rutilants de bâtiments ravagés par le cataclysme, où se dessinent par moment des encadrures vides de toute porte par lesquels le brouillard concentré s'échappe mollement. Des marches chromées s'enfoncent dans des fissures. Traîtresses, elles mènent au néant. Et au fond, assis sur un échafaudage solitaire, l'enfant vieillard.

Régulièrement, des grondements lointains bouleversent l'inertie de l'atmosphère, des bruits sourds et graves qui rappellent à Loup les hurlements de la houle. Ce sont les ronflements de titans, suspecte le ferrailleur. Leur berceau est juste sous ses pieds.

Arrivé au promontoire où s'est juché son hôte, Loup s'apprête à l'apostropher, avant d'être absorbé à son tour par le spectacle qui monopolise l'attention de son sauveur. Devant l'échafaudage, des centaines d'oubliés occupent le chantier en ruine. Parfaitement immobiles, leurs corps blêmes secoués de nul trémoussement, ils exhalent à l'unisson, et, maintenant qu'il s'est approché, Loup entend comme une vibration harmonique. L'étrange chorale livre un concert atonal, rythmé par les grognements des géants, dont l'enfant vieillard semble le destinataire. L'intéressé les scrute, mâchant une longue pipe d'ivoire. L'opéra absurde s'éternise sans que le perché ose agir. Il a peur de provoquer la colère des déchus, ou l'ire de cette entité énigmatique qui s'auréole de lumière et fait chanter les spectres.

« Le Loup s'est enfin éveillé. Salutations, ferrailleur, on me surnomme Lutin. »

Il n'a pas bougé, mais Loup reconnaît la mélodie de ses mots, un peu atténuée, lui semble-t-il, un peu plus humaine. Agile, il tourbillonne autour de l'échafaudage pour se planter devant Loup. Malgré sa taille, il le domine. Emmitouflée dans une robe épaisse de laine, cintrée au torse par une ceinture en cuivre, mais dont les pans inférieurs traînent, leurs blancheurs brunies de poussière, Lutin dévisage Loup, et ses traits dessinent l'expression concentrée et innocente d'un enfant intrigué.

Derrière lui, la foule apathique s'éparpille déjà, de retour à leurs errances éternelles, mais une paix inhabituelle règne sur leurs mouvements. Aucun ne paraît sur le point d'exploser sous la démence d'une rage incontrôlable, ou les exaltations d'une tristesse suicidaires. Ils déambulent d'un pas tranquille loin les uns des autres, comme on prend congé d'amis après un moment de détente agréable.

« Par quel miracle as-tu apaisé autant d'oubliés ? Sans même leur rappeler leur nom, leur offrir un souvenir… »

La question a échappé à Loup.

« Il y a une universalité dans le cœur des humains. Il suffit de trouver la note.

— Je ne comprends pas. »

L'enfant se transforme, il se rabougrit, son visage se raidit soudainement, et quand il parle, la mélodie a perdu quelques tons, et, si elle s'est ralentie, ses notes sont pleines d'une impatience colérique.

« C'est normal. Vous êtes tous des imbéciles. Rentrons. Les ronflements des feignasses d'en bas me filent la migraine. »

Le ferrailleur retrousse les lèvres pour rétorquer, mais son interlocuteur gambade déjà vers son repaire, avant de souffler bruyamment et de marcher du pas laborieux des vieillards.

Ils se retrouvent assis face à face sur le tapis émeraude. Loup a bien essayé d'interroger cet étrange lutin des profondeurs, mais celui-ci n'a rien voulu répondre avant d'avoir fini d'enlever son manteau laineux, et d'avoir tapoté le foyer de sa pipe contre le rebord de la fosse.

« Je ne fume jamais à l'intérieur. Le toit est trop bas », commente-t-il enfin et Loup considère cette déclaration comme une ouverture au dialogue.

« Tu m'as guéri de ma corruption. Je t'en remercie, vraiment. Mais, brumasse ! J'aimerais savoir comment. »

Pendant un temps, la créature se tait, et quand elle se retourne, l'enfant a disparu pour livrer la scène à l'ancêtre acariâtre.

« Je ne t'ai guéri de rien du tout, tas de viande. Je t'ai soulagé. J'ai résorbé ton ombre qui prenait trop de place, en lui chantant une berceuse. La même comptine que j'offre aux géants et aux spectres… »

Loup manque hoqueter un énième « Je ne comprends pas » avant de se retenir, un peu honteux.

« Tous les humains peuvent sombrer. Ce potentiel est une partie intégrante de votre mécanique primitive. Un rouage essentiel, et pourtant destructeur. Par moment, vous en perdez le contrôle, alors votre machinerie se dérègle, elle s'emballe jusqu'à la vaporisation. »

Le lutin s'approche en ricanant quand il constate la mine désorientée, et dubitative de son invité, avant de lui cogner la tête d'un bon coup du bout de sa pipe, tirant une grimace de sa victime.

« La noirceur est dans ta caboche, je te dis, tas de viande. Ainsi que dans tout ce grand fatras de chair qui te sert d'enveloppe. Elle dort comme les titans, et comme les titans, son sommeil est fragile. Elle s'agite pour un rien, et quand elle se réveille, elle consume son porteur. »

Il hausse les épaules pour signifier que tout cela n'a rien de bien compliqué. Puis, il se détourne de Loup et la lumière projetée par les cristaux change son visage, le lisse de ses rides et de son agacement perpétuel. L'enfant.

« Je croyais que c'était la brume qui nous ombrait. »

À l'interrogation de Loup, il répond d'un sourire contrit, de celui qui a entendu une énorme bêtise.

« La brume n'est qu'une tentatrice. Née des cauchemars des titans, c'en est l'émanation la plus vorace, la plus maline. Elle se contente de faire la causette à la mauvaise part de vos esprits, avant de se retirer. Elle n'a pas la barbarie aveugle des oubliés, qui vous crachent au visage pour vous souiller, ou la rage primitive des bêtes d'ombres qui contaminent par morsure. Non, elle se satisfait de murmures. Parfois, elle doit palabrer longuement, et parfois un seul chuchotement suffit pour éveiller les remords qui dorment. Alors c'est le désespoir, la tristesse et l'oubli, un océan dans lequel vous sombrez, hagard. Incapable de comprendre que cette main qui vous noie vous appartient. »

La lumière fluctue du gosse au vieil homme.

« Cette sorcière est perfide, elle attend que vos carcasses s'enflent de votre propre noirceur pour en récolter les exhalations. Elle s'en nourrit. Non, elle s'en régale. Et elle s'étend. Jusqu'à enfumer le ciel lui-même. »

Le ferrailleur acquiesce. Il n'est pas certain de croire à tout ce que lui raconte l'enfant vieillard, toutes ces explications ressemblent à des affabulations qui pourraient aisément constituer la trame d'un conte de Brénard. Cependant, il a assisté au contrôle de son hôte sur les déchus, cette hypnose massive et miraculeuse qu'il a pratiquée sans effort du haut de son échafaudage.

« Tu doutes. C'est normal. Vous êtes tous des imbéciles. Je t'apprendrai le chant, sac à puces. Il te permettra de maîtriser ta noirceur. Il n'est pas difficile, il suffit de se rappeler que les oubliés se fichent de toi.

— Ce sera long ? Je dois finir ce que j'ai commencé…

— Tu n'es absolument pas prêt à rejoindre Auria, à part si tu souhaites la revoir sous la forme d'une créature fumante et corrompue. Ce qui déplairait à cette ronce, elle m'en rabattrait les esgourdes pendant des heures.

— Tu la connais ! »

La sidération a fait s'exclamer Loup, qui se remémore les mots prononcés par la chétive créature au moment elle le déposait dans son lit. Nouvelle fluctuation et l'enfant impose ses mirettes espiègles, mais le visage garde la gravité de l'ancêtre.

« Évidemment. Comme toi et d'autres égarés, elle a débarqué en petites pièces dégoulinantes de brumes, et je l'ai rafistolée. Tant de ferrailleurs et de voyageurs se sont invités à l'heure du déjeuner pour quérir des réponses, des vérités universelles ou intérieures. »

Il lève des yeux méditatifs, puis c'est le vieux qui darde un regard exaspéré vers son interlocuteur.

« Je ne suis pas un distributeur de sagesses cosmiques, j'ai bien trop à faire pour essayer d'expliquer l'univers à vos cerveaux rétrécis !

— Tu parles de la rejoindre… tu sais donc où elle se trouve.

— Bien sûr, elle est en bas, près des géants. Elle tourne autour d'eux comme un insecte attiré par un incendie. Elle t'attend, sac à puces. Mais, je réitère, et sache que je déteste me répéter : tu n'es pas prêt. Ton esprit est troué comme une vieille étoffe miteuse. Autant te jeter du haut d'un des escaliers, à l'étage.

— Foutrebrume ! mais qu'est-ce qu'elle fait en bas si comme tu le dis, elle n'a pas ombré. »

Un balancement, et l'enfant le contemple avec mansuétude.

« Je n'ai jamais dit qu'elle n'avait pas ombré Loup. »

Loup s'irrite, se détourne de l'intense créature, et laisse échapper malgré lui un dernier « Je ne comprends pas » auquel il s'entend rétorquer :

« Mes énigmes sont nécessaires, tas de viande. Si je t'offre toutes les réponses, tu resteras un imbécile. Éclairé certes, mais un imbécile tout de même. »

Loup s'est levé, et traverse la grotte de bout en bout, évitant soigneusement dans ses trépignements, le trou plein d'ombres.

« Tu ne parles pas par énigmes, mais par devinettes, maudit Lutin. »

Il a parlé dans sa barbe, un peu trop fort, mais Lutin ne s'en formalise pas, sans doute habitué aux humeurs variables des humains. Alors plus pour punir l'opacité des paroles du farfadet que parce qu'il y croit réellement, Loup ajoute :

« Je me demande quand même si tu n'es pas une nouvelle filouterie de la brume pour m'embrouiller… »

Pour la première fois depuis leur rencontre, c'est au tour de l'enfant vieillard d'afficher une considérable perplexité, brisée rapidement par une franche hilarité, un rire qui tinte haut et rebondit sur les cristaux. Comme pour démontrer l'idiotie de la supposition, il ravive sa lueur secrète. L'éclat naît avec la férocité d'un incendie dévorant une source intarissable de combustibles. Il illumine l'espace, absorbe la luminescence statique des pierres du matin dans son royaume solaire. C'est une étoile en ébullition qui triomphe sur les obscurités profondes. Un oiseau de feu qui pousse des croassements véhéments. Un brasier vif qui caresse le fond des yeux éblouis de Loup. Une flammèche qui flamboie, son courroux apaisé, dans le cœur du feu follet qui regarde maintenant son accusateur, un rictus moqueur sur son visage inexplicable. Coupées au centre par un faisceau, les deux facettes y cohabitent équitablement, l'une portant la mine espiègle du gamin ayant réussi une belle farce, l'autre scrutant l'importun, la face rouge et indignée.

« On m'a prêté beaucoup de noms, souvent peu flatteurs, mais, là tu innoves, sac à puces. La seule présence de la brume dans cette chambre se terre dans la fosse. Tu le sais, Loup, tu l'as entraperçue. Il te faudra l'affronter si tu veux rejoindre Auria. »

Loup ne dit rien. Il songe aux dents véreuses et au sourire cannibale.

« Ne sois pas pleutre, personne n'aime les couards. Je peux t'apprendre à maîtriser ta peur, Loup, à régir les rouages de ton ombre pour déverrouiller les soupapes et purger ta mécanique de l'encre qui l'encrasse. Cela prendra le temps qu'il faudra », conclut l'être changeant, avant d'inviter le ferrailleur à se rasseoir d'un geste menaçant de sa pipe.

« Il y aura quatre leçons, et comme tu es pressé, sac d'os, j'en dispenserai une par jour. Une seule ! Estime-toi heureux, tes prédécesseurs ont parfois attendu des mois que je puise en moi l'infinie patience nécessaire à l'enseignement. Les natures de la première, deuxième et dernière ne seront pas secrètes, ni les dangers qu'elles comportent. La troisième sera une énigme qu'il te faudra résoudre. »

Pour appuyer sa déclaration, il tapote cérémonieusement le sol du foyer de sa pipe, à laquelle échappe un filet de cendres vertes. Puis le visage se radoucit, l'enfant ajoute, inquiet :

« La plupart échouent lors de cette épreuve et leur apprentissage est incomplet. On ne peut pas se protéger à moitié de la brume, Loup. Une toile trouée suffit peut-être contre une pluie timide, mais contre une averse, elle ne fait qu'amasser l'eau pour la vider par seau sur nos têtes, quand elle ne craque pas soudainement pour déverser son déluge.

— Je suis prêt. »

Le vieillard crache cruel, l'enfant glousse, constamment amusé par son visiteur, à en devenir presque aussi irritant que son pendant acariâtre. Le ferrailleur aimerait fausser compagnie à la créature aux doubles visages, à l'excentricité schizophrénique, se précipiter dans les profondeurs pour retrouver sa partenaire perdue, et terminer son périple. Mais quelles sont ses alternatives ? En haut, les oubliés qui errent dans le chantier le réduiraient en pièces sans la tutelle salutaire de son maître improvisé. Quant à la fosse… *Brumasse ! je n'y foutrai pas un pied,* frissonne-t-il à l'idée.

« Je connais un endroit parfait pour ta première leçon », jacasse le gamin, avant de se retourner en traînant des jambes. « Allez, sac à puces. Ne tardons pas ! »

Ils partent dans la chambre aussitôt, Lutin refusant que Loup prenne le temps d'enfiler son attirail.

« Pas besoin. Là où nous allons, il n'y aura nulle part à escalader. »

Ils traversent en sens inverse les tunnels de craie, mais bifurquent vers un boyau ascendant qui monte vers le plateau de verre, dans un couloir où une fange épaisse dégage une puanteur d'excréments et de pourritures décomposés. Les parois suintent de végétation liquide et brunâtre, dont les racines s'écoulent plus qu'elles ne grimpent sur la roche souillée.

« Bonne tourbe. Rare dans les grottes. Parfaite pour mes élixirs », informe d'un ton égayé le vieillard en ramassant à pleines mains la matière dégoulinante du sol et en l'enfournant sans cérémonie dans de grosses poches cousues dans sa robe.

« Et pour mon eau-de-vie surtout », lui confie en chuchotant l'enfant, avec un clin d'œil complice.

Loup hoche la tête, seule réaction qu'il se permet face à la folie permanente de Lutin, par peur d'encourager la créature dans ses délires dissociatifs. Ses pieds s'enfoncent dans le charnier végétal jusqu'à la cheville, avec un bruit de déglutition spongieux. Il marche lentement, d'autant qu'il doit arracher sa jambe fichue de la tourbière récalcitrante.

Bientôt, ils débouchent sur une petite caverne basse. Au centre de cette salle réduite, à peine plus large que la chambre du professeur, un bassin souterrain creusé par le temps d'eaux troubles et infestées de vie suspecte. Les bulles exhalent une puanteur nauséabonde, une humidité rance, et une autre fragrance que Loup reconnaît aussitôt, un mélange de cadavre et de rouille. Le parfum funèbre de la brume. D'un signe de pipe, Lutin invite Loup à s'approcher de l'épouvantable mare.

« Des oubliés se sont jetés par désespoir dans ce bassin, Loup. Leurs corps putréfiés ont fini par crever, relâchant leurs vapeurs dans cette geôle poisseuse. La brume en contamine la pourriture, et par vengeance, la pourriture la retient prisonnière. Elle est condamnée à attendre les respirations lentes et laborieuses de cette flotte croupissante pour s'évader de son emprise. J'apprécie l'ironie, Loup. Pas toi ? »

C'est l'enfant qui a expliqué, doctement, mais il recule maintenant de quelques pas dans l'ombre du tunnel fangeux, et concède la parole au vieillard, qui affiche un rictus vicieux.

« Allez, approche-toi et prends donc une grande inspiration, Loup. »

Loup s'apprête à protester. Hors de question qu'il fiche la tête dans cette mixture immonde, qu'il risque encore son âme en buvant directement de la brume.

Avec une détente rapide, le vieillard est sur lui avant même qu'il ait pu prononcer une plainte. Il entend son rire narquois alors qu'un coup de pipe cruel lui frappe le mauvais genou. Loup s'effondre, terrassé par le supplice insoutenable provoqué par cette attaque à la précision sadique. Un hurlement de jurons et d'incompréhension gonfle son gosier, mais l'enfant s'appuie déjà de tout son poids sur son cou et ses épaules et le force à s'immerger dans le bassin souillé.

La matière fluide et organique s'engouffre à flots puants dans la bouche béante du ferrailleur, mais avant que la noyade ne soit inévitable, Lutin libère son entrave, et Loup se redresse vivement, vomissant le liquide infâme avec des hoquets étranglés. D'abord, il ne perçoit pas les effets de la brume, la nausée domine ses sensations, mais bientôt, il la ressent, sournoise, dans les tréfonds de son être. Elle s'est infiltrée, gluante de tourbe, dans ses poumons et son estomac, ravie de quitter sa cellule méphitique. Déjà elle entame sa lente corruption.

« Ce malaise, sac d'os, c'est la brume qui s'agite en toi, elle cherche ta noirceur pour la réveiller d'un grand fracas. Ce sera le glas qui sonne ta fin, ta déchéance, ta chute dans l'oubli et l'annihilation. Alors, bats-toi !

— Mais je ne sais pas comment.

— Savoir… Savoir… C'est avec ta chair et non ton esprit qu'il faut combattre l'influence des titans. Tu réfléchis quand il te faut endurer. Ton ennemie a créé un labyrinthe, Loup, un dédale mouvant élaboré dans le seul but d'égarer ta pensée. Tu ne la vaincras jamais si tu cherches à la cartographier. »

Perdu en lui-même, Loup l'entend à peine. Une cire épaisse couvre ses oreilles, s'injecte dans ses veines. La noirceur s'étale, visqueuse comme la mare où la brume a mijoté. Elle scelle ses paupières, sans offrir une cécité bienvenue. Au contraire, elle expédie son esprit au loin. Il quitte la boue qui pue la charogne pour se retrouver dans un vide lointain, un désert gris dont l'horizon frémit d'une présence massive.

« Je n'y parviens pas. Je suis perdu, je ne vois que le rempart gest...

— Oh la ferme avec tes déclamations d'outre-tombe ! Vous êtes bien tous les mêmes. Foutrebrume ! Tas d'os, tu connais la réponse ! » s'impatiente le vieillard. « Tu le fais depuis ta première descente, quand tu n'étais encore qu'un poids mort aux côtés de Brénard. » Et il s'approche.

Dans la lande monochrome, Loup aperçoit deux phares au loin, deux soleils qui percent le rempart de la puissance de leurs rayons.

« Qui es-tu ? »

Loup inspire. La grisaille est un mensonge. Le désert n'existe pas.

Je suis Loup. Je ne suis pas la brume.

« Clame-le, ferrailleur ! »

Mais sa bouche est pleine de vers blancs et du sable des cimetières. Tant pis, il l'ouvre quand même et balbutie.

« Je suis Loup, je ne suis pas brume. »

Mais sa déclaration pitoyable est vaine. Il peut presque entendre la brume se gausser pendant qu'elle ravage son âme, et l'envoie tourbillonner dans le néant terne et poussiéreux. Jusqu'à ce que retentisse le beuglement d'une trompette colossale, dont l'onde vibratoire fend l'abysse poudreux pour atteindre le ferrailleur.

« Plus fort, tas de viande. Il faut que tu lui cries ! »

Alors, ignorant les détritus morbides qu'il croit gâter sa bouche, il hurle, il gueule et il vocifère sa phrase rituelle. Il proclame d'une déclamation libératrice qu'il ne s'oubliera jamais. Il est la colère de Loup, la tristesse de Loup, la joie de Loup, et l'amour de Loup, et sa peur, et ses souvenirs, et ses regrets, et ses remords. Sa mémoire et ses rêves lui appartiennent, à lui seul, et jamais il ne laissera l'ombre les dévorer.

Finalement, il régurgite un dernier filet de salive fumante.

« J'ai réussi. J'ai chassé la brume... » s'extasie Loup, encore incrédule. Une corruption lui paraissait jusqu'à maintenant irrémédiable, sauf grâce à l'influence du chant magique de son hôte.

— Mouais, commente le vieillard. Je t'ai aidé, ça ne compte pas vraiment.

— Mais c'était un bel effort », complimente l'enfant, en lui tapotant négligemment l'épaule, un rictus facétieux au visage, et Loup déteste et appréhende ce qui a fait germer cette grimace chez son professeur.

« Allez, on recommence, tas de viande. »

Le démarrage des essais suivants est moins brutal pour Loup. Sans jamais vraiment s'habituer à la poisse infecte du miasme, il parvient à blinder son estomac et à s'en abreuver en petite quantité, suffisante pour déclencher la corruption sans risquer l'intoxication mortelle. De toute manière, il en rend le plus possible à la mare dès l'expérience achevée.

La seconde étape lui coûte bien plus de peine. Une torture mentale et physique qu'il s'inflige encore et encore, mais au bout d'un nombre indéfini de tentatives, sous les encouragements naïfs de l'enfant et les insultes frustrées du vieillard, il réussit à s'affranchir seul de l'influence maléfique de la brume, pour voir à travers le désert gris, au-delà du rempart gesticulant. Pour percer ces mensonges, et retrouver Loup.

C'est une main satisfaite que pose le gosse sur le dos frissonnant de son élève, tandis que de l'autre côté du bout des lèvres, l'ancien fume sa pipe, méditatif. Un gloussement incontrôlable échappe à Loup en observant cette face déformée par les deux personnalités qui l'habitent. Rapidement, son hilarité est rejointe par la jovialité de la moitié innocente du professeur et les raclements amusés de sa part ancestrale.

Avant de partir, Lutin fouille une des poches, et en sort une discrète fiole au verre maculé de tourbe, qu'il tend au ferrailleur mal en point.

« Tu ne gagneras jamais ce combat, Loup. C'est un des secrets de cette lutte : elle est éternelle. Et parfois, la lassitude t'aveuglera plus que la brume elle-même. Il te faudra alors un petit coup de pouce. Un petit coup de pouce chimique. Bois, ça te requinquera, sac d'os, et ça t'évitera de chopper toutes sortes de maux nés de l'humidité. Il y a des morts pires que l'oubli, crois-moi. Et demain, je t'apprendrai à les concocter toi-même. Ça sera ta deuxième leçon. »

Le liquide coule dans son œsophage, et son estomac maltraité se dénoue soudainement, comme si un torrent d'eau pure et froide emportait dans son élan toutes les souillures englouties. Il lui rappelle un peu le jus de soleil, mais sa potence est plus diluée. L'effet s'attarde plus longtemps, le cours du torrent fouille son corps pour former un étang réconfortant.

Le soir venu, ou en tout cas, ce que Loup décide l'être, il dîne en silence. Le ferrailleur est incapable de détourner son regard de la fosse, à quelques mètres du lieu où il sommeille. Il a cherché à savoir où logeait l'enfant vieillard, mais celui a pouffé en maugréant à propos de la médiocrité des dormeurs, puis s'en est retourné à son repas, bâfrant comme un gamin vorace, ou picorant d'une bouche tremblotante. Il pense à Gaston, là-haut, triste et endeuillé sans doute, qui s'égare dans son travail de forgeron pour oublier sa perte. Son cœur se serre à l'idée de ce forgeron mêlant ses larmes au fer bouillant. Et puis il y a Marlène. Il espère la gosse en sécurité, sans vraiment en douter. La bavarde lui a montré plus de vaillance qu'il n'en possédera jamais. Elle a vaincu l'altération.

Puis il s'endort, mais la conscience entrouverte, un œil sur la fosse, scrutant l'obscurité en quête de la pointe d'une touffe de lames.

La deuxième leçon se révèle moins éprouvante. Lutin entraîne encore Loup dans les boyaux labyrinthiques du réseau de caverne qui s'étend autour de sa chambre, en quête d'*ingrédients magiques*. Loup en reconnaît certains avec angoisse : des fruits toxiques et fluorescents, si acides qu'ils percent l'estomac du mangeur, de mauvais champignons qui bouillonnent dans les viscères, et s'éjectent par vomissures sanglantes, et d'autres végétaux inconnus, plantes, feuilles, tiges et racines ; Loup en ignore la nature, mais leur aspect, leur toucher et leur odeur ne lui disent rien qui vaille. Le professeur, qui lui a prêté deux moufles peu pratiques, ordonne à Loup de les extraire avec la plus grande des délicatesses avant de lui-même les enfourner sans cérémonie dans ses larges poches sales.

Leurs pérégrinations se font à une vitesse moins effrénée que la veille, rythmées cette fois par les fréquentes haltes pour récolter les divers composants de futurs médicaments. Pendant ses instants, penché sur les parois de la caverne à s'esquinter les doigts pour en retirer la difficile moisson, Loup constate l'ampleur de la fresque. Déjà impressionnante par la foultitude de détails qu'elle contenait, elle le stupéfait par sa taille. Ses fourmillants gribouillages se répandent à travers l'intégralité du réseau labyrinthique, par moment masqués sous un coulis de boue ancienne, sous l'ombre d'un relief rocheux, ou resplendissant sur la craie blanche.

« C'est toi qui ornes tes murs ? Tu veux égayer ton habitat ? » finit par demander Loup, trop intrigué pour conserver la concentration totale exigée par le vieillard.

« Oh, c'est un autre égaré. Quand il me rendait visite, la tristesse cousait ses lèvres. Alors j'ordonnais à l'imbécile de dessiner. Ainsi occupé par ses gribouillis, il ne m'assourdissait pas de ces pleurnicheries muettes, dont l'écho désagréable remplissait ma grotte et gâchait ma lumière. Tu ne comptes pas m'étourdir de pleurnicheries, Loup ? »

L'intéressé garde son mutisme. Une réponse s'avérerait inutile, comme d'essayer d'approfondir le sujet, Lutin aime ses mystères. Ils terminent dans un silence relatif leur voyage agricole puis s'en retournent vers le logis de son hôte.

Sur le chemin, au détour d'un coude, une pierre du matin brille d'une éblouissante intensité, et son guide fantasque s'arrête brusquement devant, tempêtant contre la déliquescence des choses. Escaladant sans difficulté la paroi presque verticale, il se tord sur la sphère défectueuse, et, plissant la bouche de concentration, inspire et siffle une stridule sonore. Le résultat n'est pas agressif, il frôle le musical, un long decrescendo suivi par le cristal à luminescence exacerbée qui abandonne progressivement l'aveuglement pour la clarté charmante de ses congénères.

En redescendant, au grand étonnement de Loup, Lutin évoque Auria.

« Ton amie, je l'apprécie un peu plus que vous tous. Une élève désastreuse, certes, mais elle a du répondant. La première leçon lui fut d'une facilité déconcertante. Elle balaya le désert comme l'on éjecte une mouche trop insistante. L'alchimie par contre… Si elle te propose un breuvage, je me garderai d'en déglutir une gorgée.

— Je n'arrive toujours pas à comprendre pourquoi elle a sombré… Auria, c'était un phare dans les hauteurs, Lutin. »

Un vague malaise traverse la lumineuse créature, un nuage dissimulant brièvement le soleil. L'enfant soupire :

« Tout le monde sombre, Loup. Même les phares sont remplis d'ombres. Auria est descendue dans la fosse. Là, elle n'a malheureusement pas réussi à achever son apprentissage. Ni vraiment humaine, ni vraiment spectre, elle lutte seule dans les profondeurs pour empêcher l'éveil des titans.

— Ah tas dos, cette épine bouillonnait d'une colère aussi intense que la froideur de tes remords. Mais nous en parlerons lors de la prochaine leçon.

— Oui, j'en ai déjà trop dit », conclut le gamin, et il file en gambadant au loin, à travers les couloirs souterrains, et Loup, suant, se presse, de peur de se perdre.

La soirée se déroule dans un calme minutieux, pendant lequel le vieillard jure et grogne face à l'incompétence du perché avec un pilon et un mortier, son manque de flair pour dénicher les doses parfaites, et sa mémoire limitée pour les recettes que Lutin lui explique sans succès.

« Vous êtes tous des imbéciles », souffle-t-il alors qu'il goutte le liquide qui a coûté tant d'effort au professeur et tant de peine à l'élève. Et l'enfant d'ajouter : « Mais j'ai l'impression que tu as réussi ta concoction, Loup. La deuxième leçon est donc terminée. »

Puis, se redressant d'un bond, il se dirige d'un pas rapide vers l'échelle.

« Je dois m'en aller, des affaires urgentes attirent mon attention. Mais je reviendrai pour le troisième enseignement. Profite de ta nuit, Loup. Demain sera une journée difficile. »

Une multitude de rêves insensés agitent la nuit de Loup. Mille souvenirs confus se mélangent, sans qu'aucun n'éclipse les autres et impose ses réminiscences dans la mêlée onirique. Il connaît le phénomène, son esprit se prépare. Il range sa mémoire, trie les fragments, supprime les inutiles, éloigne les superflus, crée un chemin mental pour le prochain événement, telle une foule s'écartant sur le passage d'un mastodonte psychique.

Le matin le cueille plus fatigué que la veille. Lutin lui balance son équipement sans délicatesse, en l'apostrophant de nombreux « Lève-toi sac d'os ! » tonitruants.

« Qu'est-ce qui se passe ? La leçon commence ?

— Il n'y aura plus de leçon, tas de viande. Le temps nous est compté. Allez, enfile ton attirail !

— Foutrebrume ! Lutin, qu'est-ce que tu me racontes ? Si c'est un nouveau tour…

— La contremaîtresse a pansé ses plaies. Dans les ruines de sa manufacture, elle est parvenue à achever son maudit Labeur. Déjà, la pauvre folle a mandaté ses altérés vers les profondeurs, en quête des titans endormis, tremble le vieillard.

— Elle veut briser leurs chaînes, Loup, non pas pour les libérer bien sûr, ajoute l'enfant.

— Mais pour y substituer ses propres menottes. Faites d'obscurantines et de lumières, finit Loup.

— Elle s'imagine asservir la brume, brandir comme une effigie menaçante un titan éveillé sur vos villages. Elle rêve de satisfaire l'ambition dévorante de ses maîtres : le personnel leur manque, et les perchoirs regorgent d'employés potentiels. Mais c'est une folie Loup, on ne contrôle pas un cauchemar ! s'écrie l'enfant.

— L'enragée devrait le savoir, sac d'os. Maintes fois ces congénères ont essayé, et maintes fois nous avons contrecarré leurs plans d'imbéciles. Mais nous avons également échoué, leur laissant la liberté de conclure leur expérience. Des échecs constants aux résultats catastrophiques : l'anéantissement de chaînes entières de décombres, dissipées par le courroux des géants. Pourtant, cela ne les empêche pas de réitérer leurs manigances, encore et encore. Et encore et encore, nous devons les combattre. Chaque victoire compte.

— Il faut que nous nous pressions alors ! »

En disant ces derniers mots, Loup s'affaire déjà à enfiler son attirail, excité à l'idée de quitter la grotte et de descendre enfin retrouver Auria.

« Je te prie de me pardonner, petit ferrailleur. Ce combat, tu dois le mener seul, débarrassé de ma tutelle. »

L'enfant a pris un ton désolé. Loup surprend un air démesurément triste sur son visage.

« Mais pourquoi, si le danger est si grand ? Ton aide est inestimable. »

Pour la première fois apparaît une incertitude sur les traits mécontents du vieillard, et il ajoute, sa mélodie grave remplie de notes angoissées :

« Il y a un autre danger, une menace terrible contre laquelle les humains sont démunis. Tu la connais, tu lui as crevé l'œil, sac d'os. La gueule aux crocs blêmes chevauche les décombres. Pour éviter l'oblitération dans les cauchemars de ses pères, elle a noué une alliance infâme avec la houle. Elle tire la brume vers les hauteurs comme un bon sang de chien de traîneau. Si je ne l'arrête pas, je crains qu'elle l'entraîne jusqu'aux cieux, et alors, c'en sera fini des perchoirs et des humains. Peu importe si un titan s'éveille, si le ciel est déjà éteint. »

La grimace triste enfantine surgit de nouveau, et une larme irradie le coin de sa paupière.

« Ce combat, j'ignore si j'y survivrai. C'est ainsi. Dis à Auria que j'ai fait mon possible, mais que tu es encore plus buté qu'elle ne le prétendait. »

Il y a comme une crispation dans le corps de son maître, une vague qui parcourt sa chétive silhouette. Son soleil intérieur se dévoile à travers sa peau diaphane, et bientôt, Loup recule, incapable d'en soutenir l'intensité.

« Je t'offre, comme cadeau de départ, un dernier conseil, qui te servira sans tarder : ne tombe pas sur ta mauvaise jambe pour la troisième fois. »

Des craquements osseux accompagnent cette ultime recommandation qui s'achève sur un bêlement animal. L'étoile se dissipe et révèle son contenu. L'enfant vieillard a disparu, et Loup découvre à sa place le bouc à la corne unique. Estomaqué, le ferrailleur n'a pas le temps de réagir que la bête le projette déjà dans la fosse d'un énergique coup de sabot.

La fosse

Le fond est glissant, une patinoire boueuse qui entraîne Loup dans le coude où celui-ci découvre, consterné, une pente à l'angle prononcé. Une culbute infernale à travers le boyau obscur s'ensuit, loin de la lueur rassurante des cristaux. Pour protéger son genou abîmé, Loup l'a plaqué instinctivement contre son torse. Ainsi, quand sa dégringolade s'achève enfin, il ne souffre que de quelques bleus, et d'une dignité détériorée.

« Maudit lutin ! Saleté de bouc ! »

Ses vociférations spontanées cessent soudainement quand il réalise sa localisation actuelle, et surtout le voisinage sinistre qu'il a entrevu lors de son unique observation des lieux. Les mots de son professeur lui reviennent en mémoire : *la seule présence de la brume dans cette chambre se terre dans la fosse.* Terrifié par l'ombre à la chevelure effilée, il tente de remonter la pente boueuse avec une précipitation imprudente qui lui vaut de se rétamer la bouche la première dans la fange. Crachant une bave brunâtre, il se relève en se promettant de réfléchir dorénavant à ses prochaines initiatives, pour éviter une dégradation supplémentaire de sa fierté de ferrailleur.

Après tout, se raisonne-t-il pour mobiliser son courage défaillant, descendre est son objectif depuis qu'il a sauté au-dessus du gouffre de Port-Céleste pour débuter son long exil. Impossible de retourner sur ses pas, sans Fil, et sans Auria. Il libère la lumelance de sa gaine et, résolu, s'enfonce dans la fosse.

Bas de plafonds, le lieu rétrécit peu à peu. Loup progresse courbé à l'extrême, et sa gambette déformée lui donne une démarche raide. Conscient que ce spectacle ne valorise pas sa personne, il soupire, las. Une vieille bâtisse délabrée, voilà ce qu'il est devenu. Une relique abîmée. Si, lors de ses fouilles, il dénichait un artefact partageant la médiocrité de son état, il le livrerait aux titans sans même une seconde pensée.

Durant sa grotesque procession, la fresque murale le suit loyalement, ses couleurs vives rehaussées par le contraste entre l'obscurité et le frétillement clair de la lumelance. Mais au fur à mesure que la fosse creuse son sentier dans les ténèbres, le trait enfantin se brouille en un gribouillage frustré. Les mises en scène s'enfoncent dans le biscornu, les figures tracent des caricatures sordides et des représentations odieuses puisées dans des cauchemars. Cela s'aggrave en un barbouillage barbare au bout d'une demi-heure d'avancée tâtonnante, le forcené responsable n'ayant pu réaliser une telle monstruosité qu'en appliquant de grands coups de craies bariolées.

Les affres de l'affolement glacent le sang du ferrailleur alors que sa mémoire afflue vers sa conscience. Ce n'est pas un souvenir oublié qui resurgit, non, c'est un passé qu'il a enterré lui-même, dans ses méandres mentaux, les abysses des montagnes de décombres érigés par ses réminiscences chaotiques. Révulsé, il assiste à la dissolution de ce barrage, à l'inéluctable évocation psychique.

Il refuse la révélation, préfère la langue blafarde de son prédateur qu'il sait tapie dans les ténèbres. Et pour prouver sa détermination à ne pas affronter cette réminiscence, Loup accélère la cadence de sa descente sans plus regarder la fresque. Il détale, pour fuir ses propres pensées, dans les illuminations ballottées de sa lumelance.

Son expédition tourne court lorsqu'il débouche sur un gouffre. La galerie naine s'écroule dans un vide étroit, à la courbure légère, parcouru par les bruissements de vents prisonniers. Il en émane un âpre mélange de soufres et de putréfaction, répugnante alliance qui cause au renifleur moult plissements de narines effarouchés.

La balise exubérante des peintures dévale cette sente obscure, indiquant avec insistance au ferrailleur le chemin à suivre. Sans autre choix de trajectoire, Loup s'y enfourne, remplissant l'espace exigu. La glissade est contrôlée cette fois, les pieds en avant, sa lumelance solidement coincée entre les cuisses. L'attraction se révélerait plaisante, presque amusante, mais la puanteur qui déferle en contresens par relents nauséabonds la rend écœurante.

Réprimant un haut-le-cœur, Loup atterrit en douceur dans une flaque fangeuse, une tourbe semblable à celle où Lutin l'a mené lors de sa première et presque mortelle leçon. La cave humide fourmille d'une végétation pourrissante, des plantes moribondes occultent les murs, leurs tiges tuméfiées de champignons. Parfois, l'un des fongus se fendille et sa chair suinte vers le sol, mais le spectacle révoltant de la nature agonisante n'est pas l'unique cause du dégoût. En réalité, il n'en occupe une place que très secondaire, car en une macabre garniture, des rangées d'oubliés bordent les recoins, certains momifiés par les substances caverneuses, d'autres exposants des épidermes livides et agités de spasmes. À moitié immergés dans le bassin boueux, ils mêlent leurs putréfactions aux flétrissements des végétaux, et leurs effluves muent en un catalyseur universel de bourbier funèbre.

Le décor morbide n'a pas freiné les velléités artistiques du gribouilleur. La frise a été grattée à même la pierre pour combattre la moiteur, les tracées de craies souillées d'empreintes sanglantes. À ce moment même, Loup entend les craquements douloureux de la roche qu'on écorche, et des grincements frénétiques. Une ombre s'active, repliée sur ses jambes tordues comme des ressorts. Elle ne possède pas de bras, mais son front déborde d'un chaos de lames, une chevelure aiguisée avec laquelle elle écorche les parois.

« Je suis là, dormeur. Et cette fois-ci, je ne dors pas. »

Loup a voulu jouer la bravade, mais sa voix tremblotante ruine ses tentatives d'acteur. Pour s'offrir un peu de contenance, il pointe la lumelance vers le croquemitaine.

Celui-ci a cessé de martyriser son canevas minéral, sa tête de biais par un dernier coup de son pinceau.

« Tu es là ? »

Le susurrement du monstre est étranglé, comme extirpé d'une gueule débordante de bave, ou du clapotis de l'eau stagnante. Ce ne sont pas des mots, mais des râles bestiaux parodiant le langage des hommes.

« En es-tu certain ? »

Elle s'est déployée sur ses ressorts si vite qu'elle a échappé au champ de vision du ferrailleur, qui la traque fébrilement du faisceau de sa lumelance. Il s'arrache de quelques pas à la fange pour éviter de finir acculé entre les plantes putréfiées et son adversaire, et il se positionne au centre de la caverne, tournoyant lentement sur lui-même pour éclairer progressivement les pans chargés de la cave.

Des couches de peinture s'alignent et s'entassent sous le tapis de verdure, sursauts écarlates visibles sous les racines. Un dessin agrippe l'attention de Loup, ses contours plus précis dont le rouge éclatant trahit une création récente. On croirait une assemblée de silhouettes aux proportions familières.

Une pierre énorme chute sur Loup avant qu'il ait pu approfondir son analyse. Heureusement, son instinct lui a fait tendre la main pour parer l'éboulement, et il se retrouve à serrer le cou du croquemitaine. La créature se tient à califourchon sur lui, ses jambes dépliées lui cintrent la taille. Elle lui présente son immonde sourire affamé, tout en pesant sur son bras fatigué, seul obstacle entre Loup et l'empalement par les lames. Dans son dos, greffés à sa colonne vertébrale, des lambeaux de vêtements se dressent comme des serpents. Ils sifflent et fouettent les côtes de la misérable victime, et l'un d'eux, plus vicieux, s'empresse d'enserrer le genou fragile.

Ployant sous l'assaut, de la sueur envahit son front. La bave acide de son agresseur coule le long de sa poigne qui l'étrangle. La chair qu'il presse est friable et grouillante, et il doit se battre contre tous ses instincts pour ne pas la libérer. De l'autre main, qui tient la lumelance, il tranche l'étoffe d'un moulinet. Écrasé, son froc barbote dans le liquide organique. Terrassé, le ferrailleur sent les loques s'enrouler autour de ses chevilles, de ses bras, de son corps, chercher les failles de son attirail. Il bascule, coincé, entre l'eau des morts et les lacérations du spectre, son dos détrempé par les clapotis puants, ses tempes éclaboussées par la salive caustique. Enfermé soudainement entre les chiffons qui l'entraînent dans l'abysse. Une camisole de terreur. Et ce sourire qui s'entrouvre. Et cette langue interminable qui caresse son oreille, qui y pénètre pour mieux lui susurrer :

« Dans le rocher creux. »

Il sursaute. Décide d'arrêter de trancher inutilement les hydres qui pullulent de la créature. Abandonne la torche dont la lueur s'éteint dans le miasme opaque où elle sombre. Extrait son bras à grande peine des fripes. Ajuste fermement sa strangulation.

Pousse sur tes jambes, Loup. Oublie la douleur. Oublie la peur. Déchire cette camisole. Rappelle-toi, les déchus ne sont que des humains égarés, des âmes perdues, et ce spectre n'en est qu'un spécimen dépravé.

Il se redresse, décolle son séant des flots pétrifiants. Son genou abîmé tremblote, une voile en pleine tempête.

Force sur tes guibolles. Oublie la terreur. C'est la luciole de ton âme. Elle les attire, elle les enrage.

Finalement, il domine. C'est au tour de l'agresseur de subir la baignade gluante de la tourbe. Son sourire se dissout dans les eaux troubles, ses lames s'immergent et leurs tranchants se dissipent dans la bourbe. Bientôt, il ne reste du monstre que les trémoussements de ses cannes, et ses serpents miteux qui s'agitent mollement. Un ultime soubresaut, et il cesse de gigoter.

Alors Loup lâche. Il fouille la vase pour en retirer la lumelance. Il beugle, victorieux. Un dernier coup de grâce, une plongée de la pointe de son arme dans le torse rachitique de son ennemi, et il sera débarrassé de ce spectre qui le hante depuis trop longtemps.

Depuis si longtemps.

Un doute le tiraille, et retient ses pulsions de bourreau. D'un geste brusque, il illumine l'endroit où il a trouvé la bête et où celle-ci a peint pour la dernière fois. Plus défini que l'esquisse sanglante du plafond, il y a des visages posés sur ces figures, des attitudes humaines reconnaissables. Le dessin a été repris mille fois, juge Loup, le signe que son assaillant y cherchait l'étincelle qui lui raviverait la mémoire.

Alors, le ferrailleur comprend. Il bondit presque pour extirper la créature de son cercueil liquide, et tant pis pour les entailles qu'il s'inflige sur les lames. Puis il la saisit, affolé, et dans une étreinte sanglotante, il la serre contre son torse. Les lianes des étoffes flottent, agitées de soubresaut, les cahots du noyé qui libère ses poumons, puis elles s'étendent vers Loup, grimpent le long de ses cuisses, de sa poitrine. Avides, mais défaillantes. Elles contournent son cou, remontent ses joues crasseuses, et encerclent lentement son visage.

Loup n'y oppose aucune résistance. Il a compris la troisième leçon : c'est sa peur qui déclenche la fureur, sa frayeur qui nourrit le spectre. Non, sa terreur le façonne. Alors il laisse les bandelettes le momifier.

Elles ne veulent pas sa mort. Elles désirent le ramener dans le rocher creux.

Dernier rêve

Ce souvenir n'appartient pas à moi seul. C'est la réminiscence de quatre mémoires lacunaires. Ne comptez pas cependant sur moi pour vous les raconter de leurs points de vue. Mon empathie a des limites qu'il m'est impossible de franchir.

Plus d'un an s'est passé depuis la lumineuse, ce jour-là. J'ai dix-sept ans et ma vie s'est améliorée depuis que j'ai croisé la lune.

Le duo de ferrailleurs que nous formons, Auria et moi, s'est enhardi. Dorénavant, nous osons. Nous bravons le seuil imposant de la Soufflerie. Nous nous hasardons dans les plateaux inférieurs, dans des grottes et des ruines inexplorées mêmes par Brénard. Toujours sous la vigilance éternellement inquiète de Gaston qui veille nuit et jour sur nos deux Fils, et répare, dévoué, nos baudriers et nos sangles quand nous rentrons de nos longs périples.

Comme deux funambules chutant à l'unisson, nous descendons de plus en plus profondément, poussés par une force inconnue, une envie dévorante de sonder l'abysse. Nous comptons quelques gloires. Il y a ce bras-machine déniché dans une des chambres enfouies des hôtes, où le fantôme égaré d'un des colosses tenait un banquet misérable et pathétique, et refusait de laisser partir ces deux convives involontaires. Ma ruse et la perspicacité d'Auria nous sortirent du traquenard bien que l'expérience nous ait durablement terrifiés. La récompense compensa notre peine grâce au juron de joie expulsé par la flegmatique Zéophie, une fois la relique bricolée par le génial Gaston, et jointe au moignon par l'expertise médicale du siamois survivant. Il y a aussi cette horde d'oubliés qui menaçaient de submerger Port-Celeste, dont nous parvînmes à endiguer la marche conquérante, avec l'aide de la chasseuse et sa précision retrouvée, et le concours musclé de Rosemonde.

Dorénavant, dans les yeux de mes voisins, je ne crois plus percevoir de déception, mais au contraire j'y observe des lueurs d'admirations. Surtout, je ne redoute plus le vide, car je le partage avec Auria.

Ce jour-là, c'est la veille de mon anniversaire. Je sais déjà que mes amis préparent en secret quelques festivités. Les sourires gênés de Gaston trahissent leurs manigances, sans compter les chuchotements sonores de Rosemonde suivis des réprimandes agacées d'Auria. Alors pour fuir leurs cachotteries éventées, je me suis éloigné de Port-Céleste.

Mes pas désœuvrés m'emmènent plus loin que prévu devant un endroit insolite que je n'ai plus visité depuis l'enfance : un cube métallique gigantesque. Une couverture de roche escalade l'édifice aux angles si réguliers et facilite son ascension. Le spectacle de ce bâtiment sur lequel une main de gargouille se referme fait remonter en moi la vague réminiscence d'une interdiction, dictée par Brénard lorsque nous étions encore des gosses inexpérimentés. Oui, Gaston l'avait appelé le rocher creux à l'époque.

Voilà de quoi défier mon mentor déchu. Si ma colère envers l'homme qui nous a abandonnés s'est éteinte, les braises se ravivent aisément. Je n'y résiste pas, quelques secondes plus tard, j'ai gravi le cube. Une plaque de ferraille a été clouée sur son sommet, barrant un trou qui mène à l'intérieur de la construction. La fixation a vécu l'usure de l'âge, les pointes rutilantes cèdent à la première pression. Dessous, c'est l'abysse, mais j'y perçois un mouvement, quelque chose de subtil, comme un relief dans l'obscurité.

J'aurais dû me méfier bien sûr. Mais le recul du temps offre une clarté menteuse, un peu arrogante sur le passé. Quand même, ces rivets étaient déjà à demi arrachés, et ce n'était pas la rouille qui fragilisait leurs étreintes ; leur souillure dégageait l'odeur caractéristique de la brume la plus noire. J'aurais dû savoir.

Sur le rocher creux, je me penche, en vissant mes mains sur la bordure. Mais la brume, écrasée sous mes paumes, se retire brusquement. Elle m'entraîne dans l'ombre. Je bascule. Je tombe. Je tombe !

Ma jambe craque et se brise. Mes sens hurlent. Ou bien c'est ma bouche. Puis tout se tait. Car il y a un être avec moi. Un dormeur qui ronfle et qui inspire et expire les ténèbres dans son sommeil. Affalée de l'autre côté, une décoloration légère de l'obscurité, qui enfle et désenfle.

Et qui gratte.

Et qui gratte frénétiquement l'acier, exalté par un cauchemar. Elle gratte avec tant de férocité qu'elle badigeonne de sang son lit. Incapable de bouger, je l'épie du coin de l'œil. Le trou est à des lieux, une fenêtre qui rétrécit, dévorés par les ombres. Des volutes achèvent de l'occulter, en formant des mailles grises.

Soudain, le dormeur s'agite. Il se redresse, renifle bruyamment, colle ses lèvres sur le parterre de brume et émet un long cri guttural. Mon dos vibre. De biais, je l'aperçois se lever, bossu, traînant ses bras comme des poids morts. Je crois que ses jambes s'étirent à l'excès, elles l'empêtrent. Il trébuche, et s'affale, sa tête roule près de la mienne. Sa chevelure perdue dans l'ébène produit un son métallique. Et son visage me sourit.

Les traits émaciés. La denture dévastée forée de pourriture. Des cernes comme des sillons de poussière. Deux sphères enfumées où percent à peine des iris laiteux. Et pourtant je le reconnais. Brénard.

Les bras brutaux de la terreur m'emportent, et je hurle. Et lorsque ma frayeur crève ma gorge, que ses ondes incontrôlées frappent la face ravagée de mon mentor, celui-ci bondit, comme électrocuté. Et alors seulement, sous l'influence de ma peur, il se métamorphose.

Dans un concert d'os craqués et brisés, d'étoffes déchirées et chiffonnées, de ferraille fondue et fracturée, Brénard disparaît, dévoré par son spectre. À sa place entre en scène le croquemitaine. Les grelots de son inoubliable haut de forme ? Forgé en lames qui déchiquettent. Sa redingote dont il était éternellement mal fagoté ? Découpée en mille langues affamées. Ses longues cannes d'acteur ? Tordu en ressort sanglant. Plus de saltimbanque, juste un grotesque pitre au sourire sadique.

Enragé, le monstre glougloute des mots incompréhensibles, des stridulations inhumaines qui sifflent entre ses lèvres gercées. Un déluge de postillons me brûle les joues et les yeux. L'ombre du croquemitaine m'engloutit. Alors, pour la première fois, j'appelle à l'aide de tout le souffle de mes poumons.

Dans le néant, une chandelle s'embrase. Frêle, elle est balayée par l'obscurité. Elle s'agite pourtant dans le noir, tenace, inextinguible, affrontant les bourrasques d'encre qui s'acharnent sur sa minuscule présence. J'assiste à cette lutte injuste de mes abîmes, et je constate l'inimaginable. Peu à peu, inexorablement, la flammèche fait reculer les ténèbres. Libéré de l'emprise des brumes, je distingue la réalité du combat. Auria est là, dans le rocher creux. Elle brandit la lumelance contre le spectre de Brénard. Une épine enflammée contre l'ombre de Brénard. Et l'épine gagne, le monstre se replie, il couine de douleur, finit par s'enfuir dans les fonds aveugles du cube.

La guerrière s'approche de moi, elle m'entoure de ses bras trop courts pour encercler mon corps trop lourd. En haut du trou, Gaston tire le Fil noué à la taille d'Auria. Il ne nous a jamais hissés plus fort.

Enfin, je roule hors du piège. Je suis sauvé. Ils m'ont sauvé. Mais à quel prix ? Le croquemitaine a mordu Auria alors qu'elle remontait, déséquilibrée par ma carcasse inutile. Dans ses yeux, une flaque grise palpite. L'ombre a tacheté sa lumière, mon phare. Elle sombre.

« Ça n'a pas d'importance Loup. Une promesse est une promesse. »

J'ai fourré ce souvenir dans un coffre inviolable, un coffre sans serrure, sans loquet, sans interstice. Je l'ai enseveli dans le gouffre le plus profond des décombres qui composent ma mémoire, et je me suis efforcé d'oublier sa localisation.

Je crois que mes compagnons ont fait de même. Ou peut-être que Gaston n'a plus jamais évoqué la tragédie par clémence à mon égard. Sans doute pensait-il ainsi m'épargner. Mais les brumes enfermées dans ce coffre ont croupi, elles en ont infesté l'acier et noirci les jointures. À travers son couvercle vicié, elles ont entrepris la corruption méthodique de mon esprit.

UN DERNIER TOUR !

Les loques se résorbent, et Loup se retrouve dans l'horrible pataugeoire. Dans ses bras, le croquemitaine s'est volatilisé, il ne demeure qu'un vieillard décharné à la redingote rapiécée.
« Brénard, tu t'appelles Brénard ! »

Mais l'oublié ne répond pas, sa peau translucide reste inerte. Loup perçoit tout juste une respiration lointaine, arrachée à grand effort de poumons moribonds. En dernier recours, il ouvre son ultime jus de soleil, et écartant délicatement les lèvres blafardes de Brénard, il en déverse avec prudence le contenu. Il conserve encore une des concoctions de Lutin, se rassure-t-il.

Brénard s'étrangle, tousse, et recrache en filet la majorité du breuvage. Il n'y a plus assez d'hommes en lui, constate tristement Loup. C'est la brume qui le maintient en vie, et elle l'abandonne.

Pourtant, deux interstices fendent les vestiges de son visage, deux globes ternes empoussiérés qui inspectent faiblement le ferrailleur.

« Te voilà enfin, je t'ai cherché partout, gamin. »

Ses mots sont presque inaudibles, ses lèvres brumeuses floutent les syllabes.

« Je suis là maintenant, Brénard.

— Tu m'as reconnu.

— Grâce à ton dessin. Nous y sommes tous, Brénard : Auria, Gaston, Rosemonde, les autres et moi. Toutes les tailles de nos silhouettes : la feuille, la géante, l'échalas, et le maigrelet, tes spectateurs. Tu t'es planqué derrière le feu, mais ton chapeau à grelots dépasse. »

Il glousse. Le bruit d'un bac d'eau qui se débouche. Et l'urgence enflamme Loup, plus que jamais, il désire respecter la loi des perchoirs : *Le vivant offre à l'oublié son souvenir ou sa fin*. Pour Brénard, il lui donnera l'un et l'autre.

« Tu as même décoré nos faciès de sourires. Cela m'a aidé à deviner que c'était toi mon poursuivant.

— Je ne te poursuivais pas, Loup. Je te cherchais. Le vent m'a apporté tes reproches. Ils m'étaient intolérables, alors je t'ai cherché. Pour m'excuser, et pour m'assurer que vous alliez bien. »

Dans le trouble de ses yeux, deux étincelles s'allument, puis s'éteignent. Noyé dans le désert gris, aucune potion ne l'en extirpa. C'est d'une voix implorante qu'il demande :

« Dis-moi, Loup, vous allez bien ? »

Loup ment en caressant le crâne tavelé de l'ancien ferrailleur.

« Oui, Brénard, nous allons tous bien. Rosemonde, Auria, Gaston et moi.

— C'est bien. »

Ses yeux se détournent, il désigne d'un index tremblotant la peinture.

« Je me rappelle de cette soirée. Comme elle faisait la fière, Rosemonde. Ah, Loup ! Je vivais pour ces moments précieux où je peignais l'émerveillement sur vos visages. Mais si souvent la brume m'a emporté. Et tous les efforts de Lutin sont vains. Quand la noirceur te prend, elle ne te rend jamais entier. Elle croque un morceau. »

Il éructe des expectorations troubles. Son corps l'abandonne. La décade de tortures, les ravages de son voyage halluciné, et aussi leur lutte récente ont eu raison de l'ancien ferrailleur, trop coriace pour son propre bien.

« Tu en es certain, gamin, que tout le monde se porte bien ? Tu vas bien ? »

Ses yeux se révulsent. Ils s'en retournent vers le désert gris et son rempart gesticulant.

« Certain, mon ami », sanglote le disciple. « J'en crache sur la tête des titans.

— Je suis fatigué, Loup. J'ai tant marché.

— Tu peux te reposer maintenant. »

Plus de mots. Plus de farces. Brénard, le dernier saltimbanque des hauteurs a joué son plus grand tour à Loup. Le pitre dort à jamais.

Loup tire Brénard hors du bassin, le dépose délicatement sur le bord. Il hésite. Il connaît la prochaine étape de son périple, il a distingué un chemin souterrain qui perce la grotte pour descendre vers l'étage final de sa montagne de décombres. Mais quelque chose le retient. Flottant dans les eaux sales se trouve un vieux chapeau troué, sur lequel des grelots cabossés gigotent. Loup s'en saisit et l'enfonce sur la tête de son ancien mentor, assez bas pour cacher les paupières grises.

Puis il quitte le lieu maudit. Et dans le tunnel qui mène aux titans enfouis, il jurerait entendre le lointain écho d'un carillonnement triste.

La fin de la descente

Quand Loup émerge enfin du tunnel, il se sent libéré. Il y est arrivé, au dernier étage, là où dorment les titans des brumes. Il se remémore le souhait de sa compagne, qui contrastait tant avec le sien : elle voulait découvrir ce qu'ils cachaient, il désirait les anéantir. Avec le temps, il a fini par aimer l'idée d'Auria plus que la sienne.

Devant lui, le paysage est saisissant, ni métal ni roche, mais la fusion parfaite des deux matières en une noirceur profonde. Aucune construction n'incline son fantôme rouillé d'un autre âge dans cette interminable lande d'obscurantine, et aucune montagne naturelle n'en déchire la surface.

Mais ce plateau n'est pas dénué de relief comme Loup l'apprend à ses dépens en commençant son pèlerinage inquiet. Des collines ébène masquent des aspérités traîtresses, et parfois de véritables gouffres. Quand Loup s'y penche prudemment, il n'aperçoit qu'une grande obscurité, molle et flasque, qui s'agite rarement de rigoles poisseuses. Il y a également ces monticules torsadés, tourbillons solides et figés qui s'élèvent en colonnes colossales pour soutenir l'étage supérieur.

La brume y impose son omniprésence. Plus que corrompre l'air, elle s'y substitue, et il faut toute la force de Loup pour résister à ses petits murmures, ses cachotteries coupables et ses condamnations mentales. Mais les leçons de Lutin portent leurs fruits, l'élève ne cédera plus. Sa noirceur demeurera endormie. Et en cas de problème, il lui reste un des breuvages que l'enfant-vieillard l'a aidé à préparer. Il doute de dénicher les ingrédients dans ces terres arides pour en concocter d'autres.

Le désert gris est réel, souffle Loup craignant que quelque autre vérité cache cette affirmation.

Et quand sa raison lui hurle de faire demi-tour, que tous ses sens brûlent d'angoisse, il perdure. Il avance. Quelque part dans cette dévastation se trouve Auria.

Au bout de quelques heures, la lande s'obscurcit davantage. Elle s'enfonce dans une pénombre qui, mêlée au noir profond de la topographie, aveugle Loup. Ce n'est pas la lumière flageolante de la lumelance qui lui permettra de percer ces envahissantes nuées d'encre.

À contrecœur, le ferrailleur décide de faire une halte, le temps que cette nuit étrange prenne fin. Il s'adosse, accroupi, à l'une des colonnes gigantesques, son arme serrée entre ses cuisses éclaire seulement ses mains et les sangles de son attirail. Dans l'insondable éther, la torche ne crée que des ombres, une horde spectrale qui se meut pour le cerner. Certains de ses membres possèdent des allures humanoïdes, d'autres sont difformes, des émanations chimériques aux formes vacillantes.

Aucun assaut. Les vagues fantomatiques se succèdent pendant des heures, menaçantes, mais sans jamais déferler sur l'assoupi, à peine abandonnent-elles à leur passage une écume de brouillard inquiétante. Finalement, la marée se retire, le néant obscur se décolore, et les contours de la lande crépusculaire réapparaissent peu à peu, délestés de ces ennemis invisibles qui ont harcelé le ferrailleur toute la nuit.

Loup n'est pas fatigué. L'excitation gonfle ses veines et anime son esprit. Propulsé par l'espoir de retrouver enfin Auria, il progresse sans certitude sur le chemin à prendre. Il cherche à atteindre une extrémité : la feuille a toujours aimé jouer près des précipices.

Une autre journée de marche forcée s'écoule avant que Loup n'assiste à un phénomène digne d'intérêt dans ce désert gris. Il a pressé la cadence de ses pas pour fouler au plus vite les bords de l'immense territoire, mais ils s'éloignent, un mirage récalcitrant qui se tient éternellement hors de sa portée. À l'instant où le ferrailleur s'apprête à exprimer sa frustration aux alentours sinistres, un frisson caresse son oreille. Une vibration grave et lointaine. Elle ne provient pas des gouffres élusifs, mais d'un lieu incertain, perdu dans le brouillard. Déjà l'étage s'assombrit, pourtant Loup refuse de s'arrêter, alors il persévère. Il se hâte en direction du son indéfini, effrayé que le grognement s'atténue.

Au contraire, le trémolo grossit. Les modulations de la topographie intensifient les graves, et Loup reconnaît, stupéfait, le chant des déchus fascinés par Lutin. Le cri augmente encore, les ondes s'enfoncent dans les octaves profondes, le grondement d'une caverne qui s'effondre, d'une tour qui s'écroule, ou d'une montagne qui s'affaisse. Rapidement, les nappes souterraines assourdissent le ferrailleur. Elles lui pénètrent la chair et fouettent ses os. Il chancelle. Ses viscères, ses muscles, l'intégrité de sa matière se révulsent à un niveau primitif sous la pression insoutenable, mais il tait cette rébellion. Il doit savoir. Il doit *voir.* Et, au détour d'une colonne, sa crainte s'exauce.

Des légions d'oubliés se sont entassées en un chaos charnel pour édifier de leurs carcasses un monument morbide. Perpétuellement, des déchus divaguent sous ses fondations, y agrippent la conglomération confuse de bras et de jambes brisés et se hissent dans cette masse blanchâtre. La fortification frémissante les avale goulûment, leurs corps digérés sont fracturés, compressés et remodelés pour s'entremêler telles des briques organiques. Et peu à peu, l'horreur s'élève.

C'est le rempart frissonnant de ses cauchemars. Il existe réellement. L'horizon entier en tressaille. Devant ce spectacle épouvantable, le ferrailleur présage une vérité inéluctable : un jour, il frôlera le sommet des décombres. Alors, ses millions de bouches blêmes beugleront leur chant atone et leur désespérance soufflera le soleil.

Loup se détourne, nauséeux. Sa raison convulse. Elle conteste cette vision impossible. Dans ses rêves d'oubliés, son existence le troublait, mais sa réalité le traumatise. S'il le pouvait, il enfoncerait ses doigts dans ses orbites pour fouiller sa mémoire et en arracher toutes traces.

Jamais il ne trouvera Auria près de cette forteresse remuante, sauf si sa partenaire s'est intégrée à l'amalgame. Si cela se confirmait, tout espoir de la retrouver serait vain. Loup hésite. De nouveau, il se tient sur la poutre, mais le vide le guette de chaque côté, et la tige de ferraille bascule.

Aux prises avec son incertitude, il ne prête aucune attention au manteau de ténèbres qui recouvre le plateau. Quand enfin, il redresse le visage pour s'extraire de ses sombres réflexions, le rempart a disparu dans les limbes. Il est dans le noir.

À l'opposé, un éclat discret attire finalement son regard, un trait tendu et mince de lumière qui encercle l'une des spirales massives. Un gros monticule d'obscurantine lui avait caché jusqu'à là l'illumination. Des lieux le séparent de cette étincelle providentielle, et c'est sans attendre qu'il empoigne sa lumelance et se dirige vers cette nouvelle étape de son voyage. Les bêtes d'ombres qui se dressent pour freiner sa lancée, il les embroche de la pointe incandescente et leurs jappements d'agonie font fuir leurs congénères, et quand quelques oubliés, qui déambulent sur son itinéraire, essaient de malmener ce vivant pressé, le ferrailleur les repousse d'un coup de manche brutal pour les envoyer s'écraser au loin.

Loup ne dort que rarement, et peu. Ses tentatives de répit se concluent fréquemment en échec, car l'imminence de la fin le tiraille et les froissements du néant le gardent éveillé. Sa seule vraie satisfaction augmente au fur et à mesure de son éloignement croissant avec l'horrible construction.

Après quelques cycles de grisailles, il est assez proche de la spirale pour discerner clairement la source lumineuse. Depuis quelque temps déjà, il en a deviné la nature, mais il constate avec un soulagement intense que c'est bien un Fil. Son Fil, il en jurerait, car il remonte d'un côté vers les hauteurs, vers Port-Céleste. De l'autre, il se déroule jusqu'en bas de la colonne pour atteindre un orifice immense dont les bords se courbent vers l'intérieur, comme si une puissance gigantesque et monstrueuse avait percé d'un poing rageur la surface d'obscurantine.

La partie inférieure de son Fil, celle habituellement nouée à son attirail, est reliée à la silhouette lointaine d'une femme, assise à la frontière du précipice.

LE PIRE ENDROIT, LE PIRE MOMENT

Si l'on définit une émotion par contraste avec son opposé, alors celui qui a subi une tristesse absolue peut connaître un bonheur à l'intensité magistrale. C'est le cas de Loup quand il retrouve Auria.

Cette joie inouïe se disloque à l'instant qu'il dépasse une colline, l'horreur macabre de la scène se révèle entièrement à son regard.

Des scaphandres inertes gisent autour de sa partenaire. La brume et ses occupants ont éventré, déchiré et enfoncé les protections des altérés, luisantes d'un noir vorace. Leurs visages décolorés sont défigurés, boursouflés de vapeurs grises qu'exhalent leurs narines béantes, de leurs bouches tordues. Titubant au milieu du carnage, Loup remarque des blessures plus fines, dont il reconnaît l'origine : la pointe d'une Lumelance.

Au-dessus des cadavres, les écrasant de sa structure industrielle, une machine vrombit, un assemblage confus de turbines, de rouages et de plaques d'obscurantine. Enchâssé dans ces composants savamment imbriqués, un énorme cristal dégage sa lumière éblouissante, harcelée par la corruption ambiante qui l'assaille comme un essaim de mouches vindicatives avant de se retirer vivement avec un grésillement douloureux. Deux pinces colossales émergent qui se sont refermées autour d'une autre construction, verrouillée dorénavant dans la pression de leurs pistons sur un câble épais comme un poteau, tendu vers les profondeurs. Un Fil, comprend Loup, mais un modèle gigantesque pour une entité plus immense encore. Le crabe mécanique pendouille également au bout d'une chaîne aux anneaux larges et noirs dont l'origine se perd dans les étages supérieurs.

D'où ? Loup le devine, comme il connaît la nature de cette création étrange. C'est le résultat du Labeur, une menotte confectionnée par le génie de la contremaîtresse, une entrave pour contrôler les titans.

Quant à Auria ? Elle se tient assise, la respiration sifflante. Entre ses jambes, sa vieille lumelance cabossée, rafistolée avec des bouts d'étoffe prélevés à l'attirail détérioré que la ferrailleuse porte toujours. La lame enduite de sang brille. Son Fil est glissé entre les sangles à demi arrachées et les mousquetons rouillés de l'équipement, endommagé et loin des soins salvateurs de Gaston. Son habit de cuir tavelé du brun de la brume est dans un triste état. Auria également. Quand Loup s'approche d'elle, l'esprit chavirant d'espoir, étendant déjà ses mains pour l'étreindre, elle bondit comme un fauve aux aguets, la torche létale brandie vers la potentielle menace, la mine hagarde et confuse. Une manche déchirée révèle un de ses bras blêmes où les cicatrices tracent un passé douloureux, confirmé par son corps malingre. Ses joues creusées, les plis profonds au coin de ses paupières, les extrémités de ses lèvres inexistantes, la lassitude s'est inscrite cruellement. Mais ses yeux fascinent et terrifient le plus Loup : l'un est de ce marron à la vivacité curieuse qu'il connaisse si bien, mais à l'autre s'est substitué un globe fumeux.

Ni oubliée, ni vraiment humaine.

Finalement, son regard égaré se focalise. Une clarté traverse son visage défait, fugitivement. Elle le reconnaît.

« Salut, Loup. »

Salut, Loup. Elle l'a prononcé avec la désinvolture d'une rencontre fortuite de deux amis s'étant croisés la veille, sans surprise, sans étonnement. Décontenancé, le ferrailleur s'avance, et elle recule.

« Plus tard. Nous n'avons pas le temps. »

Elle se tourne vers le carnage.

« J'ai achevé les oubliés. Il fallait les arrêter. Malheureusement, cette fois, j'ai échoué à le faire à temps.

— Cette fois ? »

Loup bégaye, incapable de comprendre ce qui se trame. Auria, elle, joue du doigt avec le Fil, et ajoute doucement :

« J'ai récupéré ton Fil, tu l'avais égaré dans le charnier. Ce ne fut pas une mince affaire, il s'était entortillé sur les restes d'un ferrailleur. Il devait chercher un nouveau maître. »

Avant qu'il n'ait le temps de répondre, sa partenaire s'enfuit vivement, escaladant une colline d'obscurantine lisse et haute avec une agilité aérienne. Le ferrailleur tente de la suivre, mais il ne trouve aucune prise à sa portée.

« Lutin est mort. Gaston me l'a dit. Au pied de Port-Céleste. La Gueule blême et lui se sont entre-déchirés. Il a percé son cœur noir de sa corne, elle a lacéré sa chair blanche de ses crocs. »

Sur son perchoir, Auria déloge le Fil des sangles moribondes. *Brumasse*, s'insurge intérieurement Loup. Malgré les excentricités de l'enfant vieillard, Loup avait appris à apprécier l'étrange farfadet. Ses regrets funestes sont coupés par le tremblement qui agite soudainement ses pieds, comme l'onde de choc d'une secousse lointaine.

« J'ai échoué. L'un des titans a ouvert grand ses paupières. Nous ne pouvons le vaincre. Uniquement l'essouffler. »

De l'abysse, un râle phénoménal retentit. Avec horreur, Loup considère le bruit comme les prémices d'une nouvelle houle. Puis il se ravise. La colère qui anime cette plainte est trop définie, elle n'appartient pas à un rêveur à la rage inconsciente. Non, seule une créature éveillée peut atteindre un pareil état de fureur.

« Le voilà ! » lui hurle Auria, et elle s'évapore derrière le rocher.

Cela commence par la houle. Une grande inspiration provenant du gouffre entraîne les brumes de l'étage dans une déferlante qui engloutit le ferrailleur. Cerné par ce cyclone, il n'en ressent pas les rafales, seulement l'immense tristesse qu'il charrie, et ce courroux latent, sur le point d'exploser. C'est un ballet enfiévré et silencieux. Des oubliés y ballottent dans une ronde incontrôlée, obligeant Loup à esquiver leurs étreintes mortelles.

Finalement, un cri d'ouragan retentit et brise cette accalmie. Puis un énorme fracas, le boucan d'un choc phénoménal, celui d'un heurtoir monumental frappant le sol métallique.

On toque à la porte de ma montagne, songe Loup.

Un séisme soulève l'étage entier. La surface parfaitement lisse se zèbre de fissures. Ses reliefs s'affaissent ou implosent en bouffées vaporeuses tandis que des colonnes chavirent et s'effondrent. Le monde s'incline vers le vide. Emportée par sa lourdeur, la machine de la manufacture dévale la pente pour se renverser sur le flanc. Une porte claque avec violence sous le choc, et deux corps patauds roulent du cockpit secret, l'un à peine plus petit que l'autre. Pétiot et Bertrand disparaissent, avalés par le précipice, accompagné aussitôt par la carcasse de leur véhicule et les ambitions dévorantes de la contremaîtresse. Loup, quant à lui, est projeté à plusieurs mètres du sol, un envol involontaire, sans Fil pour atténuer le retour sur la terre ferme. Quand il l'atteint, il est à deux pas du précipice. Glissant, il craint de chuter dans le néant, avant de réaliser que le gouffre a cessé d'exister.

À sa place se trouve un œil.

Une sphère cyclopéenne comble l'immense cavité et jette un regard aveugle sur le carnage. L'obscurantine façonne comme un monocle gigantesque sur cet orbite gigotant, autour duquel le métal gondole, fragilisé par la fumée des larmes qui jaillissent comme des éruptions volcaniques. L'œil du géant est un soleil nocturne, et ses rayons souterrains fondent sur Loup.

Toutes les leçons de Lutin s'évaporent sous l'intensité de ce regard antique. Loup subit son influence comme une mouche subit le plat d'une main. La fuite est une lointaine possibilité, mais la résignation se révèle plus raisonnable. Que faire devant cette immensité ? Cette montagne sous la montagne ? L'attention qu'elle accorde est une avalanche qui ensevelit celui qu'elle contemple. Mille cauchemars surgissent dans l'esprit du ferrailleur. Des désastres, des tragédies, des apocalypses. Un carrousel de visions intolérables qui le subjugue.

Façonné par ces fragments d'oracles qui se juxtaposent peu à peu en un puzzle mémoriel, le vertige d'une révélation s'impose à Loup : les titans n'ont pas causé la fin, ils y ont seulement assisté. Témoins des cataclysmes, ils se sont réfugiés dans la douceur onirique, en quête d'un exorcisme impossible. Quand leurs rêves se dégradent, ils pleurent et gémissent la brume, et leurs convulsions effrayées déchaînent la houle. Mais si leurs paupières lourdes s'entrouvrent, s'ils n'échappent plus à leurs terribles souvenirs, à ce fatidique moment, ils réalisent le mensonge de leurs fantasmes et la vérité de la ruine. La réalité des décombres. Alors, aveuglés par leurs psychoses, les titans dévastent.

Submergé par l'agonie des géants, le ferrailleur se paralyse. Il croit entendre un jaillissement concentré de terreur, mais le son s'assourdit en un écho lointain pour l'homme qui erre désormais dans le dédale confus de la folie. Sa bouche est ouverte, sa langue tremble, sa cage thoracique vibre, mais ce cri n'est pas le sien. Il ne le reconnaît pas.

Ironie du sort, un oublié le sauve de sa catatonie, quand son bras désarticulé lui cogne la tête. Une chiquenaude magistrale, qui évoque celle plus modeste de son mentor, Brénard. Commence alors sa recherche éperdue d'une prise à laquelle s'accrocher pour freiner son inexorable glissade. Dans un sursaut de conscience, il s'arme d'un piquet, retiré en toute hâte de sa besace, et le coince dans une des rayures qui cisaillent la lande dévastée.

Loup lâche une série de jurons retentissants, pour exorciser sa peur, débloquer ses organes pétrifiés, les alvéoles immobilisés de ses poumons, les pulsations figées de son cœur. Puis, piquet par piquet, il remonte la pente, se relève, titube en équilibre sur les secousses, et finalement détale en boitant de son genou abîmé. Instinctivement, il se dirige vers la cachette d'Auria. Dans sa fuite, il lui faut esquiver les griffes des bêtes brumeuses qui tournoient autour du géant telle une ceinture grouillante, et l'étreinte mortelle des oubliés qui veulent l'emporter dans l'œil du titan.

Au détour de la roche, il découvre enfin Auria. Durant ce déchaînement, elle s'affaire sur une cage. Indifférente, même désinvolte, elle sifflote presque en éprouvant la solidité des nœuds du Fil qu'elle a entrepris de nouer sur la poulie de l'ascenseur antédiluvien. D'un geste tranquille, elle invite Loup à s'installer avec elle dans l'habitacle. La terreur empêche le ferrailleur de se formaliser du comportement aberrant de sa partenaire, il s'y jette en l'empoignant sans douceur. Ils roulent tous deux pêle-mêle dans l'espace réduit. Auria, sans s'indigner de la galipette provoquée par le fuyard, ordonne au veilleur perché, par quelques pressions sur le Fil, le décollage. Aussitôt, la cage s'envole à une vitesse effrénée. Il ne faut que quelques secondes pour qu'elle surplombe le désastre, pendu au-dessus de la rétine vaporeuse.

Un instant, Loup pense qu'ils sont sauvés, que le titan, fatigué par tant d'efforts, va s'en retourner à son sommeil éternel, et relâcher son emprise sur sa montagne de décombres.

Évidemment, il se trompe.

L'œil du géant gigote dans son cratère pour finalement fixer son attention courroucée sur les deux fuyards. Des éruptions cruelles, pleines d'une malice primitive, percent de son iris orageux. Il les a remarqués. Ce couple de vivants qui osent jouer les funambules près de son berceau, de détricoter la trame de sa couverture onirique, et qui, une fois leur forfait réalisé, prennent la poudre d'escampette. Alors, aveuglé par son aliénation, le titan dévaste encore.

De ses poings et de ses pieds immenses et enragés, il frappe la montagne. On croirait qu'il cherche à enfoncer une porte, à l'éventrer pour y fourrer son inimaginable carcasse. Le heurtoir s'est transformé en bélier.

De leur cage les deux ferrailleurs sentent les trémoussements colossaux de la furie du géant. Les ravages s'accentuent, les spirales qui soutiennent les étages supérieurs se disloquent, et déjà des morceaux des hauteurs tombent, éboulements d'acier et de roche.

« Tout s'écroulera s'il continue », commente froidement Auria.

Elle sautille de tube en tube vers la sortie de la cage pour pencher sa tête au-dessus de la destruction avant de la tourner vers Loup. Pour la première fois, le ferrailleur détecte sur le visage livide des filaments de chaleur.

Ton masque blanc se fendille, Auria, sous le feu de ton soleil.

« Tu sais comment Brénard me surnommait ? sourit-elle tristement. Sa grande sœur. Parce que je le grondais. Jamais en public bien sûr. J'étais si jeune, et mon esprit abondait de certitudes. Chaque événement les faisait jaillir, une fontaine inépuisable. Et comme tous les petits frères, il ne m'écoutait jamais vraiment. C'est pour ça que je n'ai pas réussi à le ramener. »

À l'horizon, Loup aperçoit un morceau du plateau au sol réfléchissant, délogé de son étage par les secousses, se briser et s'éparpiller en gigantesques échardes brillantes. Encore plus loin, des décombres de taille réduite s'affaissent sur eux-mêmes, leurs fondations broyées.

« Après tout ce temps, c'est la chute. Je préférerais sauter de cette bonne vieille poutre. Elle me manque, j'y étais à l'aise Loup. Elle m'a manqué presque autant que vous. »

Elle a chuchoté d'une voix où le chagrin devient funèbre. Loup a peine à l'entendre, mais cela a suffi pour qu'il réalise le dessein de son amante enfin retrouvée. Sans un mot, il se lève et l'enlace, une douce mais ferme entrave.

« Toujours prêt à bondir dans les rochers creux, ma feuille. Chacun son tour. »

Sa voix couverte par le raclement d'une colonne qui s'effondre à quelques mètres, il ajoute, avec un clin d'œil :

« Une promesse est une promesse. »

D'un coup de pied maladroit, il enfonce la porte de l'ascenseur avant de retomber sur son mauvais genou. Il trébuche plus qu'il ne saute dans le vide.

Vive Loup, qui rate même sa sortie !

Un instant, il fend l'air. Un instant, il lui semble apercevoir une flamme d'incompréhension dans l'astre purulent. Puis il s'immerge dans le néant.

L'œil du néant

Je pense que je n'existe déjà plus. Je suis la noirceur. Je suis les cauchemars du titan. Des mirages de ruines et de carnages me rongent l'esprit, les oracles désastreux se substituent à ma mémoire. Mes souvenirs se délitent. Adieu, mes amis, adieu, mes amours. Il n'y a que des calamités, de la cendre, des braises et des charniers.

Qui suis-je ? Quel est mon nom ? Quel est mon but ? Je suis un étranger perdu à l'intérieur de sa propre obscurité. Une ombre dans une caverne enfouie dans des décombres, pétrifiée dans une montagne. Un spectre. Un débris. De la matière insignifiante gisant dans un néant infini et indifférent.

Non. Il faut que je le crie.

Non. Il faut que je le hurle.

Je suis Loup, et je ne suis pas la brume.

Et tes cauchemars, titan, je te les rends. Jamais je ne sombrerai, et si je meurs, ce sera en vivant. En gueulant de joie, en battant des pieds et en m'esclaffant à m'en fendre la poitrine. Alors, prépare ta mirette de malheur, car sa paupière a enfermé un moustique acharné, et il s'apprête à piquer.

Dans ma ceinture, deux radieuses. De la main droite, je les empoigne, de la main gauche je les dégoupille, mais je ne les lâche pas. Le néant étoufferait les germes d'étoiles qu'elles contiennent. Deux étincelles illuminent mon bras et se fusionnent en un magnifique soleil. Ses flammes dégustent ma chair. Je ne ressens pas de douleur, juste une exaltation face à ce magma qui consume l'entropie.

La noirceur se rétracte, puis se contracte, et dans un couinement colossal, elle m'éjecte. Je pense à Rosemonde qui voulait éborgner un titan. Je te l'offre cet œil crevé, ma vieille amie. Soudain, il ne fait plus noir. Il fait gris. Le vent fouette mon visage. En bas, le précipice est vide, le titan s'est retiré pour panser la brûlure de sa rétine. Alors que je tombe, j'observe ce moignon calciné qui balaye l'air comme s'il n'était pas le mien. Le serment partagé avec Auria me revient. Elle ne me sauvera pas cette fois. C'est la chute finale pour la lune maigrelette.

Pourtant, je sens une main s'enrouler autour de mon poignet intact. Et quand je détourne mes yeux du vide, je vois une paire d'iris qui brillent tous deux d'un marron intense.

La Remontée

Un récit est comme une boule de terre que l'on s'échange, chaque main qui la malaxe y abandonne son empreinte. Quand le village entier se succédera pour conter l'histoire de sa remontée à Loup, le périple résonnera de cent interprétations différentes. Chaque narration influencera sa nature : l'inquiétude de Gaston la transformera en aventure funeste, aux dangers omniprésents. L'œil clinique du guérisseur se contentera d'en lister les effets néfastes, les possibles fatalités. Même Gallart et Alice lui raconteront l'exploit, une fois que Loup les aura ramenés de leur cachette de déchus. Le couple d'amoureux subsistait, seul et oublié, depuis bien trop longtemps au pied de Port-Céleste pour y stagner davantage. À leur version, l'ancien oublié ajoutera des relents épiques et quelques timides blagues à peine grasses, et son amante l'enflera de joie et de la gloire des efforts communs. Mais ce sera de Zéophie que le ferrailleur tirera un résumé honnête. Elle dévidera l'histoire de ses ornements et de ses extravagances, elle usera des mots justes. Elle parlera surtout de Gaston, du veilleur qui ne dormait jamais.

Depuis le départ de Loup, Gaston ne s'était presque jamais délogé de sa rambarde. Son corps tout entier penché sur le Fil, ses yeux scrutaient l'abîme avec l'espoir d'y distinguer la silhouette malingre de son ami en exil. Nuit et jour, sous les rafales moqueuses de la pluie, ou sous les vents brutaux des hauteurs, il délaissa sa forge pour assurer son ami. Pétrifié, il demeura comme le pilier massif d'un pont penché sur le vide, accroché au lien ténu noué à son poignet.

Quand la situation l'exigeait, et quand on l'implorait longuement, il se pressait pour rafistoler les instruments usés, ou, d'une langue inhabituellement sèche, il soufflait des consignes brèves pour que les villageois s'attellent eux-mêmes aux réparations nécessaires. On n'insista plus. Son fardeau était le sien, ou plutôt, il ne le partageait qu'avec Loup. Zéophie signifiait son incompétence d'un simple : « Il faut bien que ces deux-là règlent leurs affaires », lorsque l'on mendiait son intervention. Et bien sûr, la tradition interdisait à quiconque d'offrir une main secourable au veilleur, aussi personne ne proposa de se substituer à Gaston. Et à quoi bon ? Le gaillard aurait refusé.

Quelque temps après, Gaston quitta tout de même sa rambarde et revint parmi les siens pour s'occuper des tâches en suspens. « Loup fait une halte », commenta-t-il sobrement, et on s'y tint. On sentait qu'il désapprouvait son ami, on craignait son humeur. Son ouvrage s'avéra médiocre, ses mains bricolaient, sans la jugeote de son esprit : des bêches remises en état se brisèrent à la première pelletée, et la tôle rénovée des huttes se révéla poreuse, des arrosoirs en temps de pluie pour les habitants infortunés qui s'y abritaient. On ne dit rien, on observait le grand échalas, ses cernes qui s'élargissaient sous ses orbites, comme deux déserts arides s'étirant sous des lacs asséchés.

Un jour, Gaston poussa un sanglot retentissant et, sans un mot, courut s'enfermer dans sa forge. On ne le revit plus pendant une semaine, caché dans son antre, silencieux puis qui s'agitait dans le vacarme de la ferraille qu'il balançait, plein de rage. Seule Zéophie osa pénétrer la forge pour lui porter sa nourriture. À chaque entrevue, elle ressortait l'air un peu plus sombre, ses paupières un peu plus humides. Sans surprise, le village en conclut que la déchéance de Loup. « Tout le monde sombre » répéta-t-on à travers Port-Céleste, et on acquiesçait à cette certitude immuable.

Pourtant les lamentations de Gaston cessèrent aussi soudainement qu'elles avaient débuté. Il entendit le premier la houle noire qui menaçait de submerger Port-Céleste, un matin comme les autres, quand le ciel cache ses lueurs derrière le rideau éternel de la brume. Le gargouillement des remugles le tira de sa torpeur. L'esprit encore tourmenté par la corruption de son ami, il s'affola vers sa rambarde pour jauger la menace de l'imminente tempête.

La vision l'estomaqua : « Foutrebrume, elle ne monte pas cette houle, elle nous charge ! » s'effara le forgeron. La brume bouillonnante bondissait d'étage en étage avec la vélocité d'un prédateur en chasse. Gaston aurait juré y apercevoir des crocs et la fente d'un œil cruel. La panique agita le village, on scella les portes des masures, sans réel espoir de sauvegarde. Zéophie et l'imbécile volant s'armèrent d'une faux et d'une lance, et Gaston attrapa son marteau, tous trois conscients de la futilité de leur résistance. La houle hurlait alors qu'elle galvanisait sa force destructrice, puis son souffle surmontait les décombres pour chuchoter au creux de l'oreille de ses proies. Elle les appelait par leur nom, et il sonnait comme une oraison. En bas, Alice et Gallart avaient disparu, dissipés, à jamais crut-on, dans le brouillard courroucé, dévorés par Gueule blême, l'ombre quadrupède qui battait la tempête de sa queue, préparant l'ultime saut qui l'amènerait à Port-Céleste, et au ravage promis au loup qui l'avait éborgnée.

Pourtant, Gueule blême ne fendit jamais les volutes sombres. Au contraire, celles-ci explosèrent sous la pression de mille radieuses. Gaston y vit la difficile naissance d'une étoile, empêtrée dans le miasme gris, arrachant à la féroce chimère un grognement terrible. La bête roula vers l'étage inférieur, renversée par cette soudaine clarté, son pelage fumant percé par la ferraille des vestiges qui jonchaient le plateau. L'éblouissante apparition se métamorphosa en un bouc colossal à la toison semblable à l'aurore, qui évoqua au forgeron les lumineuses adorées. Alors que la fourrure de Gueule blême, gluante d'une brume épaisse, refoulait la puanteur des charognes anciennes, la laine immaculée de son adversaire diffusait une chaleur sereine et repoussait, comme un rempart, les assauts des oubliés et des bêtes d'ombres qui grouillaient à la traîne de la prédatrice. Lors de la confrontation finale, Gaston ne put les entendre, mais il devina les menaces proférées par Gueule blême, les promesses de ripailles sanglantes, ainsi que les réponses agacées de son opposant, dont la corne unique perçait les volutes avec la vaillance d'un phare dans la tempête. Cachées sous ses sabots, les silhouettes terrifiées de Gallart et Alice apparurent, sains et saufs, à la grande joie du veilleur. Puis les deux chimères s'affrontèrent. Les canines souillèrent la toison blanche, la corne se fraya un passage dans le cuir décharné. La lutte s'avéra courte, la fulgurance d'une étoile sombrant dans les tumultes d'une tempête velue. Port-Céleste trembla, ses habitations s'effondrèrent sous les secousses, ses cavernes se comblèrent, victimes d'éboulements furieux. Puis Gueule blême éructa un dernier hurlement, une plainte de peur mêlée de surprise, à l'instant où le bouc la soulevait et la projetait dans l'abysse. Les cohortes spectrales se jetèrent à la suite de leur maîtresse, la houle et sa colère poursuivant la fille des titans dans sa chute.

Que la brume retourne à la brume.

La créature se dissipa avant de s'évanouir dans le néant. Sa carcasse se délita en rubans de fumée assez larges pour vêtir la montagne elle-même, sa prunelle intacte disparue en ultime regard de supplication.

Dans le silence revenu, Gaston entendit les gémissements de leur sauveur, il escalada la rambarde pour le rejoindre en toute hâte. Le bouc gisait sur le flanc, un liquide vermeil coulant à flots de ses plaies. Bouleversé, le veilleur se précipita, mais à chaque foulée la bête s'amenuisait et sa lueur se résorbait. Quand il l'atteignit, elle agonisait. Les battements de son cœur se ralentissaient, la poitrine tremblait de respirations irrégulières, un sifflement agitait la barbichette sanglante du bouc.

« Il est toujours vivant, le sac d'os. Continue ta veille, ils auront besoin de toi », ordonna-t-elle pourtant d'une voix innocente et acariâtre à la fois.

Puis sa lumière ternit. Sa toison se colora de toutes les nuances du crépuscule et s'éteignit à jamais.

Gaston s'en retourna à sa longue veille près de la rambarde. Obsédé, il s'y ensanglantait le bout des doigts à force d'examiner les détails du Fil. Il refusait de répondre aux visiteurs, excepté par des vociférations impatientes. Toute interruption lui était intolérable, terrifié à l'idée de manquer le signe promis par la créature. Un soir, finalement, le tremblement tant attendu advint. Mais ce n'était pas Loup qui parlait. Non, l'inimaginable se produisit. C'était Auria.

La joie du forgeron éclata en un cri de gloire et de libération. Auria était vivante. Bien sûr, ses messages laconiques sonnaient froid. Gaston ne lui en porta pas rancœur. Comment la blâmer alors qu'elle résistait aux cauchemars invoqués par les titans.

Les discussions avec sa camarade d'enfance s'avérèrent laborieuses, elle répondait aux insistances de Gaston par des filets maigres de parole. Elle finit cependant par lui expliquer l'apprentissage de Loup auprès de Lutin. Elle évoqua Rosemonde qu'elle visitait parfois dans la Soufflerie pour alléger la dernière des hôtes du fardeau de ses propres pensées. C'est Auria qui lui avait offert ce pendentif en argent, déniché dans une salle secrète des décombres. Elle narra sa lutte dans les tréfonds, contre les oubliés et les manigances de la manufacture.

Plus tard, elle réclama à Gaston de l'assurer, il accepta avec joie. En suivant les mouvements de la ferrailleuse, la Feuille de Port-Céleste, il comprit enfin qu'Auria s'était fragmenté en deux entités, qui se calaient sur deux rythmes différents. Il y avait Auria son amie qu'il reconnaissait à l'agilité calculée de ses pas, et l'autre, une inconnue dont les gestes et ordres tombaient comme des guillotines. Les rares phrases énigmatiques que les personnalités duelles transmettaient au veilleur l'embrouillaient : il assurait en aveugle.

L'enjeu du combat avec le titan échappa à sa compréhension, il sut seulement qu'il soulevait une cage et remercia les mécanismes de la poulie de lui faciliter la tâche. Quand Auria se jeta de la nacelle dans l'espoir de sauver Loup, Gaston constata sans le comprendre le défilement accéléré. Il tenta, paniqué, de bloquer cette chute, mais la ferrailleuse avait à peine noué le Fil autour de sa taille. Sans l'aide des rouages magiques de l'attirail, tout le poids de deux corps inertes, pendus à des lieux de lui, pesa sur les muscles fiévreux de Gaston. Le veilleur fut propulsé sur la rambarde et pressuré contre son métal.

Son juron retentit à travers tout Port-Céleste. Une injure adressée à tous. Un appel au secours. Zéophie ne dormait pas, occupée à caresser les mécanismes de son coude, elle pensait à son petit ferrailleur égaré dans les abysses. Elle sauta de sa couche pour se précipiter vers le hurlement. Gaston affichait sur sa mine boursouflée de fatigue une émotion qui terrifia Zéophie. C'était la terreur de l'échec. Gaston craignait de lâcher le Fil, de perdre à jamais ses deux compagnons. Alors il tirait de ses puissantes paluches, mais déjà, fibre par fibre, le lien s'arrachait des gants qui le retenaient. Au diable la tradition, songea la chasseuse, et elle saisit la ficelle retorse à pleines mains. La tension lui écorcha profondément la chair et crissa sur le métal de sa paume artificielle, la douleur évoqua ce jour fatidique de son amputation. Tant pis, si elle perdait un autre membre ! Elle les perdrait tous si nécessaire. Elle raffermit sa prise.

Réveillé par le sursaut de Zéophie, l'imbécile volant émergea à son tour de la hutte. Quand il vit sa compagne et le taciturne forgeron sur le point de basculer avec le Fil, il s'affola. Dans le village, les portes subirent son tambourinement frénétique, des perchés endormis furent secoués sans ménagement. Il pesta. Il jura.

Il pesta et jura si fort que l'écho de ses cris d'alarme résonna jusqu'aux décombres voisins. Lorsqu'il atteignit finalement Zéophie et Gaston, quarante bras supplémentaires l'accompagnaient et étreignirent la corde, la hissèrent à leur tour. Ensemble, ils œuvrèrent toute la nuit, vingt corps cambrés et suants, quarante paumes blessées, vingt bouches cousues toutes à leur concentration. Ils ne cessèrent qu'une fois Auria et Loup loin du berceau titanesque, dans le relatif abri de l'étage supérieur.

En bas, Auria ne sollicita ni halte ni détour, alarmée par l'état du ferrailleur mutilé. La déchue profita de sa nature hybride pour se faufiler par les entrailles des décombres, des lieux embrumés où d'anciens spectres auraient chassé un humain entier, et qu'elle effrayait par sa férocité. Gaston, aidé par ses compagnons, mena le Fil avec une ardeur renouvelée. Le guérisseur eut plus tard bien des plaies à désinfecter et à soigner, mais ces cicatrices, aucun perché ne les regretta. Quand Auria toucha Port-Céleste, quand sa main frêle et blafarde se posa sur le flanc de la falaise, quand Gaston et Zéophie extirpèrent les deux ferrailleurs du vide, leur peine fut mille fois récompensée. Loup et Auria étaient enfin revenus.

ÉPILOGUE

Bien plus tard.

Une nouvelle lumineuse éclaire Port-Céleste. Aussitôt, on organise des festivités, on dépoussière le métal souillé des bancs, on bascule des tables pour les apporter au centre du village. On rit. Gaston rit. Gallart et Alice rient aussi, revenus de leurs exils insensés. Surtout Auria rit.

Loup l'observe, allongé dans un lit de mousse verte. Du bout des doigts, il effleure les mécanismes de son nouveau bras artificiel. Il s'est réveillé de sa convalescence dotée de l'appendice. Une offrande de Zéophie. Quand il a voulu la remercier, elle a cousu ses lèvres de sa main unique, avant de commenter sobrement : « Un ferrailleur manchot, ce n'est pas bien sérieux. Avec l'imbécile volant, on a trois bras pour chasser, c'est largement suffisant. »

Loup regarde Auria. Il regarde le ciel. La lumineuse a deux soleils décide-t-il, satisfait. Un rayon têtu fend la brume pour l'atteindre. Son toucher le brûle comme un désir impatient. Un frémissement parcourt son échine, la fièvre de la descente, il la sent. Il doit l'affronter. Une gamine bavarde guette son retour, et dans les profondeurs, il y a toujours des trésors à déterrer et des rochers creux à éventrer. Ni lui ni Auria ne peuvent se percher éternellement dans la sécurité des hauteurs. L'ennui les consumerait. La brume les saisirait une nuit pluvieuse ou au détour des grincements de la houle.

Et puis, après tout, un ferrailleur, ça ferraille. Dans les profondeurs, il furète en quête de bonheur.

Table des matières

Première partie – Descente 5

La feuille et la poutre 7
Premier rêve 13
Un départ 17
Deuxième rêve 29
La Dernière des hôtes 35
Troisième rêve 47
La cage 53
Un perché 67

Deuxième partie – La Manufacture 73

Le regard des lucioles 75
Quatrième rêve 91
Tic-tac 95
Cinquième rêve 123
La laine de la nuit 129
Qui sombrera ? 133
Sixième rêve 145
Ceux qui ont été mordus 149
L'Altération 161
Septième rêve 167
La Liberté enchaînée 169
La manufacture fracturée 175
Les crocs de la houle 181
Là où meurt la brume 189

Troisième partie – Chute 203

La lueur des profondeurs 205
Huitième rêve 207

Les leçons de Lutin	211
La fosse	229
Dernier rêve	235
Un dernier tour !	239
La fin de la descente	243
Le pire endroit, le pire moment	247
L'œil du néant	255
La Remontée	257
Épilogue	263

Imprimé en République tchèque